내 안에 사는 너

2

Her fearful

내 안에 사는 너

Symmetry

2

오드리 니페네거 지음
나중길 옮김

살림

비타민

"안색이 많이 안 좋아 보여요. 비타민을 좀 사다 줄게요."

며칠 뒤에 줄리아가 마틴에게 말했다.

"마레이케와 같은 말을 하는군요."

"좋은 건가요? 아니면 나쁜 건가요?"

두 사람은 마틴의 서재에 있었다. 늦은 오후 시간이었다. 발렌티나는 로버트와 함께 묘지에 갔기 때문에 줄리아는 떠돌이 개처럼 혼자서 아파트를 서성거리다가 위층으로 올라왔다. 그녀는 자신을 내버려 두고 떠난 동생에 대해 불평을 늘어놓았다. 마틴과 함께 텔레비전을 보고 싶었지만 그는 일을 하느라 정신이 없었다. 그녀는 따분한 표정으로 그의 주위를 맴돌았다. 그러면서 아직 기대감을 떨쳐 버리지 못하고 있었다.

마틴은 미소를 지으며 의자를 빙글 돌려 그녀를 바라보았다. 컴퓨터 화면의 흐릿한 불빛 속에서 그는 마치 다른 세계에서 온 사람처럼 보였다. 줄리아는 마틴이 아름답다고 생각했다. 그것은 상처 입은 사람에게서 느껴지는 독특한 아름다움이었다. 탁상램프의 따스한 불빛 속에서 그의 얼굴은 푸릇푸릇했고 두 손은 불그죽죽했다.

"좋은 거죠. 나를 조금이나마 걱정해 주는 사람이 있다는 건 기분 좋은 일이에요. 그렇지만 너무 많은 걱정을 하면 오히려 부담스러워요."

줄리아의 머리에 어떤 생각이 떠올랐다.

"알았어요. 그건 그렇고 비타민을 사다 주면 드실 건가요?"

마틴은 몸을 돌려 화면을 다시 들여다보았다. 그는 지금 십자말풀이를 출제하고 있었다. 마우스를 한 번 두드리자 정사각형 세 개가 까맣게 변했다.

"먹도록 노력해 보죠. 원래 잊어먹지 않고 약을 먹는 일을 잘 못해요."

"제가 잊어먹지 않도록 주기적으로 말씀드릴게요. 제가 해 줄 수 있는 일은 그것밖에 없는 것 같아요."

"비타민보다는 과일이나 채소를 먹는 게 더 쉽지 않을까요?"

"알았어요. 과일과 채소는 내일 할인매장에 가서 사올게요."

그녀는 잠시 망설이다가 입을 열었다.

"밤새도록 일하실 건가요?"

"예. 어제 일을 시작했어야 하는데 못했어요. 모레까지 완성본을 넘겨야 합니다."

마틴은 손으로 작성한 십자말풀이 문제에다 몇 글자를 적었다.

"텔레비전을 보고 싶으면 가서 보세요."

"아뇨. 혼자서 보고 싶지는 않아요. 내려가서 책이나 읽어야겠어요."

"말동무가 되어 주지 못해 미안해요. 그렇지만 이 일을 기한 안에 마치지 못하면 편집자가 몽둥이를 들고 집까지 달려올 겁니다."

"알았어요. 수고하세요."

줄리아가 집으로 돌아왔을 때는 이미 머릿속에 계획이 세워져 있었다.

"약을 갖다 주면서 그 사람한테 아무 얘기도 하지 않는다고? 그러면 안 돼."

줄리아가 계획을 밝히자 발렌티나가 말했다.

"왜 안 돼? 치료를 거부하는 것도 자신이 앓고 있는 질환의 일부라고 그 사람이 그랬단 말이야. 그래서 나는 그 사람 몰래 약을 먹여 보겠다는 거지. 약효가 발휘되어 나중에 집밖을 마음대로 돌아다닐 수 있게 되면 그 사람도 기뻐할 거야."

"부작용이라도 나타나면? 알레르기 반응이라도 보이면 어떻게 하려고 그래? 그보다도 언니가 어떻게 강박신경장애 치료약을 손에 넣겠다는 거야?"

"우리가 그냥 의사한테 가서 그런 질환을 앓고 있는 척하는 거야. 거기에 관한 책을 읽어 봤는데 의사를 속이는 것은 어렵지 않을 거야. 의사한테 가서 뱀을 극도로 무서워한다고 말할까 생각 중이야. 그리고 눈썹을 모두 뽑아 버리든가 하면 먹혀들 거야."

"우리라니? 나는 같이 안 가."

발렌티나는 줄리아가 의자에 앉아 있는 자신을 끌어당길 거라고 생각했는지 팔걸이를 꽉 붙잡았다. 줄리아는 어깨를 으쓱했다.

"좋아. 그럼 나 혼자 가지 뭐."

일은 예상보다 훨씬 더 까다로웠다. 하지만 줄리아는 의사한테서 마침내 아나프라닐(강박장애 치료제—옮긴이)의 처방전을 받아 낼 수 있었다. 어느 날 저녁, 그녀는 비타민 통에 캡슐을 잔뜩 넣어 가지고 마틴에게 갔다.

"이것 보세요. 제가 비타민을 사다 드리겠다고 약속했죠?"

그녀는 통을 흔들어 보이며 말했다. 그는 사진을 들여다보며 다른 언어에 정신이 팔려 있었다.

"미안해요. 뭐라고 했죠? 아, 기억났어요. 고마워요. 여기 컴퓨터 옆에 놓아두면 잊지 않고 먹을 수 있을 거예요."

"아뇨. 이건 제가 보관하고 있을게요. 그래야지 잊지 않고 복용할 수 있을 거예요. 그렇게 하기로 약속했잖아요. 벌써 잊었어요?"

"그런 약속을 했던가요?"

그가 말했다. 그녀는 부엌으로 가서 물 한 잔을 가져왔다. 그녀가 캡슐 하나와 물을 건네자 마틴은 자기 손바닥에 놓인 알약을 힐끗 내려다보았다. 그는 무슨 질문을 할 것처럼 그녀를 올려다보았지만 아무 말도 하지 않았다.

"안 드실 거예요?"

그녀는 초조해져서 물었다.

캡슐에는 아나프라닐 2.5밀리그램이라고 적혀 있었다. 그녀는 근시가 심한 마틴이 제발 그 글자를 발견하지 못하기를 바랐다.

"흠. 정성을 봐서라도 먹어야죠."

그는 약을 입에 털어 넣고 물과 함께 꿀꺽 삼켰다.

"자, 됐죠? 간호사 아가씨?"

줄리아가 웃음을 터뜨렸다.

"벌써 안색이 좋아 보여요."

그녀는 비타민 통을 경망스럽게 흔들어 보이고 나서 아래층으로 내려갔다. 발렌티나는 이모의 서재 바닥에 퍼질러 앉아서 자신의 노트북 컴퓨터를 들여다보고 있었다.

"그 사람을 죽일 생각이야?"

발렌티나가 말했다.

"아니. 지금 무슨 말을 하는 거야?"

"이것 좀 봐."

발렌티나는 언니가 볼 수 있도록 노트북의 방향을 틀었다. 줄리아는 동생의 옆자리에 앉았다.

"부작용을 한번 읽어 보란 말이야."

줄리아는 화면을 읽어 내려갔다. 시력감퇴, 변비, 메스꺼움, 구토, 알레르기, 심계항진……. 부작용은 끝이 없었다. 그녀는 발렌티나를 쳐다보았다.

"자주 올라가 보면 돼. 그리고 문제가 없는지 주의 깊게 관찰할 거야."

"그러다가 심장마비라도 일으키면?"

"설마 그런 일은 생기지 않을 거야."

"발작이라도 일으키면 어쩔 거야? 그리고 발기불능이 된다든가

변비에 걸리면 언니한테 털어놓지도 못할 거야."

"약은 한 알밖에 안 줬어."

발렌티나는 컴퓨터와 모니터의 전원을 껐다. 그런 다음 자리에서 일어섰다.

"언니는 바보 같아. 언니가 뭔데 다른 사람의 일을 함부로 결정하고 판단하지? 그리고 눈썹이 하나도 없으니까 꼭 괴물 같아 보여."

"너는 아직 그 사람을 만나 보지도 않아서 몰라."

줄리아가 말을 채 마치기도 전에 발렌티나는 방을 나가 버렸다. 줄리아는 동생이 현관문을 빠져나가 계단을 내려가는 소리를 들었다.

"좋아. 그렇게 행동해. 두고 보면 알겠지."

줄리아는 혼잣말을 했다.

생일

로버트의 생일이었다. 날씨는 맑고 화창했다. 그는 전날 밤에 일찍 잠자리에 들었기 때문에 설레고 기대에 찬 마음으로 잠자리에서 일어날 수 있었다. 그는 늘어지게 기지개를 켜면서 '오늘이 내 생일이구나.' 하고 소리쳤다. 샤워를 하면서도 콧노래를 흥얼거렸다. 아침 식사로 가볍게 익힌 달걀과 토스트를 먹었다. 그는 자신의 논문에서 하이게이트 공동묘지의 설계자 스티븐 기어리에 관한 부분을 고쳐 쓰면서 아침시간을 보냈다. 그러고 나서 정오 무렵이 되어 공동묘지로 나가 관람안내 시간인 오후 2시까지 제임스와 함께 기록보관실에서 빈둥거렸다. 낯익은 기념비들이 그에게 생일 축하인사를 건네는 것 같았다. 관람안내를 마치고 돌아왔을 때, 사무실 1층에는 묘지 관리인 나이젤과 젊은 부부만 있었다. 부부는 자기네 아기의 장례절차를 관리인과 의논하고 있었다. 로버트는 급히 그곳을 빠져나와 이층으로 올라갔다.

발렌티나는 사무용 의자에 앉아 있었고 제시카는 전화를 받고 있었다. 펠리시티는 차를 준비하면서 석수장이인 조지와 지금 설계 중인 기념비에 대해 얘기를 나누는 중이었다. 제임스가 기록보관실에서 제시카에게 내려오라고 크게 외치는 소리가 들려왔다. 에드워드는 서류를 복사하고 있었고 필은 상자에서 케이크를 꺼내고 있었다. 평소에는 사무실에 거의 들어오지 않던 매장 담당인 토머스와 매튜까지 수줍은 표정으로 들어서자 사무실이 갑자기 사람들로 가득 찬 것 같았다. 두 친구는 키가 무척 컸다.

"이것 좀 봐. 이집트 거리에는 당의를 입혀 달라고 내가 특별히 부탁을 했지."

필이 말했다.

"와! 정말…… 구미가 당기지 않는군."

로버트가 말했다.

"그렇지. 회색 당의로는 식욕이 돋지 않지."

펠리시티는 케이크를 보고 웃음을 터뜨렸다. 그러다가 아기를 잃은 부모가 지금 아래층에 와 있는 것을 기억하고 갑자기 웃음을 뚝 그쳤다.

"기발하네요."

그녀는 낮게 속삭이고 나서 자그마한 분홍색 양초를 케이크에 꽂기 시작했다. 제시카는 수화기를 내려놓고 각별히 행동을 조심하라고 모두에게 당부한 후에 발렌티나를 향해 눈을 찡긋하더니 아래층으로 내려갔다.

로버트를 제외하고 발렌티나가 지금껏 만난 사람들이라고는 제시카와 펠리시티밖에 없었다. 로버트가 사무실로 들어서면서 그녀에게 미소를 짓자 발렌티나는 안심이 되었다. 그녀는 로버트가 필과 농담을 나누는 모습을 신기하게 지켜보았다. 또 로버트가 유골 매장을 맡고 있는 토머스와 매튜에게 다가가 언젠가 자신에게 닥칠 죽음에 대해 농담을 나누는 모습을 보고 깜짝 놀랐다.

"시신이나 유골을 매장할 때의 심정은 희귀동물이 본래의 서식지로 돌아가는 모습을 지켜보는 동물학자의 심정과 같다고 할 수 있죠."

그는 그렇게 말하고 나서 껄껄 웃었다. 로버트는 평소의 모습과는 전혀 달랐다. 사무실에서 그는 전혀 부끄럼을 타지 않았다. 그는 구석에 앉아 있는 발렌티나를 불러 사람들에게 소개를 하는 동안 한쪽 손을 그녀의 등에 가볍게 얹기까지 했다. 발렌티나는 로버트의 친구들에게 소개되는 동안 자신이 마치 그의 일부가 된 것 같아 몹시 흥분이 되었다. 만약에 로버트가 아니라 언니 줄리아가 사람들에게 그렇게 소개를 했다면 과연 어떤 심정일지 그녀는 잘 알고 있었다. 언니가 자신의 일부처럼 사람들에게 소개를 했다면 그녀는 무척 짜증스러웠을 것이다.

제임스는 기록보관실에서 내려와 조심스럽게 제시카의 책상에 앉았다. 제시카가 사무실로 걸어 들어왔고 그 뒤를 나이젤이 따랐다.

"오늘이 무슨 날입니까?"

나이젤이 물었다.

"4월 20일이라서 파티를 여는 거예요. 의상은 안 가져왔어요?"

펠리시티가 말했다.

"로버트 생일이잖아."

제임스가 나이젤에게 말했다.

"아, 그렇네요. 정신이 다른 곳에 팔려 있어서 깜박했어요."

나이젤이 말했다.

"장례 절차는 모두 준비되었나?"

제임스가 물었다.

"예, 장례식은 월요일 오전 11시에 있을 예정입니다."

어두운 분위기가 한순간 사무실을 뒤덮었다. 아기들의 장례식을 좋아하는 사람은 아무도 없었다. 로버트는 아기를 땅에 묻을 때는 항상 비가 내린다는 생각을 했다. 설마 그럴 리야 없겠지만 아무튼 만일의 경우에 대비해서 그날은 우산을 가져와야겠다고 생각했다.

"세상에, 거기 무엇을 어떻게 한 거죠?"

나이젤이 케이크를 발견하고 말했다.

"케이크를 우습게 보지 마세요. 기록보관실에 영원히 남길 만하죠."

필은 그렇게 말하고 나서 휴대전화의 카메라로 케이크의 사진을 찍었다.

펠리시티가 양초에 불을 붙이자 모든 사람이 로버트의 주변으로 모여들어 생일 축하 노래를 불러 주었다. 남의 이목을 의식한 로버트는 흐뭇한 표정을 지었다. 발렌티나도 노래를 불렀다. 그녀는 몇 년 동안 알고 지낸 사람들 사이에 있는 것 같은 느낌이 들었다. 몸에 문신을 한 필은 방수 외투를 입고 있었다. 와이셔츠의 소매를 말아 올린 조지는 목소리가 굵직했다. 연필로 묘비를 대충 그려 보느라 그의 두 손은 시커멓게 변했다. 낡은 흑백영화의 주인공처럼 생긴 에드워드는 정장에 넥타이를 깔끔하게 차려입었다. 그는 마치 교회에 들어와 있는 것처럼 두 손을 앞으로 가지런히 모으고 노래를 불렀다. 토머스와 매튜는 장화에 멜빵바지 차림이었다. 그들은 노래를 부르는 동안 미소를 잃지 않았다. 슬픈 표정을 짓고 있는 나이젤은 엄숙한 업무를 처리하듯 노래를 불렀다. 펠리시티는 목소리가 맑고 나긋나긋했다. 제시카와 제임스 부부는 플루트를 부는 것처럼 노래를 불렀다. 사람들은 다 함께 부르는 한 곡의 노래로 로버트의 생일을 진심으로 축하해 주었다. 노래가 끝났을 때, 로버트는 눈을 감고 다시 행복해지기를 기원하며 훅 불어서 촛불들을 껐다. 그런데 촛불 하나는 꺼질 듯 꺼질 듯하더니 다시 살아났다. 그는 다시 한 번 숨을 들이마시고 나서 남은 촛불을 꺼트렸다. 그러자 사람들이 일제히 박수를 치며 웃음을 터뜨렸다. 로버트는 케이크를 손수 잘라서 한 조각을 제일 먼저 발렌티나에게 주었다. 그녀는 한 손에 종이접시를 그리고 다른 손에는 플라스틱 포크를 들고서 그가 케이크를 잘라서 사람들에게 나눠 주는 모습을 지켜보았다. 펠리시티는 키와 색깔 그리고 모양까지 제각각인 머그잔과 도자기 잔에 차를 따랐다. 로버트는 케이크를 한 입 베어 물었다. 회색 당의는 다른 색깔의 당의와 맛에는 별반 차이가 없었다. 그는 발렌티나를 힐끗 돌아보다가 그녀가 자신을 빤히 바라보고 있다는 사실을 깨달았다. 그녀는 화기애애한 분위기 속에서 다소곳한 자세로 서 있다가 갑자기 그에게 미소를 지어 보였다. 순간 그의 마음이 편안해지면서 정말 행복한 기분이 들었다. 암울했던 과거는 안개처럼 사라지고 이제는 미래만 남았다. 로버트는 그녀가 있는 곳으로 건너가서 나란히 섰다. 그리고 둘이서 행복한 표정으로 케이크를 먹었다. 앞으로는 모든 것이 잘 풀려 나갈 거라고 그는 생각했다.

제시카는 두 사람을 지켜보면서 발렌티나가 엘스페스를 꼭 닮았다고 생각했다. 그녀는 온몸에 힘이 쭉 빠졌다. 그녀는 조금 전에 만났던 젊은 부부를 머리에 떠올렸다. 그 부부는 공동묘지의 정문을 나서면서 다른 사람들은 느낄 수 없는 매서운 바람이라도 맞은 듯 서로의 몸에 기댔다. 로버트와 발렌티나는 몸을 붙이지는 않았지만 제시카의 눈에는 서로의 몸에 기대고 있는 것처럼 보였다. 그녀는 로버트가 무척 행복해 보인다고 생각하고 한숨을 내쉬며 차를 입에 가져다 댔다. 어쩌면 아무 문제가 없을지도 모른다.

대필 작업

엘스페스는 먼지를 가지고 실험을 하는 중이었다. 그녀는 먼지의 의사전달력을 왜 자신이 지금껏 몰랐는지 이해할 수 없었다. 먼지는 일단 가벼워서 손쉽게 움직일 수 있다. 그래서 이상적인 메시지 전달 매체가 되었다.

쌍둥이 자매가 아파트에 처음 도착했을 때, 줄리아는 피아노에 쌓인 먼지를 손가락으로 하릴없이 쓸어 본 적이 있다. 그때 피아노 위에는 반들반들한 길이 생겨났다. 엘스페스는 그 길이 자꾸만 마음에 걸렸다. 그래서 조카가 생각 없이 만든 길을 지우기 위해 그 위에 다시 먼지를 힘들여 쌓기 시작했다. 그러다가 글자가 전혀 쓰여 있지 않은 서판을 우연히 머릿속에 떠올렸다. 먼지는 그녀가 구조신호를 보낼 때 써먹을 수 있는 확성기였다. 그녀는 너무 흥분한 나머지 곧바로 서랍으로 돌아가서 실현가능성을 곰곰이 생각해 보았다.

이제 드디어 기회를 잡았는데 무슨 말을 해야 할까? 나는 죽었으니 도와달라고 할까? 안 돼. 조카들은 거기에 대해 할 수 있는 게 아무것도 없어. 너무 불쌍하게 보이는 건 좋지 않아. 조카들을 놀라게 하고 싶지도 않아. 먼지를 보고 조카들이 그게 속임수가 아니라 바로 나라는 사실을 알아주면 좋겠는데. 그녀는 로버트를 머리에 떠올렸다. 그에게 편지를 쓰면 자신이 여기에 있다는 사실을 알아줄 것 같았다.

이튿날은 일요일이었다. 밖에는 비가 내리고 흐릿한 불빛이 거실을 가득 채우고 있었다. 엘스페스는 피아노 위를 둥둥 떠다녔다. 만약 그녀가 누군가의 눈에 띈다면 얼굴과 오른손만 보였을 것이다.

쌍둥이 자매는 식당에서 커피와 토스트 조각 그리고 잼을 앞에 두고 시간을 끌었다. 엘스페스는 조카들이 사이좋게 잡담을 늘어놓는 소리를 들을 수 있었다. 오전 나절 동안 조카들은 무슨 재미있는 일을 하면서 하루를 보낼지 의논을 했다. 그녀는 조카들의 말소리에는 신경쓰지 않고 자기 앞에 펼쳐진 먼지에 온 정신을 집중했다.

엘스페스는 시험적으로 피아노를 손가락 끝으로 살짝 건드려 보았다. 그녀는 집 안에 있는 먼지는 대부분 떨어져 나온 인간의 피부 세포로 구성되어 있다는 것을 어디에선가 읽은 기억이 났다. 만약 그게 사실이라면 그녀는 살아 있었을 때의 몸에서 떨어져 나온 조각들로 지금 글을 쓰는 셈이다. 그녀가 손가락으로 반들반들한 길을 만드는 동안 부드러운 입자인 먼지는 양옆으로 순순히 밀려났다. 글을 쓰는 일이 생각보다 쉽다는 것을 깨닫고 기뻤다. 그녀는 자신의 글이라는 것을 로버트가 단번에 알아볼 수 있도록 더욱 정성

들여 글을 써 나갔다. 단 몇 줄을 쓰는 데도 거의 한 시간이나 걸렸다. 글을 다 썼을 때, 쌍둥이 조카는 이미 외출을 하고 집에는 아무도 없었다. 엘스페스는 콧노래를 흥얼거리며 자신이 쓴 글을 내려다보았다. 그리고 자신의 화려한 서명과 정확한 구두점을 보고 감탄을 했다. 그녀는 한 장짜리 악보를 읽을 때 사용하던 마루의 스탠드를 힘들여 켰다. 그렇게 해 두면 자신의 글을 보지 못하고 지나칠 리 없을 것이다. 그녀는 신이 나서 아파트를 한 바퀴 휘돌아다녔다. 문을 뚫고 방으로 들어가기도 하고 천장을 스치고 지나가기도 했다. 그녀는 식탁 아래의 의자 위에 몸을 말고 잠들어 있는 고양이의 머리에 설탕 한 덩어리를 떨어뜨리기도 했다. 그녀에게는 눈부시게 아름다운 아침이었다.

그날은 마침 노동절이었다. 로버트는 동쪽 공동묘지의 입구에서 적지 않은 관람객을 맞았다. 관람객들은 대부분 중국인이었다. 그는 칼 마르크스의 무덤으로 사람들을 안내했다. 그날 저녁 그는 녹초가 되어 자기 책상에 앉았다. 컴퓨터를 빤히 들여다보면서 논문의 세 번째 이야기에 무슨 문제가 있는지 밝혀내려고 애쓰는 중이었다. 아무래도 어조가 문제인 것 같았다. 콜레라와 장티푸스에 대해 얘기하면서 어조는 너무 경쾌하고 밝았다. 그렇게 내버려 둬선 안 될 것 같았다. 그는 전염병이 한때는 왜 그렇게 유쾌한 현상으로 비쳐졌는지 도무지 이해할 수가 없었다.

중요한 내용을 붉은 글씨로 강조하고 있을 때 문을 두드리는 소리가 들려왔다.

문밖에는 쌍둥이 자매가 진지한 표정으로 서 있었다.

"위층으로 좀 올라와 보세요."

발렌티나가 말했다.

"무슨 일이죠?"

"보여 드릴 게 있어요."

줄리아는 발렌티나와 로버트를 뒤따라 위층으로 올라가면서 기대감에 차 있었다.

아파트는 강렬한 빛 때문에 눈이 부실 지경이었다. 자매는 로버트를 피아노로 안내한 다음 뒤로 물러났다. 그는 엘스페스의 필체를 알아보았다.

> 발렌티나와 줄리아 안녕
> 난 여기에 있어
> 사랑해 엘스페스가

그리고 다음과 같은 글자도 보였다.

> 로버트 1992년 6월 22일

로버트는 멍한 표정으로 그 자리에 서 있었다. 그가 글자를 만지려고 손을 내미는 순간 발렌티나가 그의 팔목을 붙잡았다.

"저 날짜가 무슨 뜻이죠?"

줄리아가 물었다.

"나와 엘스페스만 알고 있는 날짜입니다."

"이모가 마루의 스탠드까지 켜 놓았어요."

발렌티나가 말했다.

"그날 무슨 일이 있었죠?"

줄리아가 물었다.

"꼭 우리 엄마의 필체 같아요."

발렌티나가 말했다.

"그날 대체 무슨 일이……."

"개인적인 일이라 밝힐 수 없어요. 알았어요? 엘스페스와 나 사이에 있었던 일입니다."

로버트가 날카롭게 말했다. 자매는 서로의 얼굴을 쳐다보고 나서 손을 마주 쥐고 소파에 앉았다. 로버트는 글자를 읽고 또 읽었다. 그는 엘스페스를 처음 만난 날을 떠올렸다. 그는 아파트의 앞뜰에서 세를 놓는다는 표지판에 적힌 부동산 중개인의 전화번호를 받아 적는 중이었다. 엘스페스는 창문으로 그를 내려다보고 있었다. 그녀가 먼저 손을 흔들자 그도 손을 흔들어 주었다. 그녀는 잠시 모습을 감춘 후 곧바로 다시 모습을 드러냈다. 부리나케 계단을 달려 내려온 게 틀림없었다. 그녀는 팔과 어깨 그리고 등이 노출된 하얀색 여름옷을 입고 머리는 클립을 꽂아 뒤로 넘겼다. 그리고 싸구려 고무 슬리퍼를 신고 있었다. 로버트는 그녀가 신고 있는 샌들의 정식 명칭을 기억하지 못했다. 그녀가 앞장서서 계단을 올라 아파트 안으로 들어가는 동안 샌들에서 짝짝 소리가 났다. 그날 그의 아파트는 텅 비어 있었다. 그녀는 그에게 아파트를 안내했지만 두 사람은 아파트와는 아무 관련도 없는 이야기를 나누었다. 그때 무슨 이야기를 나누었는지 그는 기억할 수 없었다. 그녀를 뒤따라가던 기억만 생생했다. 여름옷은 등이 깊게 파여 척추의 마디가 드러나 보였고 등에는 깊은 골이 나 있었다. 허리의 곡선이 그대로 드러나는 옷에는 지퍼가 달려 있었다. 그녀는 펑퍼짐한 스커트를 입었고, 피부는 햇볕에 살짝 그을려 보기에 좋았다. 아파트를 둘러보고 나서 그들은 위층에 있는 그녀의 아파트로 갔다. 두 사람은 샌디(맥주와 레모네이드의 혼합 음료—옮긴이)를 마시고 나서 그녀의 침실로 들어갔다. 그는 그녀의 옷에 붙어 있는 지퍼를 내렸다. 그녀의 몸을 감싼 옷이 껍질처럼 벗겨지더니 바닥으로 떨어졌다. 그녀의 몸은 따스했다. 나중에 그는 결국 아파트를 얻었지만 그날 오후에 자신이 왜 그곳에 들어가 있었는지 이유를 알지 못했다. 그가 기억하는 것이라곤 그녀의 맨발, 클립을 풀자 폭포수처럼 쏟아지던 풍성한 머리카락, 화장기 없는 얼굴 그리고 그녀의 능숙한 손놀림뿐이었다. 그는 정신을 차리지 못하고 그녀의 앞에서 사정없이 무너졌다.

그는 글자를 멍하니 내려다보았다. 발렌티나는 그의 표정을 지켜보면서 지금껏 자신을 대하던 모습과는 무언가가 다르다고 생각했다. 줄리아는 잠자코 기다렸다. 그녀는 이모가 지금 거실에 있는지 궁금했다. 고양이가 소파로 폴짝 뛰어올라 자세를 잡고 앉았다. 녀석은 앞발을 가슴 밑으로 말아 넣고 사람들을 쳐다보았다. 거실에서 떠돌고 있을지도 모르는 영혼 따위에는 아무 관심이 없는 것 같았다.

"엘스페스, 당신이에요?"

드디어 로버트가 입을 열었다.

세 사람은 차례로 싸늘한 기운이 자신들의 온몸을 스치고 지나가는 것을 느꼈다.

"우리가 알아볼 수 있도록 글자를 좀 써 봐요."

자매는 소파에서 일어났다. 세 사람은 피아노 앞에 서서 피아노의 표면을 지켜보았다.

그것은 마치 느리게 움직이는 정지동작 화면을 보고 있는 것 같았다. 먼지가 천천히 움직이면서 '좋아요'라는 글자가 천천히 모습을 드러냈다.

엘스페스는 로버트가 과거와 현재 사이에서 혼란을 겪고 있다는 사실을 알 수 있었다. 그는 혼란스러운 상태에서 잔뜩 흥분했다. 발렌티나는 그를 바라보았고 줄리아는 발렌티나를 쳐다보았다. 엘스페스는 모두가 혼란을 겪고 있을 거라고 생각했다. 그녀는 거실을 돌아다니면서 물건들을 밀어 보았다. 문이 흔들렸고 커튼이 펄럭거렸다. 로버트는 피아노를 주시하고 있다가 그녀가 책상등을 몇 차례 끄고 켜자 고개를 들었다.

"엘스페스, 이쪽으로 와 봐요."

그가 말했다. 그러자 그녀는 기쁜 마음으로 그에게 날아갔다. 그는 바로 옆자리에 그녀가 있다는 사실을 갑자기 차가워진 기운으로 알 수 있었다. 왜 지금까지 그 사실을 모르고 있었는지 이해할 수 없었다. 그녀는 아파트에 줄곧 있었고 자신은 그녀를 혼자 내버려둘 때가 많았다. 그는 그녀의 무덤을 수도 없이 찾아갔던 일을 생각해 보았다. 노블린 집안의 가족 묘실에서 몇 시간이고 계단에 죽치고 앉아 혼잣말을 주절거렸던 일이 기억났다. 발렌티나와 함께 강변을 거닐면서 바보 같은 생각을 했던 기억도 났다. 그렇지만 엘스페스가 아파트를 지키고 있을 줄을 꿈에도 생각 못했다. 그는 고개를 절레절레 흔들었다. 자기도 몰래 고개를 흔들고 있다는 것을 뒤늦게 알아차리고 그가 물었다.

"지금 어떤 상태죠? 어떻게 지내고 있어요?"

로버트는 쌍둥이 자매에게 지금껏 말해 주지 못했던 것을 밝혀 주고 싶었다. 엘스페스는 피아노 위로 자리를 옮겨 그의 질문에 대해 곰곰이 생각해 보았다.

'내가 어떤 상태냐고? 물론 나는 죽었지. 죽은 상태야. 그렇지만 죽음이 두려운 것이라고 생각하지는 않아. 지금은 긍정적으로 생각하고 있지.'

그녀는 생각에 잠겨 먼지 위에 소용돌이 모양의 원을 그렸다. 로버트는 엘스페스가 통화를 하는 동안 끊임없이 소용돌이 모양의 원을 낙서처럼 그리던 일을 기억했다. 그것을 보고 로버트는 엘스페스가 아파트에 있음을 확신할 수 있었다.

발렌티나와 줄리아는 구경꾼이 되어 소용돌이 모양이 피아노의 표면에 나타나는 것을 지켜보았다. 줄리아는 동생과 자신이 예수의 탄생을 지켜보는 두 마리의 양 같다고 생각했다. 발렌티나는 엘스페스 이모가 자신들을 항상 지켜보고 있었는지 궁금했다. 이모는 우리에 대해 얼마나 알고 있을까? 이모는 우리를 좋아했을까? 그런 의문을 품자 갑자기 모든 것이 불편하고 어색해졌다. 발렌티나는 언니나 자신이 그동안 이모에 대해 나쁜 말을 한 적은 없는지 떠올려 보려고 애썼다. 쌍둥이 자매는 아주 어릴 적에 하나님이 날마다 쉬지 않고 지켜보고 있다는 말로 서로에게 겁을 주곤 했다. 그녀는 로버트의 얼굴을 쳐다보았다. 그는 발렌티나의 존재에 대해서는 까맣게 잊고 있었다. 그는 엘스페스가 다시 글을 쓰기만을 기다렸다.

피아노의 표면에 글자들이 나타나기 시작했다.

외로워요 아파트에 갇혀 살아요 발렌티나와 줄리아를 만나서 행복해요 당신이 그립네요

"이모, 혹시 원하는 게 있나요?"

줄리아가 말했다.

책을 읽어 줘 게임을 했으면 좋겠어 내게 관심을 가져 주고

"이모한테 관심을 가져 달라고요?"

응 내게 말을 걸고 나와 놀아 주면 돼

엘스페스는 최대한 빠르게 글자를 써 내려갔다. 그녀의 글씨는 삐뚤빼뚤했고 컸다. 피아노의 표면에서는 무한정 대화를 나눌 수 없었다. 바로 그때 고양이가 피아노의 건반으로 뛰어올라 쿵, 하는 소리가 사방에 울려 퍼졌다. 고양이는 피아노의 뚜껑으로 옮겨 갔다. 그 바람에 엘스페스가 써 놓은 글자들이 모두 지워져 버렸다. 고양이의 몸뚱이는 먼지떨이 같았다.

"어머, 이런 말썽꾸러기."

발렌티나가 기겁을 하면서 고양이를 붙잡아서 소파 위로 던졌다. 내동댕이쳐진 녀석은 골이 나서 피아노 밑으로 기어들어갔다.

고양이 때문에 피아노에 쌓여 있던 먼지 가운데 절반은 말끔히 쓸려 나갔다. 엘스페스는 악보대의 가장자리를 따라가며 다음과 같은 글자를 썼다.

강령회 점판

"그래 맞아. 빅토리아 시대 사람들은 강령회에서 점판을 사용했어. 자동기술도 있었고 영혼들은 영매를 통해 얘기를 했지. 아니, 영매들은 영혼이 자신의 몸을 이용해서 얘기를 하는 척했지. 엘스페스 이모, 그런 것들은 모두 속임수예요."

그럴지도 모르지

"좋아요. 그래도 강령회를 열어 봤으면 좋겠어요?"

점판은 어디서 구하지

"점판은 내가 만들어야겠죠."

로버트는 그렇게 말하고 나서 자매를 향해 돌아섰다.

"커다란 종이 한 장 줄래요? 점판을 만들려면 공책과 볼펜 그리고 물잔이 필요해요."

줄리아가 부엌으로 가더니 주스잔과 볼펜을 가지고 돌아왔다. 발렌티나는 컴퓨터 프린터에 들어 있는 백지 몇 장과 공책을 가져왔다. 그녀는 백지들을 테이프로 묶었다.

로버트는 세 줄로 알파벳 철자를 썼다. 그런 다음 '예'와 '아니오'를 종이의 위쪽 모서리에 적어 넣었다. 그는 소형 탁자에 종이를 내려놓고 종이의 한가운데에 유리잔을 엎어 놓았다.

엘스페스는 유리잔이 너무 무겁다고 생각했다. 그녀는 유리잔이 바르르 떨리도록 만들 수는 있었지만 그것을 한쪽으로 미끄러지게 할 수는 없었다.

"무게가 거의 없는 것으로 해야겠어요. 병뚜껑이나 뭐 그런 것은 없나요?"

로버트가 말했다. 줄리아가 급히 부엌으로 달려가더니 그날 아침 우유통에서 벗겨 낸 청색 플라스틱 뚜껑을 가지고 돌아왔다.

"좋아요."

로버트가 말했다. 그는 뚜껑을 유리잔이 있던 자리에 놓았다. 그러자 뚜껑은 종이 위를 가볍게 스치며 돌아다니기 시작했다. 줄리아는 경망스럽게 뛰어다니는 뚜껑을 바라보면서 답답한 쓰레기통에 갇혀 있다가 밖으로 나와서 무척 기뻐하는 것처럼 보인다고 생각했다. 종이 위를 뛰어다니는 뚜껑은 물 위를 미끄러지며 나아가는 소금쟁이 같았다. 피아노 위에 글자를 쓸 때는 이모가 거실에 있다는 사실을 충분히 상상할 수 있었지만 플라스틱 뚜껑을 움직일 때는 뚜껑 그 자체가 하나의 생물이 되어 자기 의지대로 움직이는 것 같았다. 줄리아와 발렌티나는 탁자 옆의 바닥에 앉았다. 로버트는 소파에 앉아서 점판 위로 몸을 기울였다. 그 순간 플라스틱 뚜껑이 갑자기 동작을 멈추더니 주변의 소리에 귀를 기울이는 것 같았다. 고양이가 살금살금 다가오더니 당장이라도 뚜껑을 향해 달려들 자세를 취했다. 엘스페스는 고양이를 저 멀리 치워 달라고 속으로 말했다. 마치 엘스페스의 생각을 읽기라도 한 것처럼 발렌티나가 자리에서 벌떡 일어나 고양이를 식당에 가두었다.

"아파트에 갇혀 있다는 말씀은 무슨 뜻이에요? 그럼 항상 여기에만 계신 거예요?"

자리로 돌아온 발렌티나가 물었다. 그녀는 이모에게 항상 언니와 자신을 지켜보고 있었는지 묻고 싶었지만 참았다.

뚜껑이 천천히 움직이면서 알파벳 철자를 하나씩 짚어 나가기 시작했다. 어느 누구도 뚜껑을 건드리지 않았다. 그것은 자기 의지대로 움직이며 글자를 만들어 나갔다.

그래 맞아 나는 항상 이곳에 있었고 여기를 벗어날 수가 없어

뚜껑이 알파벳 철자 위를 움직이다가 잠시 멈출 때마다 로버트는 공책에다 글자를 받아 적었다. 그는 마침표나 물음표 같은 구두점을 점판 위에 적지 않은 것을 뒤늦게 깨닫고 아쉬워했다.

"이모는 지금쯤 천국에 계셔야 하는 것 아닌가요? 교회에 다닐 때 들었던 얘기들은 어떻게 된 거죠?"

줄리아가 물었다.

천국 같은 건 모르겠어 나는 그냥 여기서 기다리고 있을 뿐이야

"영원히 말이에요? 변화는 조금도 없고요?"

점점 힘이 세지는 것 같아

"누구나 죽으면 이모처럼 되는 건가요?"

모르겠어 나는 죽어서 이곳에 있다는 것밖에 몰라

엘스페스는 대답만 하는 게 아니라 자기도 이것저것 물어보고 싶었다. 그녀는 줄리아가 다른 질문을 던지기 전에 철자 위를 오가며 재빨리 글자를 만들었다.

에디는 어떻게 지내

쌍둥이 자매는 서로의 얼굴을 흘낏 쳐다보았다.

"엄마는 잘 계세요."

발렌티나가 말했다.

"사실 엄마는 이모의 유언장에 따라 저희를 만날 수 없어서 슬퍼하세요."

줄리아가 덧붙였다.

뚜껑이 종이 위를 아무렇게나 떠돌아다녔다. 엘스페스는 한참 만에 글자를 만들어 냈다.

에디한테는 얘기하지 마라

"무슨 얘기를 하지 말라는 거죠?"

로버트가 물었다.

내가 영혼이 되어 떠돌고 있다는 얘기는 어느 누구한테도 하지 말아요

"얘기를 해도 우리가 하는 말을 아무도 안 믿을 거예요. 엄마는 우리가 새빨간 거짓말을 하고 있다고 생각하실 거예요. 엄마는 이런 강령회도 이상하게 생각하는 분이니까요."

너희는 프랑스어 할 줄 아니

"예."

줄리아가 말했다.

그럼 라틴어로 할게

"라틴어는 하나도 몰라요."

로버트 내일 다시 이곳에 와서 나랑 단둘이서 얘기 나눠요

엘스페스는 철자 위를 움직이며 라틴어를 만들어 나갔다. 로버트는 점판에 나타난 라틴어를 읽고 혼자 미소를 지었다.

"두 분이 비밀로 얘기하는 법이 어디 있어요?"

줄리아가 불만을 터뜨렸다. 발렌티나는 이모와 로버트가 몇 년 동안 자기들만의 비밀을 간직해 왔다고 생각했다. 발렌티나는 토하고 싶은 심정이었다. 로버트는 손을 뻗어 그녀의 머리를 쓰다듬었다. 그녀는 미심쩍은 눈길로 그를 쳐다보았다. 줄리아와 엘스페스는 그

모습을 지켜보다가 한순간 질투심에 사로잡혔다.

피곤해요

엘스페스가 점판 위를 옮겨 다니며 다시 글을 만들어 냈다.

"알았어요."

로버트가 말했다.

잘 자요

"당신도 잘 자요."

"안녕히 주무세요, 이모."

로버트와 자매는 자리에서 일어섰다. 한동안 어색한 기운이 흘렀다. 엘스페스를 앞에 두고서는 서로가 할 말이 아무것도 없었다. 세 사람 모두 어딘가로 가서 조금 전에 목격한 신기하고 놀라운 현상에 대해 탄성을 터뜨리고 싶었지만 지금은 서로의 눈치만 보고 있었다.

"자, 그럼 잘 자요."

로버트는 그렇게 말하고 나서 자기 집으로 내려가려고 했다.

"안녕히 주무세요."

자매는 그의 뒷모습을 멀뚱히 지켜보기만 했다. 로버트는 자기 아파트로 돌아와 완전히 정신이 나간 표정으로 천장을 쳐다보았다. 그러다가 갑자기 웃음을 터뜨리기 시작했다. 웃음을 멈출 수가 없었다. 자매는 아래층에서 터져 나온 웃음소리를 들었다. 그들은 자그마한 탁자 앞에 앉아서 말없이 점판을 손으로 쓰다듬었다. 엘스페스는 현관 바닥에 드러누워 로버트의 웃음소리에 귀를 기울였다. 그녀는 로버트가 걱정이 되었다. 그의 웃음소리가 잦아들었을 때 그녀는 거실로 돌아가 조카들의 머리 정수리를 건드리며 말했다.

'잘 자거라, 애들아.'

엘스페스는 더할 수 없이 뿌듯한 마음으로 자신의 서랍 속으로 들어가 몸을 말았다.

이튿날 아침에도 날씨가 우중충하고 습기가 많았다. 로버트는 침대에 누워 쌍둥이 자매가 아파트 안을 돌아다니는 소리에 귀를 기울였다. 날씨가 너무 좋지 않아 자매가 하루 종일 집에만 틀어박혀 있을까 봐 걱정이 되었다. 그는 자매가 키우는 고양이가 경망스럽게 방마다 돌아다니는 소리를 들을 수 있었다. 실험실의 커다란 쥐처럼 생긴 고양이한테서 어떻게 기병대의 발소리가 나는지 신기했다. 그는 침대에서 빠져나와 커피를 끓이고 샤워를 했다. 옷을 갈아입고 커피를 한 잔 마셨을 때, 자매가 그의 집으로 찾아왔다.

"저희랑 전시 내각실(제2차 세계대전 당시 윈스턴 처칠이 전쟁을 지휘하던 곳—옮긴이)에 구경 가실래요?"

발렌티나가 물었다.

"나도 그랬으면 좋겠는데……. 할 일이 좀 있어서요. 논문의 진도가 엄청 더뎌서요. 제시카는 내가 논문을 포기한 줄 알고 있을 정도예요."

"그래도 같이 가요."

줄리아는 몇 분 동안 그를 설득하려고 애썼다. 그것이 진심에서 우러나온 말투나 행동이 아니라는 것쯤은 그녀 자신도 잘 알고 있었다. 발렌티나는 애원하는 표정을 지었다. 로버트는 자매의 제안을 정중히 거절했다. 할 수 없이 그들은 로버트를 남겨 두고 아파트 건물을 나섰다. 그는 자매가 커다란 골프용 우산을 나누어 쓰고 아파트 정문을 나서는 모습을 유리창으로 지켜보았다. 자매가 지하철 전동차에 올라탔을 거라는 확신이 들 때까지 기다리다가 그는 연필과 종이를 챙기고 책상에 붙어 있는 자그마한 서랍에서 엘스페스의 열쇠를 꺼냈다. 그리고 위층으로 올라가 자매의 아파트로 들어갔다.

한동안 현관에 서서 어떻게 일을 시작하면 좋을지 생각해 보았다. 아무래도 식당에 있는 식탁이 가장 편할 것 같았다. 그는 점판과 플라스틱 뚜껑 그리고 종이를 가지고 자리에 앉았다.

"엘스페스?"

그는 부드럽게 그녀를 불렀다. 어쩌면 그녀는 잠을 자고 있을지도 모른다는 생각이 들었다. 다음 순간 죽은 사람들도 잠을 자는지 궁금했다.

"엘스페스, 점판을 사용하는 게 무척 힘들어 보여서 자동기술을 한 번 사용해 봤으면 좋겠는데 괜찮겠어요?"

그는 종이 위에 손을 얹은 채 한참을 기다렸다. 그에게는 아주 오랜 시간이 흐른 것 같았다.

바로 그 식탁의 같은 의자에 앉아서 반숙 달걀을 수도 없이 먹었던 일이 생각났다.

"달걀은 어떻게 해 드릴까요?"

엘스페스와 처음으로 같이 아침을 먹었을 때 그녀가 물었다.

"반숙으로 해 주세요."

그는 그렇게 대꾸하고 나서 그녀에게 반숙 달걀을 어떻게 만드는

지 직접 시범을 보였다. 엘스페스는 자기가 먹을 달걀을 마구 휘저은 다음 갖가지 재료를 넣어 요리했다. 그리고 아침을 먹고 나면 자그마한 청색 에그컵에 반숙 달걀을 담아서 내놓곤 했다. 그는 그 에그컵이 어디에 있는지 궁금했다. 컵을 찾으려고 자리에서 일어서려고 했을 때, 손이 갑자기 싸늘해지면서 한쪽으로 기울어지기 시작했다. 주변을 둘러보았지만 아무것도 보이지 않았다. 그는 연필을 집어 들고 자세를 고쳐 앉았다.

이번에는 연필심을 종이에 갖다 댔다. 냉기가 그의 손으로 점점 스며들었다. 종이 위에서 연필이 움직이기 시작했다.

지진계처럼 보이는 원과 고리 그리고 끝이 뽀족뽀족한 선이 종이를 뒤덮었다. 로버트는 자신의 의지와 상관없이 손가락이 연필을 거머쥐고 있는 것 같은 느낌을 이따금 받았다. 연필은 그가 알지 못하는 어떤 의지에 따라 저절로 움직이는 것 같았다. 그는 종이 위로 몸을 기울이고 종이를 유심히 들여다보았다. 무의미한 선들은 점점 더 작아지고 촘촘해졌다. 로버트는 꺼칠꺼칠한 종이에다 두꺼운 연필로 알파벳 철자를 적어 보던 어린 시절이 기억났다. 냉기 때문에 손가락이 얼얼해졌다.

무슨 생각을 하는 거죠?

연필을 쥐고 있던 손에 힘을 풀자 연필은 식탁 위로 넘어졌다.

"반숙 달걀을 먹고 싶어요."

로버트가 조용하게 말했다.

연필은 재미를 느꼈는지, 아니면 내팽개쳐진 사실에 흥분을 했는지 식탁 위를 이리저리 굴러다녔다. 로버트는 오른손에 잠시나마 온기를 불어넣기 위해 왼손으로 연필을 집어 들었다.

정말 보고 싶었어요.

"나도 마찬가지예요, 엘스페스. 참 어처구니가 없어요. 나는 이해할 수 없었어요. 지금껏 당신에 관한 꿈을 수도 없이 꾸었죠. 당신은 이렇게 멀쩡히 존재하는데 나는 그것도 모르고 있었어요. 일주일 전에도 꿈을 꾸었죠. 세인즈베리 슈퍼마켓에서 당신을 찾고 있는데 당신은 상추로 변해 있었어요. 나는 그 사실을 전혀 몰랐죠. 지금 사정은 그때와 조금도 다르지 않아요. 당신이 상추란 말은 아니에요. 당신이 여기에 분명히 있는데도 나는 그걸 모르고 있었단 말이죠."

그건 당신 잘못이 아니에요.

"당신을 실망시켰다는 생각이 자꾸만 들어요."

나는 죽었어요. 그건 당신 탓이 아니라니까요.

"그건 알지만 나는……."

쌍둥이 자매는 부엌 바닥에 퍼질러 앉아서 귀를 기울이고 있었다. 자매는 귀를 식당 문에 바짝 갖다 붙였다. 줄리아는 아래를 힐끗 내려다보고 동생과 자신이 비닐장판을 가로질러 오면서 기다란 흙탕물을 발자국처럼 남긴 사실을 깨달았다. 그녀는 부디 로버트가 그곳으로 들어오지 않기를 바랐다. 그곳에는 숨을 곳도 마땅치 않았다. 발렌티나는 처칠 박물관에 가지 않은 걸 후회했다. 그녀는 로버트가 엘스페스에게 무슨 말을 하든 엿듣고 싶지 않았다. 그녀는 언니를 바라보았다. 줄리아는 최대한 대화 내용을 엿듣기 위해 불편한 자세를 취하고 있었다. 평소에 사람들의 말을 엿듣기 좋아하는 그녀는 잔뜩 흥분한 표정을 지었다.

엘스페스는 식탁 위에 앉아서 자신에게 말을 거는 로버트의 얼굴을 바라보았다. 그녀가 어디에 있는지 전혀 알지 못하는 그는 말을 하는 동안 맹인처럼 한곳을 멍하니 쳐다보고 있었다.

"무엇을 어떻게 해야 할지 모르겠어요. 당신은 이곳에 분명히 있지만 눈에 보이지는 않고."

로버트는 잠시 말을 멈추고 엘스페스가 대꾸를 하는지 지켜보았다. 아무런 응답이 없자 그가 말을 이었다.

"내가 죽으면 당신을 만날 수도 있겠지요."

그건 안 돼요.

"왜 안 되죠?"

당신이 죽어서 이곳이 아니라 당신의 아파트에 갇히면 어쩌죠?

"아."

그리고 당신이 죽는 꼴은 차마 볼 수 없어요.

로버트는 고개를 끄덕였다.

"우리 다른 얘기나 하죠."

두 사람이 동시에 숨소리를 의식하게 되었다.

계속 얘기하세요.

엘스페스가 적었다. 로버트는 그저께 제시카한테서 들은 얘기를 늘어놓기 시작했다. 법과대학에 다닐 때 그녀가 겪은 일화였다. 엘스페스는 부엌문으로 다가가서 머리를 문밖으로 불쑥 내밀었다. 처음에는 아무것도 보이지 않았다. 다음 순간 그녀는 아래를 내려다보고 쌍둥이 조카가 자신들의 얘기를 엿듣는 모습을 발견했다. 엘스페스는 웃음을 터뜨리고 나서 로버트에게 날아갔다.

쌍둥이들이 얘기를 엿듣고 있네요. 다음에 오세요.

그녀는 그렇게 적었다.

'언제 와야 하죠?'

로버트도 그렇게 적었다.

저는 항상 여기에 있어요.

엘스페스가 대꾸했다.

"벌써 정오가 되었네요. 그만 가 봐야겠어요. 회보를 정리하는 일을 도와주기로 제시카와 약속했거든요."

사랑해요.

그는 입을 벌려 사랑한다는 말을 하려다가 대신 글자로 적었다.

'나도 사랑해요. 항상.'

엘스페스는 로버트가 쓴 글자를 손가락으로 더듬었다. 그녀는 종이를 간직하고 싶었다. 하지만 다음 순간 그것은 사물에 불과하다는 생각이 들었다. 로버트는 공책을 들고 자리에서 일어나서 의자를 본래 자리로 밀어 넣었다. 그는 엘스페스를 두고 떠나기 싫어 현관에서 시간을 끌었다. 냉기가 한순간 그의 몸을 훅 뚫고 지나갔다. 그는 구역질이 났다. 그는 메스꺼운 느낌이 사라질 때까지 기다렸다가 아파트를 나왔다.

엘스페스는 쌍둥이 조카가 있는 부엌으로 돌아갔다. 바닥에는 여기저기 진흙이 묻어 있었다. 엘스페스는 뒷문 유리창으로 다가갔다. 발렌티나와 줄리아가 소리도 내지 않고 비상계단을 기어 내려가고 있었다. 땅바닥에 닿았을 때 그들은 종종걸음으로 정원 속으로 사라졌다. 그녀는 조카들이 보기보다 영리하다고 생각했다. 그녀는 만족감과 경계심, 향수와 분노가 한데 뒤섞인, 복잡한 심정에 사로잡혔다. 자신이 로버트와 알콩달콩 얘기를 나눌 때는 조카들을 어디 먼 곳에 떼어놓을 수 있었으면 좋겠다고 생각했다. 그녀는 한숨을 쉬었다.

*

존재를 알리는 것보다 더 근본적인 것은 무엇일까? 사랑을 나누고 친밀한 감정을 서로 전달하는 것이다. 로버트는 온전히 그 일에 전념했다. 그는 날마다 엘스페스와 함께 몇 시간을 보냈다. 쌍둥이 자매가 집을 비울 때마다 둘은 종이와 연필을 가지고 한때는 그저 평범하게만 여겨졌던 날들을 떠올리며 애틋한 추억에 젖어들었다.

"당신 발가락이 부러진 날 기억나요?"

그린파크에서 그런 일이 있었죠.

"나는 당신이 우는 모습을 한 번도 못 봤어요."

솔직히 무척 아팠어요. 당신이 그런 사고를 겪었어도 아팠을 거예요.

"그랬겠죠."

친절한 택시 운전사를 만나 다행이었어요.

"그래요. 그리고 나중에 우리는 아이스크림을 먹었죠."

술도 마셨어요. 발가락이 부러진 것보다 숙취 때문에 더 고생을 했죠.

"그래요? 그 부분은 까맣게 잊고 있었네요."

"가장 아쉬운 게 뭐예요?"

몸을 가지고 있지 않다는 거죠. 몸으로 느낄 수 있으면 좋겠어요. 목 안이 타들어 가는 술도 마셔 보고 싶고요. 손과 발, 머리도 있으면 좋겠어요. 난 이제 냄새도 못 맡아요. 당신 몸에서 나는 냄새를 기억 못하겠어요.

"당신의 옷은 아직도 간직하고 있지만 냄새는 모두 사라졌죠."

당신의 몸에서 어떤 냄새가 나는지 말해 주세요.

"글쎄요. 가만 있자……."

몸의 부위에 따라 냄새도 다르죠.

"그래요. 손에서는 연필 냄새가 나요. 당신이 나한테 사 준 오이비누 냄새도 조금 나고요. 그리고…… 점심으로 페페로니 소시지를 먹었어요. 자기 몸에서 나는 냄새를 맡는다는 게 과연 가능한지 모르겠네요. 자신의 얼굴을 볼 수 없는 것과 같은 이치 아닌가요?"

나는 거울에 모습이 비치지 않아서 몸을 볼 수가 없어요.

"아, 저런. 무척 외롭고 쓸쓸하겠어요."

그렇죠.

"당신을 볼 수 있었으면 좋겠어요."

난 지금 당신의 왼편에서 당신을 향해 몸을 기울이고 있어요.

"흠. 어쩌면 당신은 스펙트럼의 다른 부분에 있을지도 몰라요. 자외선이나 적외선?"

당신한테는 영혼을 볼 수 있는 안경이 필요해요.

"맞았어요! 그런 제품을 개발하면 사람들은 길을 가다가 버스를 타고 가는 유령들을 모두 볼 수 있겠죠. 세인즈베리 매장을 기웃거리는 유령도 볼 수 있고……."

공동묘지에서 그런 안경을 착용해도 되겠네요. 유령이 엄청 많을 거 아니에요?

"글쎄요. 내가 궁금하게 생각하는 게 바로 그거예요. 당신은 지금 공동묘지에 있는 게 아니잖아요. 나는 당신이 그런 곳에 가 있을 거라고 생각했거든요."

조카들이 오고 있어요.

"이런, 그럼 내일 또 만나요."

우리 어떻게 하죠? 당신은 이런 식으로 살 수 없어요.

"무슨 뜻이죠? 나는 지금 행복해요."

발렌티나는 당신을 사랑하고 있어요.

로버트는 연필을 내려놓고 자리에서 일어났다. 그리고 몸을 녹이려는 것처럼 두 팔로 상체를 감싸고 식당 안을 어슬렁거렸다. 한참 그러고 있다가 그는 자리에 다시 앉았다.

"내가 어떻게 했으면 좋겠어요?"

나도 모르겠어요.

그는 다시 자리에서 일어섰다.

"엘스페스, 나는 무슨 말을 해야 할지 모르겠어요."

그는 공책과 연필을 집어 들고 아래층으로 내려갔다. 엘스페스는 그에게 사랑한다는 말을 해 달라고 속으로 말했다. 그러고 나서 이틀이 지나 로버트는 다시 식당에 모습을 드러냈다. 그의 손에는 공책이 들려 있었다.

"그동안 생각을 해 봤어요."

그렇게 말하고 나서 그는 자리에 앉아 종이 위로 손을 내밀고 엘스페스가 자신의 손을 움직여 주길 기다렸다. 그녀는 그곳에 있었지만 그에게 아무런 표시도 하지 않았다. 그녀는 팔짱을 낀 채 등받이가 곧은 맞은편 의자에 앉아서 눈을 가늘게 뜨고 있었다.

한참만에 로버트가 다시 입을 열었다.

"엘스페스, 나는 그동안 생각을 정리해 보려고 애썼어요. 발렌티나에 대해서. 지금 무척…… 혼란스럽네요."

침묵이 흘렀다. 로버트는 자신의 신경계가 머릿속에서 구슬픈 소리를 내는 것을 들을 수 있었다. 창밖으로는 이슬비가 내리고 있었다. 식당 안은 무척 어두웠다.

"그럼 좋아요. 여기에 그냥 앉아서 혼잣말이나 하죠."

그는 말을 잠시 멈추었다. 엘스페스는 기다렸다.

"엘스페스, 무슨 일이 일어날 거라고 생각한 거죠? 당신은 1년 반전에 죽었어요. 나는 1년 내내 당신을 그리워하며 보냈어요. 차라리 나도 따라 죽었으면 좋겠다고 생각하면서요. 자살을 심각하게 고민하기도 했죠. 그때 쌍둥이 자매가 도착했어요. 곰곰이 생각해 보면 기억날 거예요. 당신은 자신을 대신할 수 있는 쌍둥이 조카를 이곳으로 보내겠다는 말을 내게 몇 번이고 했어요. 내가 자매를, 그중에서도 발렌티나를 주목하기 시작하자 당신은 다시 나타났어요. 아니, 실제로 눈앞에 나타났다는 게 아니라 이곳에서 자신의 존재를 드러낸 거죠. 우리가 한 몸처럼 이렇게 붙어 있으니까 좋아 보이긴 하네요."

그 순간 엘스페스는 살아 있었을 때 로버트와 관련해서 한 번도 가져 보지 못한 느낌을 받았다. 그녀는 로버트가 더 이상 자신을 사랑하지 않으며 머지않아 자신의 곁을 떠날 것이라고 생각했다. 그녀는 그의 목소리를 듣고 그런 짐작을 할 수 있었다.

"엘스페스, 내가 어디로 어떻게 가면 당신을 만날 수 있는지 알기만 한다면 나는 무슨 일이 있어도 당신을 만날 거예요."

그녀는 다가가서 그의 옆에 서 있었다. 그가 다음에 무슨 말을 할지 두려웠다.

"그렇지만 지금 우리는 이도저도 아닌 상태에 있어요. 나는 몸에 묶여 있고 당신은…… 여기에 있지만 몸을 가지고 있지 않죠. 몸도 목소리도 없어요. 그렇죠? 그만 내려가서 공책에 적었던 것들을 살펴봐야겠어요. 이러다가 미쳐 버릴 것 같아요."

그녀는 그의 손을 잡고 연필을 한 번 홱 끌어당겼다. 그녀는 다음과 같은 글을 써내려 갔다.

내가 몸을 가졌으면 좋겠어요?

"나는 눈에 보이는 몸에 익숙해요. 미안해요."

그는 솔직하게 말했다.

엘스페스는 천천히 날아올라 천장에서 로버트를 내려다보았다. 사실 그녀는 샹들리에에 얽혀 있었다. 그녀는 두 손을 자그마한 수정 구슬에 통과시키기 시작했다. 로버트는 고개를 들어 천장을 쳐다보았다.

"내가 발렌티나를 포기하길 원해요? 당신이 원한다면 그렇게 하죠."

'내가 원하는 게 정말 그런 걸까? 왜 이 사람은 내가 결정을 내리

도록 만드는 거지?'

그녀는 곰곰이 생각해 보았다. 그녀는 샹들리에 속에 들어 있는 불꽃 모양 전구의 하단부분에 손가락을 갖다 댔다. 그러자 전구에 불이 환하게 들어왔다. 로버트는 갑작스러운 불빛에 눈이 부신지 양손을 들어 눈을 가렸다. 그는 그런 상태로 한참 동안 앉아 있다가 입을 열었다.

"왜 그렇게 한 거죠?"

그가 조용히 묻고 나서 연필을 집어 들고 조심스럽게 손을 종이 위로 내밀었다. 그 순간 전구가 깨지면서 파편이 사방으로 튀었다.

미안해요. 정말 미안해요. 잠시 다른 생각을 하다가 그만.

"나한테 화가 난 거 아니에요?"

마음의 상처를 입고 혼란스러웠던 건 사실이지만 화는 나지 않았어요.

"엘스페스, 여기에서 잠깐 기다려요. 유리 파편을 치워야겠어요. 그동안 각자 생각할 시간을 갖도록 하죠."

그는 부엌으로 가서 쓰레받기와 빗자루를 찾았다. 그는 유리 조각을 빗자루로 쓸어 담고 전구를 새것으로 갈아 끼우고 나서 자리에 다시 앉아 종이를 빤히 바라보았다. 엘스페스는 로버트의 안색이 무척 좋지 않다고 생각했다. 어두컴컴한 공간에 앉아서 죽은 여자와 낙서나 하고 있으니 기분이 좋을 리가 없었다. 만약 동화 속이라면 공주가 나타나서 그를 구해 주겠지만 그녀가 할 수 있는 거라고는 그를 놓아 주는 것밖에 없었다.

좋아요. 발렌티나가 당신을 행복하게 해 준다면 나는 상관하지 않겠어요.

그녀는 그렇게 썼다.

"엘스페스……."

나를 잊지는 마세요.

"엘스페스, 내 말 좀 들어봐요."

하지만 그녀는 이미 방을 나가 버렸다. 그 뒤로 며칠 동안 그녀는
나타나지 않았다.

제 3 부

생사의 경계

이른 아침이었다. 발렌티나는 평소처럼 줄리아보다 일찍 잠에서
깨어났다. 그녀는 자신의 몸을 휘감고 있는 줄리아의 팔을 조심스럽
게 걷어 내고 침대에서 일어나 앉았다. 빠끔히 열린 커튼 사이로 희
뿌연 새벽빛이 스며들었다. 그 순간 움직이는 무언가가 얼핏 그녀의
눈에 들어왔다. 잠에서 완전히 깨어나지 못한 발렌티나는 그것이 무
엇인지 정확히 보지는 못했다. 처음에는 고양이라고 생각했다. 그런
데 고양이는 그녀의 옆자리에서 아직도 곤히 잠들어 있었다. 발렌티
나는 정신을 집중하고 물체를 유심히 바라보았다. 창가에 앉아 있던
물체는 서서히 자신의 형체를 무너뜨렸다. 발렌티나는 자신이 엘스
페스 이모를 보고 있다는 사실을 깨달았다.

마치 먼 곳에 있는 물건을 바라보는 것 같았다. 엘스페스는 형체
가 명확하지 않았다. 발렌티나는 이모가 엄마를 꼭 닮았다고 생각

했다. 하지만 자신을 바라보는 유령의 모습에는 무언가 낯설고 이국적인 모습이 있었다. 엘스페스는 무슨 말을 하는 것처럼 입을 움직이다가 침대를 향해 걸어오기 시작했다. 그때까지 발렌티나는 조금도 두렵지 않았는데 갑자기 두려움이 밀려들었다. 두려운 느낌이 들자 정신이 번쩍 들었다. 엘스페스는 눈앞에서 사라져 버렸다. 발렌티나는 뺨에 냉기가 닿는 것을 느꼈다. 그뿐이었다. 그녀는 침대에서 미끄러져 내려와서 아파트를 달려 나갔다. 그녀는 계단을 달려 내려가서 잠옷 차림으로 우편함 옆에 서서 숨을 헐떡거렸다.

로버트는 간밤에 잠을 한 시간 정도밖에 자지 못했다. 그래서 현관문을 두드리는 소리를 알아차리기까지 약간의 시간이 걸렸다. 잠에서 간신히 깨어난 그는 처음에 아파트에 불이 난 게 틀림없다고 생각했다. 그는 속옷차림으로 현관문을 열고 찡그린 눈으로 밖을 내다보았다.

"들어가도 돼요?"

발렌티나가 말했다.

"아, 잠깐만요."

그는 침실로 얼른 돌아가서 바지와 어제 입었던 셔츠를 입었다. 그런 다음 현관으로 나와 문을 활짝 열어 주었다.

"아침 일찍부터 무슨 일이죠?"

그는 발렌티나의 얼굴과 차림새를 유심히 살피면서 물었다.

"엘스페스 이모를 보았어요."

그녀는 그렇게 대답하고 나서 흐느끼기 시작했다.

로버트는 발렌티나를 두 팔로 감싸고 그녀를 달래 주었다. 그녀가 어느 정도 안정을 되찾자 그가 입을 열었다.

"몇 주 동안 엘스페스를 보려고 노력했지만 볼 수가 없었어요. 어떤 모습이던가요?"

"엄마와 꼭 닮으셨어요."

"그런데 왜 우는 거죠?"

"저는 지금껏 유령을 본 적이 없어요. 그러니까 제 말은…… 이모는 돌아가신 분이라는 거죠."

"예, 무슨 말인지 알겠어요."

그는 그녀를 부엌으로 데려갔다. 그녀가 식탁에 앉자 그는 차를 끓이기 시작했다. 발렌티나는 화장지에 대고 코를 풀었다.

"혹시 이모가 모습을 드러내려고 애쓰고 있다는 인상을 받았나요? 정확히 어떤 일이 일어난 거죠?"

로버트의 물음에 발렌티나는 고개를 가로저었다.

"처음 보았을 때는 이모가 창가에 앉아 밖을 내다보고 있었던 것 같아요. 특별히 저한테 모습을 드러내려고 애쓴 것 같지는 않아요. 내가 자신을 바라보고 있다는 사실을 눈치 채고 이모는 제게로 다가왔어요. 저는 겁이 덜컥 났어요. 그러자 이모는 곧 사라지더군요."

발렌티나는 말을 잠시 멈추었다.

"사실, 그때 저는 잠에서 완전히 깨지 않았던 것 같아요."

"오, 이런. 그럼 꿈에서 이모를 보았다는 겁니까?"

로버트가 말했다.

"아니, 꿈같지는 않아요. 하지만 그것은 어쩌면…… 왜 그런 경우 있잖아요. 무언가를 기억해 내려고 머리를 쥐어짤 때는 도무지 생각

이 나지 않다가 한참 지나서 불현듯 머리에 떠오르는 경우 말이에
요."

"예?"

"이모를 눈으로 볼 수 없다는 사실을 까맣게 잊고 있다가 우연히
이모를 보았던 것 같아요."

로버트는 웃음을 터뜨렸다.

"나도 그렇게 한 번 해 봐야겠네요. 최근에는 엘스페스가 더 이
상 말을 걸지 않더군요. 그래서 난 그녀가 나타날 거라고는 생각하
지 않았어요. 그건 그렇고 어떤 모습이던가요? 화가 나 있던가요?"

"화가 나 있었냐고요? 아니에요. 저한테 무슨 말을 하려고 애쓰
는 것 같았어요. 화가 난 것 같지는 않아요."

주전자가 끓기 시작했다. 로버트는 뜨거운 물을 찻잔에 따랐다.

"언니와 함께 이모한테 말을 걸기도 합니까?"

그가 물었다.

"가끔은요. 그렇지만 저희가 물어보고 싶은 것들에는 대답을 하
고 싶지 않은가 봐요."

로버트는 미소를 지으며 차 도구들을 탁자에 내려놓았다.

"그때는 캐묻지 말고 그냥 내버려 두세요. 그러면 이모가 이것저
것 물을 거예요. 그렇게 되면 결국 알고 싶은 것들에 대해 대답을
듣게 될 거예요."

그는 맞은편 의자에 앉았다.

"그럴지도 모르죠. 아저씨가 저희한테 곧바로 알려 주셨으면 좋겠
어요."

"알려 주다니 무엇을 말입니까?"

"무엇이든 말이에요. 확실히는 모르겠지만 이모와 엄마 사이에는 아주 커다란 비밀이 있는 것 같아요. 두 분은 쌍둥이시잖아요. 그런데 서로 말도 안하고 지내셨어요. 왜 그랬을까요?"

"거기에 대해서는 나도 할 말이 없어요."

"비밀에 대해 모른다는 건가요? 아니면 비밀을 알지만 말하지 않겠다는 건가요?"

발렌티나는 조바심을 내며 물었다.

"모른다는 거죠. 엘스페스와 에디가 왜 갈라섰는지 난 전혀 몰라요. 아무튼 그 일은 내가 엘스페스를 만나기 훨씬 전에 일어났어요. 이모는 두 사람의 어머니에 대해서 거의 언급하지 않았어요."

그는 차를 잔에 따랐다.

발렌티나는 자신의 머그잔에서 김이 모락모락 피어오르는 것을 지켜보았다.

"왜 그런 걸 알려고 하죠? 두 사람의 어머니도 밝히고 싶지 않은 사실인가 보죠. 엘스페스는 걱정이나 혼란을 불러일으킬 물건들은 하나도 남기지 않으려고 각별히 신경을 썼어요. 물론 우리는 거기에 어떤 비밀이 감춰져 있을 거라고 추측해 볼 수 있죠."

"엄마는 비밀이 탄로날까 봐 두려워하고 계세요."

"그냥 내버려 두는 게 더 낫기 때문에 그런 것 아닐까요?"

그는 자기가 생각해도 필요이상으로 힘주어 말했다. 발렌티나는 깜짝 놀라는 표정을 지었다.

"힘들게 비밀을 캐내고 나서 차라리 모르는 편이 나았을 거라고 뒤늦은 후회를 하는 경우가 가끔 있죠."

로버트는 차분하게 말했다. 발렌티나는 얼굴을 찌푸렸다.

"후회를 하게 될지는 어느 누구도 모르는 거잖아요. 게다가 아저씨는 역사학자잖아요. 다른 사람들에 관한 진실을 캐내는 것이 아저씨가 하는 일 아닌가요?"

"발렌티나, 빅토리아 시대 사람들을 연구하는 것과 자신의 가족사를 밝혀내는 것과는 완전히 달라요."

그녀는 아무 대꾸도 하지 않았다.

"그럼 내가 교훈이 될 만한 이야기를 하나 해 줄게요."

로버트는 차를 조금 마시고 나서 갑자기 불안감에 휩싸였다. 그녀에게 쓸데없는 이야기까지 들려줄 필요가 있는지 얼른 판단이 서지 않았다. 그렇지만 그녀는 기대감이 가득한 눈빛으로 그를 바라보았다.

"열다섯 살 때의 일입니다. 어느 날 어머니는 엄청난 돈을 손에 넣게 되었어요. 누가 그 엄청난 돈을 주더냐고 어머니께 여쭤보았죠. 그러자 어머니는 프루 대고모님이 돌아가시면서 유산을 자신에게 남겼다고 말씀하시더군요. 우리 집 안에는 가족이 상당히 많았어요. 하지만 그때까지 프루 대고모님에 대해서는 한 번도 들어보지 못했어요. 외가 쪽을 살펴보면 십자군 시대까지 거슬러 올라가지만 모두 가난하게 사셨어요. 어머니는 그렇게만 말씀하시고 그 뒤로 일절 거기에 대해 입을 열지 않으셨어요. 아무튼 그런 일이 있고 나서 한 2주쯤 뒤에 텔레비전을 보고 있는데 신임 장관을 인터뷰하는 장면이 나오더군요. 장관은 바로 아버지였어요. 다른 이름을 쓰고 있었지만 분명히 아버지였죠. 난 얼른 어머니를 불렀어요. 우리 두 사람은 아버지가 인터뷰하는 장면을 지켜보았습니다. 아버지는 한껏 점잔을 빼면서 역겨울 정도로 독선적인 태도를 보였지요."

발렌티나는 그의 입에서 무슨 말이 나올지 알고 있었다.

"그러니까 그 돈은 아버지한테서 받은 거군요?"

"예. 어머니가 언론에 비밀을 폭로하면 아버지는 정치 생명에 치명타를 입을 수 있었죠. 만약 그랬더라면 '장관의 이중생활'이라고 대서특필되었을 겁니다. 그래서 아버지는 돈으로 어머니의 입을 막은 거죠. 그 뒤로 난 두 번 다시 아버지를 만나지 못했어요. 물론 텔레비전으로 아버지의 모습을 보기는 했지만요."

발렌티나는 지금껏 차마 두려워서 물어보지 못한 것을 이제야 알 수 있었다.

"그래서 직장을 구하지 않은 거군요?"

"그렇다고 봐야죠. 그렇지만 논문을 마치고 나면 아이들을 가르치는 일을 해 보고 싶습니다."

그는 한숨을 쉬었다.

"차라리 가난하게 살면서 이따금 아버지를 뵐 수 있었으면 좋겠어요."

"저는 아저씨가 부모님, 특히 아버지를 싫어한다고 생각했어요."

"그분은 아이들을 별로 좋아하지 않았어요. 나이가 들면 아버지를 어느 정도 이해할 수 있을 거라고 생각했는데 그것도 아니더군요."

"정말 안타까운 일이네요."

발렌티나는 무슨 대꾸라도 해 줘야겠다는 생각이 들어 그렇게 말했다.

로버트는 그녀를 보고 미소를 지었다.

"이제 하루하루 영국 사람이 되어 가는군요. 그렇게 안타까워할 필요는 없어요."

위층 부엌에서 줄리아의 발소리가 들려왔다.

"그만 올라가 봐야죠?"

"조금 있다가요."

"그럼 아침이라도 좀 먹을래요?"

"그럴까요."

로버트는 냉장고에서 달걀, 베이컨, 버터 그리고 다른 잡다한 것들을 꺼냈다.

"달걀을 어떻게 요리해 줄까요?"

"그냥 프라이로 해 주세요."

베이컨과 달걀이 구워지는 동안, 그는 접시와 식기 그리고 잼과 주스를 식탁에 펼쳐 놓고 토스트를 만들었다. 발렌티나는 능숙하게 아침식사를 준비하는 그를 지켜보았다. 자신을 위해 아침을 차려 주는 남자가 있다는 사실이 신기하기도 하고 행복했다. 그는 잠옷차림의 그녀를 똑바로 쳐다보지 않으려고 나름대로 애쓰고 있었다.

로버트는 준비한 음식을 접시에 올린 다음 자리에 앉았다. 두 사람은 음식을 먹기 시작했다. 줄리아가 부엌을 쿵쿵거리며 돌아다니는 소리가 위층에서 들려왔다.

"언니가 또 화가 난 것 같군요."

로버트가 말했다.

"더 이상 신경 쓰지 않기로 했어요."

"그래요?"

"이곳을 벗어날 수 있었으면 좋겠어요."

발렌티나가 말했다. 이곳에 온 지 얼마 되지도 않은 그녀가 그런 말을 하고 있었다.

"그럼 떠나 버리면 되잖아요?"

발렌티나는 그의 표정을 살폈다. 자신의 말에 그가 기분이 상한 것은 아닌지 궁금했다.

"제 말은 아저씨가 아니라 언니한테서 벗어나고 싶다고요. 언니는 저를 자신의 소유물이라고 생각해요. 완전히 독재자처럼 군다니까요."

로버트는 잠시 망설이다가 입을 열었다.

"올해 말이 되면 아파트를 팔 수도 있고 하고 싶은 일을 마음대로 할 수 있어요."

발렌티나는 고개를 가로저었다.

"언니가 아파트를 팔려고 하지 않을 거예요. 언니는 내가 독립을 하도록 그냥 내버려 두지 않아요. 난 이러지도 저러지도 못하는 신세라니까요."

"자비에르 로치 변호사에게 재산을 분할해 달라고 부탁하면 되죠. 신탁 재산이 상당하니까 줄리아는 아파트를 그대로 가지고 당신은 당신의 몫을 현금으로 받을 수 있을 거예요."

로버트의 말에 발렌티나의 표정이 갑자기 밝아졌다.

"그게 가능할까요?"

"유언장에 그렇게 적혀 있습니다. 읽어 보지 못했나요?"

"읽어 봤지만 자잘한 글자들은 대충 훑어보았거든요."

"엘스페스는 쌍둥이 조카들이 1년 동안 아파트에 함께 살도록 정한 것을 후회한다고 말했어요. 엘스페스는 당신을 걱정하더군요."

"언제 그런 말씀을 하셨어요?"

"지난주에."

"그럼 너무 늦었네요."

"그렇죠. 엘스페스는 두 조카 사이에 균열이 생기는 것을 지켜보면서 자신과 여동생에게 일어난 일과 너무나 흡사하다고 생각한 것 같아요."

발렌티나는 달걀요리를 다 먹고 나서 입을 닦았다.

"이모가 저희한테 말해 주었으면 좋겠어요."

"아마 그렇게 할 겁니다. 비밀이 탄로날까 봐 두려워하는 사람은 이모가 아니라 두 사람의 어머니이니까요."

"만약 아저씨가 저와 같은 입장이라면 어떻게 하시겠어요?"

로버트는 빙그레 웃으며 그녀의 잠옷을 살폈다.

"나라면 모든 일을 다 하죠. 무슨 일을 할지 한번 나열해 볼까요?"

"아뇨. 제가 무슨 말을 하는지 잘 아시잖아요."

그녀가 얼굴을 붉히자 그는 한숨을 쉬었다.

"나라면 엘스페스와 친해지려고 노력할 겁니다."

"아."

그의 말을 듣고 그녀는 잠시 생각에 잠겼다.

"저는 이모가 무서워요."

"그것은 당신이 이모를 싸늘한 냉기를 가진 존재로만 인식하고 있어서 그래요. 엘스페스는 참 좋은 사람이었어요."

"이모가 왜 아저씨한테는 아무 말도 하지 않을까요?"

"예?"

"아저씨가 말씀하셨잖아요. 이모가⋯⋯."

"아, 그래서 내가 먼저 말을 걸었죠."

그는 접시를 씻으려고 자리에서 일어섰다.

"그건 단순히 오해예요."

"이모는⋯⋯ 저와 언니 중에 누구와 더 비슷하셨어요?"

로버트는 고개를 가로저었다.

"엘스페스는 자신의 모습을 가지고 있었어요. 어떤 때는 줄리아처럼 대담했죠. 그렇지만 당신처럼 차분하고 소극적인 면도 있었어요. 매우 영리했고 주관이 뚜렷했어요. 리더십이 뛰어나서 난 그녀가 하라는 일을 순순히 따르는 식이었죠."

"우리가 모르는 어떤 곳에서 이모가 지켜보고 있다는 생각을 하면 미칠 것 같아요."

"그렇게만 생각할 게 아니죠. 오히려 그것 때문에 서로를 좀 더 살갑게 대해 줄 수 있지 않겠어요?"

"이모가 무슨 말씀을 하시던가요?"

발렌티나의 물음에 그는 놀라는 표정을 지었다.

"나는 눈으로 그녀가 무슨 말을 하는지 알 수 있어요."

그녀는 붉어진 얼굴로 아무 대꾸도 하지 않았다.

"그동안 내가 얻은 정보에 따르면 엘스페스와 에디는 한때 말다툼을 한바탕 벌였어요. 하지만 엘스페스는 조카들에게는 어떠한 영향도 끼치고 싶어 하지 않아요. 내가 볼 때는 자기 혼자서 비밀을 간직해야 한다고 생각하는 것 같아요."

그는 남아 있는 주스와 버터를 냉장고에 넣었다.

"그런데 아파트에 조카들이 도착하고 나니 조카들에 대해 좀 더 알고 싶어 하는 것 같아요."

그는 싱크대로 가서 물을 틀었다.

"이런 말이 위로가 될지 모르겠는데 엘스페스는 당신이 상상하는 것만큼 아파트를 휘젓고 다니지는 않아요. 요즘은 자기 혼자서 시간을 보내는 걸 좋아해요. 그녀가 읽을 만한 책을 내놓는다거나 텔레비전을 켜 두면 두 사람을 방해하지 않을 거예요."

"그런데 텔레비전이 고장 났어요."

"그럼 고치도록 하죠."

로버트는 발렌티나를 등지고 싱크대에 서 있었다. 그는 창밖을 내다보며 엘스페스를 떠올렸다. 이야기 상대도 없고 읽을거리도 없는 엘스페스가 무척 답답하고 지루해할 거라고 생각했다. 그는 발렌티나가 겁에 질려 달아났을 때 엘스페스가 어떤 느낌을 받았을지 상상해 보려고 애썼다. 발렌티나를 향해 돌아서며 그가 말했다.

"나중에 올라가서 엘스페스에게 말을 걸어 봐도 될까요?"

발렌티나는 어깨를 으쓱했다.

"좋아요. 그렇게 하세요. 그런데 왜 굳이 저한테 그런 것을 물어보세요? 저희 아파트에서 항상 이모에게 말을 거시면서 말이에요."

"벌써 눈치챘군요. 몰랐습니다."

"저희도 눈이 있으니까요."

그녀는 빙그레 웃었다.

"이거 급소를 한 방 맞은 것 같네요."

발렌티나는 자리에서 일어나 그를 향해 터벅터벅 걸어갔다.

"아침은 고맙게 잘 먹었어요."

그가 비눗물에 두 손을 담그고 있다가 돌아서는 순간 그녀는 그의 뺨에 얼른 키스를 했다.

"이왕 할 거면 제대로 해 줘요."

그가 말했다. 두 사람에게는 키스도 하나의 작은 수업이었다. 로버트는 과연 진도를 조금이라도 더 나갈 수 있을지 미심쩍게 생각하면서도 그녀와의 키스를 즐겼다. 그는 두 손이 젖어 있었지만 그녀의 잠옷 윗도리 속으로 손을 밀어 넣어 젖가슴을 부드럽게 어루만졌다.

"좋은데요."

그녀가 속삭이듯이 말했다.

"기분을 훨씬 더 좋게 해 줄 수도 있어요."

그가 제안했다.

"음…… 아직은…… 곤란해요."

그녀는 혼란스러워하는 표정으로 물러섰다. 로버트는 미소를 지었다.

"그만 올라가 봐야겠어요."

"그래요."

"이모한테 얘기를 건네 볼게요."

"잘 생각했어요."

"그리고 언니한테 좀 더 따듯하게 대해 줄 거예요."

"그래야죠."

"그럼 나중에 봐요."

"잘 가요."

발렌티나가 집으로 돌아왔을 때 줄리아는 옷을 완전히 차려입고 식탁에 앉아 신문을 읽고 있었다. 그녀의 앞에는 커피가 놓여 있었고 손가락에는 담배가 들려 있었다.

"일어났어?"

발렌티나가 말했다.

"응."

줄리아는 고개도 들지 않고 짤막하게 대꾸했다.

"집에서는 담배를 피우지 않았으면 좋겠어."

"나는 네가 아래층으로 달려 내려가 내가 잠을 자는 동안 로버트와 이상한 짓을 하지 않았으면 좋겠어. 하지만 그런 것을 요구하는 건 무리겠지?"

줄리아는 여전히 신문에 시선을 고정한 채로 말했다.

"이상한 짓이라니? 우리는 그런 사이 아니야. 그리고 그건 언니가 상관할 바가 아니잖아."

그제야 줄리아는 발렌티나를 바라보았다.

"아무튼. 잠옷이 온통 젖었네."

그녀는 담배를 입에 물고 발렌티나를 향해 연기를 훅 내뿜었다. 발렌티나는 샤워를 하러 갔다. 옷을 갈아입을 무렵에는 줄리아는 벌써 아파트를 나가고 없었다.

발렌티나는 종이 한 묶음과 볼펜 그리고 연필을 한데 모았다. 그녀는 로버트가 만들어 준 점판을 소형 탁자에 펼쳐 놓고 그 한복판에 플라스틱으로 만든 점치는 도구를 조심스레 내려놓았다.

"엘스페스 이모? 여기에 계세요?"

도구가 움직이면서 '안녕'이라는 말을 만들어 냈다. 발렌티나가 지켜보는 가운데 엘스페스는 형체를 갖추고 점판 위를 떠돌며 최대한 정신을 집중해서 자그마한 도구를 밀었다. 엘스페스는 고개를 들어 조카를 바라보고는 미소를 지었다.

발렌티나도 미소를 지어 주었다.

"이야기 좀 해 주세요."

그녀가 말했다.

어떤 이야기 말이지.

"이모와 엄마에 대해 얘기해 주세요. 두 분이 어렸을 적에……."

엘스페스는 고개를 한쪽으로 기울이고 잠시 생각에 잠겼다. 그녀는 손가락을 도구 안쪽으로 밀어 넣고 그것을 서너 번 빙빙 돌렸다. 그러고 나서 탁자 옆에 무릎을 꿇고 앉아 철자를 가지고 문장을 만들어 나가기 시작했다.

아주 오래전에 에디와 엘스페스라는 자매가 살았지…….

치과 왕진

마틴은 지난 며칠 동안 치통을 앓았다. 통증이 열차처럼 무서운 기세로 밀려오면 다른 것들은 전혀 생각을 할 수 없었다. 그는 욕실 거울 앞에 서서 고개를 뒤로 젖히고 욱신거리는 치아를 들여다보려고 애썼다. 입을 한껏 벌리고 눈을 아래로 내리깔고서 열심히 거울을 들여다보다가 뒤로 넘어져서 욕조에 정강이만 부딪치고 말았다. 결국 포기하고 마레이케가 연골이 어긋났을 때 복용했던 진통제를 먹고 잠자리로 돌아갔다.

늦은 아침에 휴대전화가 울렸다. 전화기를 머리 바로 옆에 놓아두었기 때문에 소리가 울리자 치아가 덜덜 떨리는 것 같았다. 치통은 이만저만이 아니었다. 마레이케였다.

"여보세요, 지금 어디예요?"

그녀가 쾌활한 목소리로 물었다.

"아직 침대야. 어떻게 지냈어?"

그는 침대에서 일어나 앉아 안경이 있는 곳을 손으로 더듬었다.

"무슨 문제라도 있어요? 목소리를 들어 보니 아직 잠이 덜 깬 것 같아요."

마레이케가 물었다.

"치통이 심해서……."

그는 조금 부끄러웠지만 아내가 안타까워해 주길 바랐다.

"어떻게 해요?"

마레이케는 자기 집에 있는 푹신한 의자에 앉아서 토요일 오전을 느긋하게 즐기고 있었다. 그녀의 무릎에는 추리 소설이, 한 손에는 얇은 감자튀김이 들려져 있었다. 그녀는 큰 아량을 베푸는 심정으로 마틴에게 전화를 걸기로 마음먹었다. 전화기를 통해 전해지는 그의 치통은 그녀의 보살핌과 간호를 요구하고 있었다.

"무슨 수를 써야죠. 어떤 이가 아파요?"

"위쪽 어금니 같아. 오른쪽에 있는 거. 누가 발로 얼굴을 걷어차는 것처럼 아파."

한순간 두 사람 모두 말이 없었다. 딱히 이렇다 할 치료법을 생각해 내지 못했기 때문이다. 병원에 가더라도 찾아갈 치과의사가 없었다. 프레스콧 박사는 국립의료원에서 나와 지금은 개업의로 일하고 있다. 그 과정에서 그는 환자 명단에서 마틴을 빼 버렸다. 아무튼 그런 것은 문제가 안 되었다. 왜냐하면 프레스콧 박사는 왕진을 하지 않았기 때문이다. 한참 있다가 마레이케가 입을 열었다.

"로버트를 불러야 하지 않겠어요?"

"왜?"

"어쩌면 로버트가…… 아니, 아니에요."

마틴은 손을 뺨에 가져다 댔다. 치아가 더욱 욱신거렸다.

"똑똑한 사람이긴 해도 치의술에 대해서는 아는 게 별로 없을 거야."

마틴은 침대에서 기어 내려와 욕실로 들어갔다. 무언가가 달라져 있었지만 통화를 하면서 진통제를 찾느라 그것이 무엇인지 제대로 생각해 볼 수가 없었다. 그는 진통제를 발견하고 두 알을 삼켰다. 그런 다음 침대로 돌아갔다. 침대로 다시 올라갔을 때 그는 자신이 바닥을 맨발로 걸어 다녔다는 사실을 뒤늦게 깨달았다. 그런데도 이상하게 불안한 마음이 들지 않았다. 찜찜한 기분도 전혀 없었다. 그는 마레이케와의 통화에 다시 집중했다.

"그래서 어떻게 할 거예요?"

그녀가 물었다.

"그냥 잘까?"

"로버트한테 전화해 줄까요?"

"응, 그렇게 해 줘. 전화해서 펜치를 가지고 올라오라고 부탁해 줘."

"알았어요. 다시 주무세요."

그녀가 말했다.

나중에 마틴은 부엌 식탁에 앉아 미적지근한 죽이라도 먹어 보려고 애쓰고 있었다. 진통제의 영향 때문인지 정신이 흐리멍덩했다. 그는 로버트가 어둑어둑한 아파트로 들어서면서 자신의 이름을 부르는 소리를 들었다.

"여기 부엌에 있어요."

마틴은 간신히 그렇게 대답했다.

"마레이케한테서 들었어요. 이가 아파서 고생한다고……."

"음."

"내가 치과를 알아볼 테니까 한번 가 볼래요? 아파트를 벗어날 수 있겠어요?"

마틴은 아주 느리게 고개를 가로저었다.

"도저히 안 되겠어요?"

"미안해요."

"괜찮아요. 여기저기 전화를 해 보고 곧바로 돌아올게요."

적잖은 시간이 흘렀지만 로버트는 모습을 드러내지 않았다. 마틴은 머리를 식탁에 대고 있다가 깜빡 잠이 들었다. 잠에서 깼을 때는 줄리아가 식탁에 앉아 어제 나온 「텔레그래프」지를 읽고 있었다. 접시들은 이미 깨끗하게 설거지가 되어 있었다.

"로버트 씨가 보내서 왔어요."

그녀가 말했다.

"몇 시나 됐죠?"

마틴이 물었다.

"4시쯤 됐을 거예요. 제가 뭘 해야 되죠? 차라도 만들어 드릴까요?"

줄리아가 말했다.

"예, 부탁해요."

마틴이 말했다. 줄리아는 집에서 가져온 찜질용 얼음봉지를 그에게 건넸다. 그는 그것을 고맙게 받아서 얼굴에 갖다 댔다. 그녀는 자리에서 일어나 차를 끓이기 시작했다.

"로버트 씨가 오셨네요."

줄리아가 말했다. 마틴은 자세를 고치고 앉아 두 손으로 흘러내린 머리를 쓸어 올린 채 깜짝 놀란 듯한 표정을 지었다.

"마틴, 세바스찬을 데려왔어요."

로버트가 말했다. 로버트의 친구이자 장의사인 세바스찬 모로우가 부엌 문간에 서 있었다. 마틴은 지금껏 세바스찬을 내성적인 사람이라고 생각했다. 멋진 감청색 정장을 입은 세바스찬은 어딘지 어색한 표정을 짓고 있었다. 그는 반들반들 윤이 나는 구두를 신고 멜빵이 달린 가죽 가방을 손에 들고 있었다.

"내게는 장의사가 아니라 치과의사가 필요해요."

마틴이 말했다.

"세바스찬은 장의사가 되기 전에 바츠 의대에서 치의학을 공부했어요."

줄리아는 자리에서 일어나 뒷문 근처로 가서 팔짱을 끼고 서 있었다. 이 하나를 뽑기 위해 장의사를 데려오는 사람은 로버트밖에 없을 거라고 생각했다.

"계속 치의학을 공부하지 않고 왜 중간에 그만뒀죠?"

마틴이 물었다.

"죽은 사람들은 이로 물어뜯는 일이 없거든요."

세바스찬이 대꾸했다.

"제가 한번 봐도 될까요?"

그는 가방을 들어 보이며 물었다.

"좋아요. 그렇게 해 주세요."

마틴이 대답했다.

로버트가 식탁에 깨끗한 수건을 펼쳐 놓자 세바스찬은 여러 가지 도구를 꺼내 놓았다. 그는 치과용 국부마취제인 프로카인과 알코올 한 병 그리고 작은 솜뭉치와 거즈를 펼쳐 놓았다. 로버트는 찬장에서 잔과 사발을 가져왔다. 세바스찬은 상하의가 붙어 있는 새하얀 옷을 입고 두 손을 깨끗하게 씻은 다음 수술용 고무장갑을 꼈다.

로버트가 올 때까지 기다리는 동안 마틴은 지긋지긋한 고통이 한시바삐 끝나기를 간절히 바랐지만 막상 세바스찬이 준비를 갖추는 모습을 지켜보고 있자니 겁이 나서 미칠 것 같았다.

"잠깐만요!"

그는 그렇게 소리치면서 세바스찬의 손목을 붙잡았다.

"먼저…… 해야 할 일이 있어요."

"마틴, 우리는 몇 시간이고 무작정 기다릴 수는 없어요."

로버트가 말했다.

"마틴 아저씨, 제가 대신 해 드릴게요. 여기에서 말씀만 하시면 제가 가서 하라는 대로 할게요. 그럼 됐죠?"

줄리아는 상체를 기울이며 마틴의 입 가까이로 귀를 가져갔다. 마틴은 잠시 망설이면서 자기 대신 그녀가 그 일을 해 줘도 되는지 생각해 보았다. 그는 그러한 문제들을 중재하는 내부의 감정에 조언을 구해 보려고 애썼다. 그것은 말이 없었다. 마침내 그는 줄리아에게 속삭이듯 말했다. 그녀는 고개를 끄덕였다.

"큰 소리로 말이에요?"

줄리아가 물었다.

"아뇨. 내가 볼 수 있는 곳에 서 있으면 돼요."

"이제 상태가 어떤지 한번 보도록 하죠."

세바스찬이 말했다. 그는 로버트와 함께 마틴의 몸을 뒤로 젖혔다. 마틴은 의자에 그대로 앉은 상태에서 전화번호부를 뒷머리에 괴었다. 식탁 위에는 수건이 몇 장 놓여 있었다. 줄리아는 손전등으로 그의 얼굴을 비추었다. 그녀는 입술을 천천히 움직이며 숫자를 세기 시작했다. 마틴은 줄리아의 입술에 시선을 고정한 채 기도를 했다.

"자, 입을 크게 벌려 보세요."

세바스찬이 말했다.

마틴은 국부 마취제의 약효가 나타날 때까지 줄리아의 손을 꼭 쥐고 있었다. 그녀의 다른 쪽 손이 흔들리면서 손전등의 불빛이 그의 얼굴 위에서 이리저리 흔들렸다. 마틴은 그토록 지긋지긋하던 고통이 서서히 사라지는 느낌을 받았다.

"움직이지 말고 그대로 계세요."

세바스찬이 말했다. 그로부터 몇 분 동안 마틴의 입에서는 피가 흘러나왔다. 마틴은 두 눈을 꼭 감고 있었다. 한동안 귀에 거슬리는 소리가 들렸다. 이제 무엇을 샅샅이 뒤지는 것 같았다.

"이게 문제였군요."

세바스찬이 놀란 목소리로 말했다. 마틴은 정향유와 알코올 냄새를 맡을 수 있었다. 세바스찬은 움푹 파인 잇몸을 솜으로 틀어막았다.

"천천히 입을 다물어 보세요."

마틴은 눈을 떴다.

"다 됐습니다."

세바스찬이 환하게 웃으며 말했다. 마틴은 자세를 고쳐 앉았다. 빼낸 이가 사발에 담겨 있었다. 뿌리에 피가 묻어 있는 거무튀튀한 이는 그가 생각했던 것보다 훨씬 크기가 작았다. 줄리아는 그때까지 숫자를 세고 있었다. 마틴이 한 손을 치켜들자 그녀는 숫자를 세는 일을 멈췄다.

"822까지 셌어요."

그녀가 말했다.

"그것밖에 안 돼요?"

마틴은 그녀에게 좀 더 자세히 물어보려고 했지만 얼굴이 얼얼했다. 그녀는 그가 하는 말을 이해하지 못했다. 고통은 사라졌고 마취제의 약효가 사라지면서 그 자리에 다른 고통이 찾아들었다.

"이제 보니 대단한 실력이군요."

그는 세바스찬을 보고 중얼거렸다.

"별말씀을 다 하십니다."

말은 그렇게 했지만 세바스찬은 안도하는 표정을 지었다.

"이를 빼는 일은 누구든 할 수 있습니다. 이가 부서지지 않고 통째로 빠져나와 다행입니다. 굉장히 약해 보였거든요."

"적당한 시설만 갖추고 있었다면 이를 뽑지 않아도 되었겠죠?"

로버트가 물었다.

"그건 아닙니다. 하지만 이를 뽑기 전에 무슨 조치를 취할 수 있었겠죠."

세바스찬은 손을 씻기 시작했다. 줄리아가 그를 거들었다. 세바스찬은 수술용 옷을 벗고 마틴과 악수를 나누었다. 마틴은 그의 수고에 대해 보수를 지급하려고 했다.

"관두십시오. 도움을 드릴 수 있어서 기쁠 따름입니다. 이삼 일 동안 담배를 피우면 안 됩니다. 얼음찜질을 하십시오. 저는 그만 가봐야겠습니다. 로버트의 전화를 받았을 때 다른 일을 하고 있었거든요."

로버트는 세바스찬을 배웅했다. 로버트가 돌아왔을 때 마틴이 말했다.

"무슨 일을 하다가 왔답니까?"

마틴은 세바스찬이 철재 탁자 위에 놓인 시신을 향해 상체를 기울이고 윤이 나는 도구를 휘두르는 모습을 상상하면서 물었다.

"아주 아리따운 여자와 울슬리(런던의 최고급 음식점 이름―옮긴이)에서 차를 마시고 있었답니다. 그래서 세바스찬을 데려오기까지 오랜 시간이 걸린 거죠. 세바스찬이 이를 뽑는 동안 그 여자는 제 아파트에서 기다리고 있었습니다. 마취제를 구하는 데도 애를 먹었어요. 아, 그러고 보니 생각이 났네요. 항생제를 좀 가져다 놔야겠어요."

마틴은 손가락을 뺨으로 가져갔다.

"고마워요. 두 사람 모두. 아니 세 사람이군요."

그는 고개를 들어 로버트를 바라보았다.

"세바스찬에게 위스키를 한 병 보내 줘야겠어요."

마틴은 줄리아를 힐끗 쳐다보며 미소를 지었다.

"아가씨도 한 병 줄까요?"

그녀는 미소로 화답했다.

"아뇨. 저는 됐어요. 약품 냄새가 나서 저는 별로던데요."

"그 말을 들으니 생각이 났네요. 비타민을 먹어야겠어요."

마틴의 말에 줄리아는 곤란한 표정을 지었다.

"아직 시간이 안 되었어요."

"알아요. 하지만 피곤하기도 하고 일찍 잠자리에 들고 싶어서 그
래요. 그러니까 부탁인데……."

"알았어요."

줄리아는 그렇게 말하고 나서 알약을 가지러 밖으로 나갔다.

"무슨 약을 먹고 있죠?"

로버트가 물었다.

"아나프라닐을 먹고 있어요. 줄리아는 그것을 비타민이라고 속이
고 있지만 나는 알죠. 그녀의 말을 믿어 주는 척하고 있어요."

로버트는 웃음을 터뜨렸다.

"다음 생에서는 나도 아리따운 여자로 태어나야 되겠어요. 마레
이케와 내가 그동안 아무리 설득을 해도 들은 척도 안 하더니 줄리

아 앞에서는 모범적인 환자가 되었군요."

로버트는 전기 주전자에 물을 가득 채우고 스위치를 눌렀다.

"뭐라도 좀 먹을 수 있겠어요?"

"싫어도 먹어 둬야 할 것 같아요."

마틴은 로버트가 차 도구를 내놓는 모습을 지켜보았다.

"사실 저는 마레이케를 위해 약을 먹는 겁니다."

"그래요? 마레이케한테 그런 얘기를 했어요?"

"아직 안 했어요. 조만간에 깜짝 놀라게 해 주려고요."

마틴은 다시 볼을 어루만졌다. 볼이 통통 부어오르고 있었다. 그는 천천히 자리에서 일어나 냉장고에서 얼음봉지를 가져왔다. 로버트는 봉지를 받아서 행주로 감싸 주었다. 마틴은 얼음봉지를 뺨에 갖다 대고 마레이케를 생각했다. 그는 마레이케에게 전화를 걸어 모든 일이 다 잘되었다고 말해 주고 싶었지만 로버트가 엿들을까 봐 두려웠다. 마틴은 얼굴을 찌푸리며 말했다.

"세바스찬이 담배를 피우지 말라고 했죠?"

그때 줄리아가 부엌으로 들어와 로버트를 쳐다보았다. 그녀는 아직도 가지 않고 여기 있었느냐는 표정을 지었다.

"담배를 피워서도 안 되고 빨대를 사용해도 안 돼요. 이를 뽑아낸 자리가 아물어야 하는데 숨을 계속 빨아들이게 되면 아물지 않거든요."

로버트가 말했다.

"이런 젠장."

마틴이 참담한 표정으로 말했다. 그 모습을 지켜보던 줄리아와 로버트는 동시에 웃음을 터뜨렸다.

"발렌티나는 뭐하고 있어요?"

로버트의 물음에 줄리아는 종이에 글을 쓰는 시늉을 해 보였다.

"정말입니까? 가는 길에 잠깐 들러 봐도 괜찮을지 모르겠네요."

"그건 저도 모르겠어요. 제가 주변에 얼쩡거리면 안 좋아하더라
고요. 그렇지만 한 번 가 보세요. 저는 차를 끓여야 해요."

"필요한 것이 있으면 언제든지 나를 불러요."

로버트가 마틴에게 말했다.

"이제 괜찮아요. 정말 고마워요. 이를 뽑아 버리고 나니 정말……
기적 같네요."

"정말 그렇죠?"

로버트는 뿌듯한 기분을 느끼며 돌아갔다.

줄리아는 차를 끓이고 나서 찬장과 냉장고를 들여다보며 저녁
재료를 찾아보았다. 그녀가 닭고기 국수 수프 통조림을 집어 들자
마틴이 말했다.

"아, 그거 좋아요."

그의 배에서 꼬르륵거리는 소리가 났다.

"동생이 글 쓰는 걸 좋아해요?"

그가 갑자기 물었다.

줄리아는 머뭇거렸다. 엘스페스는 어느 누구한테도 말하지 말라
고 했고 지금까지는 이모의 당부를 잘 지켰다. 마틴에게는 밝히고
싶은 욕구가 치솟았지만 무언가가 항상 그런 욕구를 제지하고 있었
다. 그녀는 마틴이 자신을 거짓말쟁이라고 생각할까 봐 두려웠다.

"예."

그녀는 그렇게 대꾸했다.

"사실은 글을 쓰는 게 아니라 이메일 같은 거예요."

그녀는 마틴에게 머그잔을 건네고 수프 통조림의 뚜껑을 땄다. 마틴은 얼음봉지를 식탁에 내려놓고 두 손으로 머그잔을 감싸고 차가 식을 때까지 기다렸다. 마취제의 약효가 점점 사라지고 있었다. 마취제가 주는 둔한 느낌도 싫었지만 약효가 사라져서 고통을 다시 느끼게 될까 봐 두렵기도 했다.

줄리아는 수프를 따뜻하게 데우고 감자를 전자레인지에 넣었다. 그런 다음 식탁을 차리고 나서 부엌을 말없이 서성거리며 아래층에서 로버트와 발렌티나가 엘스페스 이모를 상대로 대화를 유도하는 모습을 상상했다. 세바스찬이 고무장갑을 낀 가느다란 손으로 이를 뽑으려고 족집게를 거머쥐던 모습과 세바스찬의 요구에 따라 입을 벌리는 마틴의 겁먹은 표정 그리고 숫자를 세는 자신의 입술에 시선을 고정한 채 불안감을 달래던 마틴의 모습이 기억났다. 왜 마틴은 자기 대신 숫자를 세어 달라고 했을까? 왜 하필이면 숫자를? 숫자를 헤아리면 안도감을 느끼기라도 하는 걸까? 그녀는 마틴을 돌아보았다. 고개를 한쪽으로 기울이고 멍한 표정을 짓고 있는 그는 왠지 슬퍼 보였다. 아무것도 하지 않을 때 그는 항상 그런 표정을 지었다.

줄리아는 마틴과 자신이 먹을 음식을 식탁에 내놓았다. 아래층에서 동생이 저녁을 함께 먹으려고 기다리든 말든 신경을 쓸 필요가 없었다. 동생에게는 로버트가 있었다. 마틴은 아픈 부위를 건드리지 않으려고 조심하면서 음식을 먹었다. 식사를 마쳤을 때 줄리아는 알약을 헤아려서 그에게 건넸다. 그는 약을 꿀꺽 삼키고 나서 그녀를 향해 희미하게 웃어 보였다.

"고마워요, 간호사님."

"천만에요."

그녀는 그렇게 말하고 나서 식탁을 치우기 시작했다. 잠시 뒤에 그를 힐끗 쳐다보았을 때 그는 또다시 우울한 표정을 짓고 있었다.

"무슨 문제라도 있어요?"

"바보 같은 말로 들릴지 모르겠지만 담배를 피울 수 없어서 불안하네요. 담배를 끊어야 한다는 것은 알지만 지금 이 순간은 아닌 것 같아요. 지금껏 수도 없이 끊어야겠다고 다짐을 했지만 오늘 당장 끊고 싶지는 않아요."

줄리아는 미소를 지었다.

"우리 아빠가 사랑니를 뽑았을 때 생각이 나요. 그때 아빠는 담배를 피우지 못해서 엄마가 대신 담배를 피웠어요."

"그게 무슨 효과가……."

줄리아는 갑자기 손가락을 튕기며 말했다.

"담배 어디에 있죠?"

"침실에요."

잠시 뒤에 그녀는 담뱃갑과 라이터를 가지고 돌아와서 그를 향해 의자를 바짝 끌어당기고 앉아 담배에 불을 붙였다.

"자, 이렇게 하는 거예요."

줄리아는 담배 연기를 한 모금 깊이 빨아 당기고 나서 삼키지는 않았다. 마틴이 입을 벌리자 그녀는 연기를 그의 입으로 불어넣었다.

"이제 아시겠어요?"

마틴은 고개를 끄덕였다. 연기가 그의 코로 흘러나왔다.

줄리아는 그의 어깨에 손을 얹었다. 두 사람은 서로 몸을 기댔다. 그녀는 고개를 돌리고 다시 담배를 입에 가져다 댔다. 담배의 끝부분이 발갛게 타올랐다. 마틴은 반쯤 눈을 감은 채 입은 반쯤 벌리고 있었다. 줄리아는 얼굴을 한쪽으로 기울이고 아주 천천히 연기를 내뿜었다. 연기를 들이마시는 동안 마틴은 이상한 소리를 냈다. 줄리아는 발렌티나가 천식으로 콜록거리며 힘들어하던 모습이 떠올랐다. 마틴은 숨을 내쉬고 나서 킬킬거렸다.

"왜요?"

그녀가 물었다.

"이제는 폐물이 되어 버린 것 같아서요. 담배조차도 혼자서 피울수 없으니."

"무슨 말을 그렇게 해요."

줄리아는 그렇게 말하고 나서 그의 턱을 손으로 슬쩍 건드렸다.

"줄무늬 다람쥐의 볼 같아요."

마틴이 눈썹을 치켜떴다. 그녀는 다시금 담배를 한 모금 빨아 당겼다. 그는 열망하는 눈빛으로 그녀 쪽으로 몸을 기울였다.

아래층으로 내려갔을 때 로버트는 쌍둥이 자매의 현관문이 빠끔히 열려 있는 것을 보았다. 그는 문을 똑똑 두드리고 나서 안으로 들어갔다. 아파트의 어딘가에 있는 유리창이 열려 있는지 습기 차고 시원한 바람이 들어오고 있었다. 발렌티나는 종이조각들에 둘러싸인 채 거실의 소파에 앉아 있었다. 소형 탁자에는 점판과 점을 치는 도구가 놓여 있었다. 저녁노을은 모든 것을 황금색으로 물들여 놓았다. 빨강과 분홍이 뒤섞인 벨벳은 무척 환해 보였다. 발렌티나가 입고 있는 연한 녹색 드레스는 수련의 잎처럼 그녀의 몸을 둘러싸고 있었고 전기에 감전된 것 같은 머리카락은 그녀의 얼굴을 동그랗게 감싸고 있었다. 모든 것이 황금빛으로 물들어 있는 모습은 로버트에게 한 가지 색깔로만 그린 미술 작품처럼 보였다. 발렌티나는 한쪽 발을 몸 아래로 쑤셔 넣고 소파의 끄트머리에 앉아 있었다. 그녀는 소파의 다른 쪽 끄트머리에 누가 앉아 있기라도 한 것처럼 그쪽을 바라보고 있었다. 로버트는 문간에 서서 그녀와 마주 보고 있는 사람이 누구인지 보려고 애썼다. 하지만 그는 볼 수가 없었다.

그 순간 발렌티나가 그를 향해 시선을 돌렸다. 로버트는 그녀가 그처럼 피곤한 표정을 짓는 모습을 지금껏 한 번도 보지 못했다. 충혈된 눈에, 눈 밑으로는 그늘도 또렷하게 져 있었다.

"이모가 보이지 않아요?"

그녀가 물었다.

"안 보이는데요. 어떤 모습이죠?"

그의 질문에 그녀는 미소를 지었다.

"아저씨가 집으로 들어서는 순간 이모의 모습이 변했어요."

발렌티나는 고개를 약간 흔들었다.

"왜 말하면 안 되죠? 아무튼 이모는 청색 비단드레스를 입고 계세요. 허리가 꼭 조이는 옷이죠. 그리고 위가 좁고 아래가 넓은 스커트를 입고 계시네요. 머리카락은 짧고 약간 곱슬곱슬해요. 그 때문인지 눈이 커 보여요. 두 손과 귀의 가장자리만 제외하고 다른 곳은 무척 창백하고요. 검정색 립스틱을 바르셨네요. 또 어떤 게 있을까요?"

"엘스페스의 목소리가 들려요?"

"안 들려요. 이모가 지금 이것저것을 손가락으로 가리키면서……."

로버트는 흩어진 종이들의 가장자리에 주저앉아 양쪽 팔꿈치를 탁자에 짚었다. 엘스페스가 있으리라고 생각되는 그곳 어디쯤에서 공기의 흐름이 심상치 않은 것을 눈치 챘다. 그것은 마치 아주 투명한 유리를 들여다보는 느낌이었다. 어쩌면 음악을 보려고 애쓰는 것과 같았다. 그는 고개를 가로저었다.

"보고 싶지만 볼 수가 없어요."

점치는 도구가 움직이기 시작했다. 발렌티나는 메시지를 받아 적었다.

어쩌면 곧 볼 수 있을 거예요.

"알았어요."

로버트가 말했다. 그는 엘스페스의 넓은 마음을 느끼고 마음이 놓였다. 그는 바닥에 흩어진 종이들을 힐끗 쳐다보았다.

"무슨 얘기를 나누고 있었던 거죠?"

"가족 얘기를 하고 있었어요."

발렌티나가 말했다.

"이모는 엄마와 어릴 적에 필그림 레인에 있는 집에서 생활하던 얘기를 해 주셨어요."

"엄마한테는 그런 얘기를 못 들었어요?"

"별로 못 들었어요. 첼트넘(잉글랜드 서부의 도시—옮긴이)에 대해서는 얘기를 많이 해 주셨죠. 괴상한 사회 계급 제도와 단조롭기 그지없는 교복에 대해서요. 언니는 두 분이 차라리 호그와트에 들어갔어야 한다고 항상 말해요."

우리는 그곳이 집보다 더 좋았어.

"왜 그렇게 생각하죠, 이모?"

발렌티나가 말했다. 하지만 엘스페스는 상세히 설명하지는 않았다. 발렌티나는 로버트를 빤히 바라보는 자기 이모를 지켜보았다. 엘스페스는 몸을 뒤로 약간 기울였다. 그래서 두 사람은 서로의 눈을 빤히 바라보는 것처럼 보였다. 그때 로버트가 발렌티나를 바라보며 말했다.

"조부모님이 무척 엄격하신 분들이었죠. 그래서 기숙학교를 보내야 안심이 되었나 봅니다. 엘스페스는 학창시절에 대해 얘기를 하곤 했지요. 여동생이랑 둘이서 친구들을 놀리는 것을 좋아했답니다. 쌍둥이라서 친구들을 감쪽같이 속이기가 쉬웠지요."

"저희 엄마랑 똑같은 옷을 입고 다니셨나요?"

발렌티나가 엘스페스에게 물었다.

학교에서는 누구나 똑같은 옷을 입었지. 아주 어릴 때는 너희 엄마랑 똑같은 옷을 차려입었지만 커서는 그러지 않았어.

발렌티나는 엘스페스가 로버트에게 온전히 정신이 팔려 있는 모습을 보고 혼란스러웠다. 그가 집으로 들어서고 나서부터 엘스페스는 그에게서 시선을 한 번도 떼지 않고 있었다. 발렌티나는 이모가 사람들의 눈에 보이지 않고 오랫동안 지내다 보니 이제는 자기가 쳐다보고 있다는 사실조차 망각하고 있다고 생각했다.

오후 내내 그리고 지난 며칠 동안 줄리아가 집에 없을 때마다 발렌티나는 엘스페스와 함께 앉아서 질문과 대답을 주고받았다. 발렌티나는 이모가 들려주는 이야기가 엄마한테서 들었던 것과 너무 달라서 많이 놀랐다. 엘스페스가 들려주는 어린 시절 이야기는 불행한 사건들로 끝을 맺는 경우가 허다했다. 이를테면 호숫가로 소풍을 갔는데 같은 반 친구가 물에 빠져 죽었다거나 동생 에디와 함께 이웃집에 사는 남자애를 사귀려고 애를 썼는데 나중에 그 남자애가 정신병원에 보내졌다거나 하는 식으로 끝을 맺었다. 그리고 무슨 이야기에서든 엘스페스와 에디는 한 쌍이었다. 불화의 조짐이나 반목의 낌새는 이야기에서 전혀 드러나지 않았다. 그들은 항상 함께 움직였고 수많은 적수들보다 더 영리하고 더 재빨랐다. 이야기를 듣다 보니 발렌티나는 줄리아가 그리워졌다. 지금처럼 강압적이고 숨통을 조이는 줄리아가 아니라 발렌티나의 보호자이자 분신이었던 어린 시절의 줄리아가 무척이나 그리웠다. 모든 이야기는 점치는 도구의 힘겨운 움직임으로 긴장이 고조되었다. 필요에 따라 엘스페스의 이야기들은 놀라울 정도로 멋지게 압축되었다. 발렌티나에게 그것들은 포스트맨 공원에 있는 푸르고 하얀 무늬의 명판을 연상시켰다.

로버트는 종이 몇 장을 집어 들었다. 발렌티나가 엘스페스를 바라보자 그녀는 어깨를 으쓱했다.

예전에 이미 들었잖아.

점치는 도구가 그런 문장을 만들어 냈다. 발렌티나는 이모의 이야기에 약간의 구두점을 덧붙여 두었다.

우리가 아홉 살 때였어. 어느 날 집으로 돌아오다가 우리는 어떤 가게 앞에 '강아지 판매'라는 표지판이 붙어 있는 것을 보았지. 우리는 매우 흥분을 해서 가게 안으로 들어가 카운터에 있는 할아버지한테 물어보았어. 그분은 담배 장수였는데 우리를 데리고 마당에 있는 어떤 창고로 데려갔지. 거기에는 사냥개 새끼들이 있었어. 다리가 짧은 토끼 사냥개였지. 우리는 한참 동안 강아지들과 놀았어. 그러다가 집에 가려고 했을 때 우리는 그 할아버지가 창고의 문을 잠가 버린 것을 깨달았어.

페이지는 거기에서 끝났다. 로버트는 몇 년 전에 엘스페스한테서 그런 이야기를 들은 기억이 났다. 그때 엘스페스는 동생과 함께 담뱃가게가 있었던 폰드 거리를 걸어가고 있었다고 말했다. 발렌티나는 그 다음 페이지를 찾아서 그에게 건넸다.

우리가 소리를 질렀지만 아무도 달려오지 않았어. 우리가 소리를 치자 어미개가 옆에서 함께 짖어 댔지. 날이 어두워지자 그 할아버지가 다시 나타나 창고의 문을 열었어. 그 순간 우리는 그에게 달려들어 힘껏 밀치고 집을 향해 달렸지.

발렌티나는 동화 같은 이야기라고 생각하며 이야기에서 과연 얼마큼이나 진실일지 궁금하게 생각했다. 그녀는 지금껏 혼자서 흐뭇하게 생각하고 있었는데 이제 걱정이 되었다.

엘스페스는 춥고 지저분한 창고를 떠올리고 있었다. 자신과 에디가 고함을 질러 사람들을 부를 때 불안에 떠는 강아지들의 모습도 기억났다. 그녀는 발렌티나를 바라보며 생각했다.

'왜 내가 이런 이야기를 조카에게 하는 거지? 조카는 지쳐 있고 내 이야기에 무척 혼란스러워하고 있잖아.'

엘스페스는 이야기를 하나 해 달라는 문장을 만들어 내고 나서 최대한 자상한 미소를 지었다.

"제가요?"

발렌티나는 갑자기 아무 생각도 나지 않았다. 그녀는 너무 지쳐 있었다. 그녀는 로버트가 이제 그만 집에서 나가 주면 좋겠다고 생각했다. 이모와 다시금 속내 이야기를 나누고 싶었다. 그렇지 않으면 엘스페스를 내버려 두고 로버트와 함께 아래층으로 내려가고 싶었다. 아래층으로 가면 로버트는 키스를 해 줄 것이다. 그도 아니면 로버트와 이모를 남겨두고 어디 먼 곳으로 달아나고 싶었다.

"언니는 지금 뭐하고 있죠?"

그녀는 로버트에게 물었다.

"마틴을 돌봐주고 있을 겁니다."

그는 치통으로 고생을 하는 마틴을 세바스찬이 멋지게 치료해 준 이야기를 들려주었다. 발렌티나는 줄리아가 다른 사람의 일에 난리 법석을 피우고 있다는 소리를 듣고 갑자기 질투심을 느꼈다. 그러다가 자신이 그런 것에 신경을 쓸 필요는 없다고 생각했다. 그녀는 옆으로 몸을 기울여 어깨를 소파의 등에 기대고 고개를 숙였다.

"뭐라도 좀 먹었어요?"

로버트가 물었다.

"아뇨."

아침을 먹은 지 오래된 것 같았다.

"한동안 쇼핑을 못했네요."

그녀는 고개를 들어 그를 바라보았다. 그녀는 얼굴이 많이 야위어 보였다. 그리고 상대적으로 눈은 상당히 커 보였다.

"배고픈 사람처럼 보여요."

로버트가 말했다. 그녀의 얼굴은 굶주렸다고 해야 더 어울리는 표현이 될 것 같았다. 그는 발렌티나가 얼마나 오랫동안 그곳에 앉아 있었는지 궁금했다. 그는 자리에서 일어섰다.

"엘스페스, 발렌티나한테 저녁이라도 좀 먹여야 할 것 같아요."

그는 두 손을 내밀었다. 발렌티나가 손을 잡자 그는 그녀의 몸을 끌어당겨서 일으켜 세웠다. 그녀는 현기증을 느꼈다.

엘스페스는 두 사람이 나가는 모습을 지켜보았다. 문간에서 발렌티나는 돌아서더니 말했다.

"이모, 금방 돌아올게요. 뭐라도 좀 먹어야겠어요."

그렇게 말하고 나서 그녀는 문을 닫았다.

엘스페스는 소파를 떠나 열린 창문으로 다가가서 기다렸다. 잠시 뒤에 로버트와 발렌티나는 좁은 길을 걸어 올라가다가 정문 밖으로 사라졌다. 엘스페스는 조카가 보살핌을 받는 일에 너무 익숙해져 있다고 생각했다. 가로등이 켜졌다. 그녀는 두 사람의 행복을 빌어 주어야 한다고 생각했다. 어둠이 짙어가고 있었다. 아름다운 밤이었다.

줄리아가 집으로 들어왔을 때는 상당히 어두웠다. 그녀는 여기저기 휘젓고 다니며 전등을 켰다. 동생을 불러 보았지만 대답이 없었다. 그녀는 거실로 가서 피아노 옆에 있는 스탠드에 불을 켜고 창문을 닫았다. 그러고 나서 흩어진 종이들을 한데 모아 대충 훑어보았다. 엘스페스는 수심이 가득한 표정으로 그녀를 지켜보았다. 대화를 그런 방식으로 나눈다는 게 우스웠다. 통화 내용을 도청당하거나 대화를 누가 엿듣기라도 하는 것처럼 일일이 글로 적어서 대화를 나누어야 했다. 하지만 왜 줄리아가 아닌 발렌티나에게만 얘기를 하는 걸까? 두 조카 가운데 어느 하나를 편애해서는 안 된다고 그녀는 생각했다.

줄리아는 엘스페스가 응시하고 있는 것을 감지라도 한 것처럼 고개를 들었다.

"이모? 발렌티나는 어디에 있죠?"

엘스페스는 점판 쪽으로 몸을 기울이고 '로버트와 저녁을 먹으러 갔어.'라는 문장을 만들었다.

"아."

줄리아는 소파에 털썩 주저앉았다. 또다시 버림받았다는 느낌이 들었다.

마틴은 좀 어떠니

줄리아의 표정이 밝아졌다.

"많이 좋아졌어요. 잠을 자고 싶어 해서 저는 내려왔어요."

너는 모든 사람을 잘 돌봐주는구나

"그렇게 하려고 노력하고 있죠. 그렇지만 발렌티나는 제가 그러는 게 싫은가 봐요."

줄리아가 고개를 가로저으며 말했다.

감사를 표하는 것도 따분한 일이지

"감사하는 마음이 뭐 잘못됐나요? 동생이 아프면 저는 지극정성으로 간호를 해 줘요."

동생을 그냥 내버려 둬 그러면 너를 더 좋아하게 될 거야

"저도 알아요. 하지만 그게 잘 안 돼요."

엘스페스는 줄리아의 눈에 눈물이 그렁그렁 고이는 것을 보고 깜짝 놀랐다. 그들은 미동도 없이 앉아 있었다. 몇 분 뒤에 줄리아는 거실을 떠났다. 엘스페스는 조카딸이 코를 푸는 소리를 들을 수 있었다. 거실로 돌아온 줄리아가 말했다.

"이 페이지에서는 왜 '두부 손상'이라는 말을 하셨어요?"

그녀는 엘스페스가 잘 볼 수 있도록 종이들을 옆으로 돌려서 보여 주었다.

외할아버지가 어떻게 돌아가셨는지 발렌티나가 묻더구나

"아, 예. 우리는 외할아버지를 한 번도 뵙지 못했죠?"

응 외할머니만 뵈었지

"그렇지만 외할머니는 기억이 안 나요."

너희가 아주 어릴 적에 돌아가셨어

"할머니와 할아버지는 어떤 분이셨어요? 엄마는 얘기를 절대 안 해 주세요."

할아버지는 까다롭고 할머니는 유순한 분이셨지

줄리아는 머뭇거렸다. 그녀는 다음 질문을 생각하는 동안 종이에다 몇 가지 소용돌이 모양을 그렸다. 엘스페스는 그녀의 그림을 지켜보며 놀라운 솜씨라고 생각했다.

"이모? 엄마와 이모한테는 무슨 일이 있었던 거죠?"

비밀이야

"그러지 말고 얘기해 주세요. 네?"

미안하지만 안 돼 잘 자거라

"이모?"

하지만 엘스페스는 이미 사라져 버렸다. 줄리아는 어깨를 으쓱하고는 침대로 갔다. 한편으로는 실망을 했지만 또 한편으로는 흥분이 되었다. 발렌티나가 집에 돌아왔을 때 줄리아는 이미 잠들어 있었다. 그녀는 숫자와 치아에 대한 꿈을 꾸었다.

마틴은 부풀어 오르지 않은 뺨에 전화기를 대고 침대에 누워 어둠 속에서 신호음에 귀를 기울이고 있었다. 신호음이 일곱 번 울렸을 때 마레이케가 전화를 받았다. 그는 고마운 마음이 들었다.

"마틴?"

"나야, 여보. 치통에 대해 얘기해 줄까?"

"얼마나 걱정했는지 몰라요. 목소리가 왜 그래요? 풍선껌을 한 입 가득 물고 있는 것처럼 들리네요."

"아니야. 한쪽 뺨이 퉁퉁 부어서 그래. 이를 뽑아 주러 로버트가 누구를 데려왔는지 당신은 짐작도 못 할 거야."

마레이케는 자기 침대에 드러누워 귀를 기울였다. 그녀는 남편이 틀림없이 겁에 질려 있었을 거라고 생각했다. 자신이 곁에 있어 주지 못한 것을 안타까워했다. 로버트의 장의사 친구가 치의학을 배웠다는 게 신기하기도 했다. 두 사람은 서로의 목소리에서 온기를 느꼈다. 비록 서로 멀리 떨어져 있었지만 두 사람 모두 어둠 속에 누워

서 이 순간만큼은 정말 행복하다고 생각했다. 그리고 자기들의 귀에
전화기를 바짝 갖다 대고 이 별거가 얼마나 오래 지속될지 궁금하
게 생각했다.

길을 잃다

길을 잃었을 때 보이는 반응에는 몇 가지가 있다. 첫 번째는 당황하는 것이다. 그것은 발렌티나가 제일 먼저 보이는 반응이다. 두 번째 경우는 담담하게 받아들이는 것이다. 이왕 길을 잃었으면 낯선 세상을 경험할 수 있는 기회를 얻은 것이다. 줄리아는 이런 낯선 느낌을 좋아했고 그렇게 되기를 은근히 바라기 시작했다. 런던은 길을 잃기에 가장 적합한 곳이었다. 구불구불한 거리는 몇 블록만 가면 다른 이름으로 바뀌었다. 길은 하나로 합쳐졌다가 여러 개로 분리되었고 헛간이 있는 막다른 골목이었다가 갑자기 탁 트인 광장으로 이어지곤 했다. 줄리아는 지하철을 타고 한참 가다가 재미있는 이름이 붙어 있는 역에서 무작정 내리곤 했다. 그녀는 그런 게임을 즐겼다. 런던에는 투팅 브로드웨이, 뤼슬립 가든즈, 푸딩 밀 레인 등 정말 신기한 이름이 붙은 역이 많았다. 그녀에게 지상의 세계는 대체로 실망스러웠다. 지하철 노선도에 있는 이름들은 만화에 나오는 도시경관처럼 아늑하고 아기자기한 느낌을 불러일으켰다. 그렇지만 막상 그 장소에 실제로 가 보면 칙칙한 분위기를 풍기는 경우가 많았다. 포장용 튀김 닭을 파는 가게나 주류 판매점 그리고 도박장이 특히 많았다.

줄리아의 머릿속에 그려져 있는 런던의 지도는 기이한 것들로 채워지기 시작했다. 앨버트 기념비의 소와 코끼리, 칼과 지팡이만 파는 블룸즈베리의 가게, 세인트 메리 르 보우 교회의 지하 음식점 등으로 그녀의 머릿속은 채워졌다. 어느 날 그녀는 헌터리언 박물관에 가서 인간의 장기가 가득 들어 있는 희뿌연 병과 방부처리가 되어 있는 전시물 그리고 도도새의 해골을 둘러보며 오후 시간을 보냈다.

그녀는 런던의 곳곳을 둘러보며 사람들과 짤막한 대화를 나누었다. 그리고 다음날은 무슨 모험을 하며 보낼지 생각하며 집으로 돌아왔다. 아파트로 돌아와 보면 발렌티나는 항상 여러 장의 종이를 펼쳐 놓고 소파에 앉아 점판 위에서 움직이는 도구를 뚫어지게 바라보고 있었다. 그러면 줄리아는 발렌티나와 엘스페스에게 그날 있었던 일을 털어놓았다. 발렌티나는 이모의 이야기들 가운데 일부를 언니에게 말해 주었다. 줄리아가 동생과 단둘이서 저녁 시간을 보내고 싶을 때 로버트가 나타나서 발렌티나를 데려가 버리는 일이 종종 있긴 했지만 낮 시간을 서로 떨어져서 보내게 되니 저녁을 먹을 때 나눌 수 있는 얘깃거리가 있어서 아주 좋았다.

아침마다 줄리아는 함께 나가자고 동생에게 애원을 하다시피 했다. 그러면 발렌티나는 곧 넘어올 듯하다가도 어떻게든 핑계를 대고 뒤에 남았다.

"언니 혼자 가. 아프지는 않은데 왠지 피곤하네."

발렌티나는 그런 식으로 말했다. 그녀는 정말 피곤해 보였다. 그녀의 몸은 날마다 조금씩 활기가 없어지는 것 같았다.

"집에만 틀어박혀 있지 말고 햇볕도 좀 쬐고 그래."

줄리아는 그런 말을 동생한테 한두 번 한 게 아니다.

"내일은 나가 볼게."

발렌티나는 항상 그렇게 대꾸했다.

마틴은 현관문 앞에 서 있었다. 그는 장갑을 낀 손을 내밀어 문 손잡이를 잡았다. 가슴이 쿵쾅거렸다. 어떻게든 진정시켜 보려고 애쓰며 미동도 없이 서 있었다. 그는 속으로 말했다.

'지금껏 현관에는 수도 없이 나왔어. 이곳은 안전해. 현관에서 고통스러운 일이 발생한 적은 한 번도 없었어. 이곳에는 아무도 없어. 있는 거라고는 낡은 신문 몇 장뿐이야.'

그는 깊이 숨을 들이마셨다가 천천히 내뱉었다. 그런 다음 문을 당겨서 열었다.

늦은 오후의 햇살이 계단을 가득 채우고 있었다. 바람 한 점 없는 허공에는 먼지가 둥둥 떠다녔다. 마틴은 눈을 가늘게 떴다. 양호한 날씨였다. 그는 문턱과 신문 그리고 바닥을 생각했다. 그는 1년도 넘는 시간 동안 처음으로 자신의 아파트에서 걸어 나와 양탄자가 깔린 길로 발걸음을 내딛는 상상을 했다.

'계속 가 보자. 여기는 양탄자가 깔린 길이 아니라 층계참에 불과

해. 로버트와 줄리아는 항상 여기를 지나다녔겠지? 마레이케도 그랬을 거야. 마레이케는 내가 아파트를 벗어나는 걸 원했어. 나는 합리적이고 이성적으로 판단할 수 있는 존재야. 여기는 확실히 안전해. 아파트를 벗어날 수 있으면 마레이케도 만날 수 있어.'

마틴은 겁에 질린 자신이 높은 다이빙 보드에 처음으로 올라가 본 어린아이 같다고 생각했다. 그가 돌아서서 사다리를 내려갔을 때 같은 반 아이들은 그를 조롱했다. 지금까지는 그랬다. 하지만 지금 그곳에는 그 혼자밖에 없다. 돌아서서 집으로 돌아가든, 사다리를 내려가든 어느 누구도 알지 못할 것이다. 그렇지만 용기를 내어 앞으로 걸어 나가면 줄리아에게 자신이 이룬 일을 자랑스럽게 알릴 수 있다. 그는 줄리아의 얼굴을 머릿속에 그려 보려고 애썼다. 그렇지만 얼굴은 생각나지 않고 이를 뽑을 때 숫자를 헤아리던 그녀의 입술이 기억났다.

땀이 흘러내렸다. 그는 손수건을 꺼내어 이마의 땀을 찍어 냈다. 이제 문턱을 넘어서기만 하면 된다고 생각했다. 숨을 쉬는 것조차 힘들어졌다. 두 눈을 감았다. 자신이 바보 같은 짓을 하고 있다는 생각이 들었다. 몸이 부르르 떨리기 시작했다. 그는 뒷걸음을 치다가 현관문을 닫고 숨을 헐떡거렸다.

'내일, 내일 다시 시도해 봐야지.'

그는 그렇게 생각했다.

아홉 개의 목숨

발렌티나와 엘스페스는 고양이와 게임을 하고 있었다. 게임은 이런 식이었다. 발렌티나는 현관문에서 가까운 거실 바닥에 앉아 있었고, 그녀의 앞에는 탁구공이 가득 담긴 양동이가 놓여 있었다. 그것은 식기실에서 찾아낸 것인데 발렌티나는 왜 탁구공을 그런 곳에 넣어 두었는지 엘스페스에게 물어보았지만 엘스페스는 어깨를 으쓱하기만 했다. 엘스페스는 거실의 저쪽 편에 서 있었다. 평소와 마찬가지로 새끼고양이는 엘스페스가 그곳에 서 있을 거라고는 꿈에도 생각하지 못했다. 그래서 발렌티나가 탁구공을 하나 바닥에 굴리면 고양이는 냉큼 자리에서 일어나 공을 뒤쫓았다. 엘스페스는 자기 쪽으로 굴러오는 탁구공의 방향을 살짝 틀어 다른 곳으로 보냈다. 그러면 고양이는 더욱 흥분해서 스스로 움직이는 것처럼 보이는 작고 새하얀 공을 향해 미친 듯이 달려들었다. 탁구공은 갑자기 허공으로 치솟기도 했고 그냥 방향만 바꾸어 굴러가기도 했다. 엘스페스는 자신의 몸을 고양이가 훅 뚫고 지나가도록 내버려 두었다. 고양이의 털이 자신의 피부와 뼈를 스치고 지나가는 느낌이 괜찮았다. 어떤 때는 바닥에 드러누워 공이 자신의 몸을 지나가도록 했다. 고양이는 공만 바라보고 방향을 틀었다. 발렌티나는 이모가 자기 쪽으로 다가오는 고양이를 붙잡을 것처럼 두 손을 내미는 모습을 지켜보았다. 엘스페스는 자신이 실체가 없는 존재라는 사실을 잊었다. 고양이가 그녀의 손을 향해 달려들었다. 그녀는 부드럽고 미끈거리는 낚싯바늘이 새끼손가락 주변에 있는 것 같은 느낌이었다. 양손이 무언가 딱딱한 것으로 채워지는 느낌을 받고 그녀는 고기가 걸려들기라도 한 것처럼 그것을 움켜쥐려고 발버둥을 쳤다. 그것은 몸을 버둥거리며 닥치는 대로 물어뜯으려고 했다. 잠시 후 엘스페스는 고양이를 붙잡고 있었다.

하지만 거의 같은 순간에 발렌티나는 고양이가 바닥으로 축 늘어져 죽은 듯이 누워 있는 것을 보고 얼른 고양이를 향해 달려왔다. 고양이는 이미 죽은 상태였다.

"이모!"

발렌티나는 바닥으로 몸을 던져 고양이를 붙잡으며 소리쳤다.

"어떻게 하신 거예요? 되살려 놓으세요!"

엘스페스는 아직도 고양이를 붙잡고 있었다. 녀석은 몸을 앞뒤로 거칠게 움직이며 발톱으로 엘스페스를 할퀴었다. 발렌티나는 고양이의 영혼은 볼 수 없었지만 엘스페스가 무언가와 사투를 벌이는 모습은 볼 수 있었다.

"지금 당장 되살려 놓으라니까요!"

엘스페스는 사납게 날뛰는 고양이의 영혼을 붙잡아 녀석의 축 처진 시신으로 밀어 넣으려고 애썼다. 그것은 마치 실크 스타킹 속으로 퍼덕거리는 송어를 쑤셔 넣는 것 같았다. 엘스페스가 붙잡고 있는 고양이는 겁에 질려 몸을 비틀었지만 발렌티나가 붙잡고 있는 고양이는 미동도 없었다. 엘스페스는 고양이의 영혼을 몸속으로 억지로 밀어 넣다가 행여나 부상을 입힐까 봐 두려웠다. 하지만 이미 죽어 버린 고양이에게 아무런 조치도 취하지 않고 그대로 놓아두면 영원히 죽은 상태로 남게 될 거라는 사실을 깨달았다. 그녀는 일단 머리부터 쑤셔 넣기로 마음먹었다. 그것은 마치 거리계가 장착된 사진기를 가지고 두 개의 이미지를 하나로 일치시키려고 애쓰는 것 같은 느낌이었다.

엘스페스는 발렌티나에게 고양이의 몸을 바닥에 내려놓으라는 몸짓을 했다. 엘스페스는 자기 손에 들어 있는 고양이의 영혼이 생생하게 느껴졌다. 고양이의 영혼이 무엇으로 이루어졌는지 모르겠지만 그녀 자신의 영혼과 조금도 다르지 않았다. 그것은 육체를 가지고 있는 것처럼 느껴졌다. 고양이는 엘스페스가 죽고 나서 영혼의 세계에서 처음으로 건드려 본 사물이었다. 그녀는 고양이의 영혼을 이미 생명이 떠난 몸속으로 밀어 넣으려 애쓰다가 자신이 너무나 외롭다는 생각을 했다. 생각 같아서는 고양이의 영혼이라도 자기 곁에 영원히 두고 싶었다.

고양이의 영혼은 더 이상 발버둥을 치지 않았다. 엘스페스가 무슨 일을 하려는지 이해하는 것 같았다. 엘스페스는 손가락으로 고

양이의 영혼을 동그랗게 말았다. 그녀의 어머니가 파이껍질의 가장
자리를 보기 좋게 다듬던 일이 기억났다. 갑자기 고양이의 영혼이
사라졌다. 그것은 이제 몸속으로 완전히 말려들어갔다. 작고 새하얀
고양이의 몸이 한바탕 경련을 일으키더니 고양이는 자리에서 일어
나 앉았다. 녀석은 이리저리 비틀거리더니 중심을 찾았다. 눈깔사탕
을 훔치다가 들킨 아이처럼 녀석은 주변을 한 바퀴 둘러보고 나서
자신의 온몸을 혀로 핥기 시작했다.

엘스페스와 발렌티나는 바닥에 앉아서 고양이를 빤히 바라보다
가 서로의 얼굴을 쳐다보았다. 발렌티나는 거실을 떠났다가 점판과
점치는 도구를 가지고 돌아왔다.

"무슨 일이 있었던 거죠?"

그녀가 엘스페스에게 물었다.

고양이의 몸에서 흘러나온 영혼을 붙잡았어

"무엇으로 잡았어요?"

엘스페스는 차를 마시는 여자처럼 자신의 새끼손가락을 구부
렸다.

발렌티나는 생각에 잠겨 앉아 있었다.

"다시 한 번 해 볼 수 있어요?"

그러고 싶지 않아

"알겠어요. 하지만 이모가 원하면 언제든 영혼을 붙잡을 수 있는
거죠?"

그런 일이 없기를 바란다

"예, 알아요. 그렇지만 이모가……"

엘스페스는 자리에서 일어섰다. 그녀는 일어서는 동작을 취하는가 싶더니 어느새 거실을 나가 버렸다. 발렌티나가 부엌으로 뒤따라갔을 땐 그녀는 이미 사라진 후였다. 고양이가 큰 소리로 울며 발렌티나의 다리에 몸을 쿵쿵 부딪쳤다.

"예전과 전혀 달라지지 않았구나. 저녁을 먹고 싶니?"

발렌티나는 통조림 깡통을 따서 내용물을 접시에 쏟아내고는 그것을 항상 갖다놓던 장소에 내려놓았다. 고양이는 음식을 숭배하듯 한동안 조용히 기다렸다가 평소처럼 게걸스럽게 음식을 집어삼키기 시작했다. 발렌티나는 바닥에 앉아서 녀석이 음식을 먹는 모습을 지켜보았다.

눈에 보이지 않는 엘스페스는 부엌 한복판에 서서 고양이를 빤히 지켜보는 발렌티나를 바라보며 조카딸이 무슨 생각을 그렇게 골똘히 하고 있는지 궁금하게 생각했다.

발렌티나는 기적에 대해 생각하고 있었다. 저녁을 먹고 있는 고양이는 지극히 정상적으로 보였다. 그것이 바로 기적이었다. 그녀는 고양이를 바라보며 속으로 말했다.

'너는 10분 전만 해도 죽어 있었다는 사실을 절대로 모르겠지. 조금도 눈치를 채지 못한 것 같구나. 죽을 때 아프지 않았어? 영혼이 다시 몸으로 들어올 때 힘들지 않았어? 두렵지 않았니?'

그녀는 현관문이 열리는 소리를 들었다. 줄리아가 돌아왔다.

"어디에 있어?"

줄리아가 부르는 소리가 들렸다. 엘스페스는 줄리아에게 조금 전에 일어난 일에 대해서는 아무 말도 하지 말라고 혼잣말을 했다. 비록 잠깐 동안이었지만 자신이 고양이를 죽였다는 사실이 부끄럽게 생각되었다.

"부엌에 있어."

발렌티나가 큰소리로 대꾸했다.

줄리아는 세인즈베리 매장의 쇼핑백을 들고 들어와서 조리대 위에 올려놓고 사온 물건을 하나씩 꺼내기 시작했다.

"오늘 하루 어땠어?"

그녀가 물었다.

"그냥 그랬어. 언니는?"

줄리아는 슈퍼마켓에서 계산을 하려고 줄을 서서 기다리고 있다가 보았던 어떤 여자의 이야기를 장황하게 늘어놓기 시작했다. 소형 스펀지케이크와 립톤 티만 먹고사는 몸집이 작고 나이가 많은 여자였다. 그녀의 손수레에는 그런 물건들로 가득했다. 발렌티나는 스펀지케이크가 무엇인지 기억해 내려고 애썼다.

"컵 모양으로 구운 케이크 말이야."

줄리아가 말했다.

"아, 그거라면 그다지 심하지는 않네."

그녀는 바닥에서 일어나 사온 물건을 치우는 일을 돕기 시작했다. 자매는 말없이 일에 열중했다. 고양이는 저녁을 먹고 나서 어슬렁거리다가 사라졌다. 엘스페스는 조카들에게 거치적거리지 않으려고 팔짱을 끼고 한쪽 구석에 서 있었다. 그녀는 조카들의 모습을 지켜보다가 얼핏 무슨 생각이 떠오르는 듯했지만 그게 정확히 무엇인지는 알지 못했다. 곰곰이 생각을 해 봐야 할 것 같았다. 엘스페스는 조카들을 부엌에 남겨두고 밖으로 나왔다. 고양이는 소파 위의 햇살이 비치는 부분에 들어가서 잠을 자려고 누워 있었다. 그녀는 고양이 옆에 웅크리고 앉아서 녀석의 눈꺼풀이 천천히 덮이는 것을 지켜보았다. 녀석은 느리게 숨을 쉬고 있었다. 그것은 엘스페스 자신의 혼란스러운 기분과는 대조적으로 매력적이고 정상적인 풍경이었다. 그때 발렌티나가 거실로 와서 낮게 속삭였다.

"이모?"

하지만 엘스페스는 대꾸도 하지 않고 자신의 존재를 알리지도 않았다. 발렌티나는 숨바꼭질이라도 하는 것처럼 방마다 돌아다니며 안을 살폈다. 엘스페스는 눈에 보이지 않는 그림자처럼 조카의 뒤를 따라다녔다.

봄 열병

5월의 어느 화창한 날 오후, 로버트는 책상에 앉아 글을 쓰려고 머리를 쥐어짜고 있었다. 그는 여류 소설가 헨리 앨런 우드에 관한 논문을 쓰고 있었다. 우드는 너무나 단조롭고 지루한 인물처럼 여겨졌다. 그는 앨런 우드의 작품 『이스트 린』을 샅샅이 뒤져 그녀의 구체적 삶을 들여다보려고 애썼지만 별다르게 흥미로운 점을 발견할수 없었다.

관람객들에게 묘지를 안내할 때 우드의 무덤은 항상 건너뛰었다. 그녀에 관한 이야기는 알파벳순으로도 그렇지만 지리적으로 볼 때도 조지 움웰(1777~1850, 야생동물 순회 전시자―옮긴이)과 아담 워스(1844~1902, 독일계 미국인으로 악명 높은 범죄자―옮긴이) 사이에 놓여야 되겠지만, 로버트에게 그녀는 독특하고 화려한 경력을 가진 두 사람 사이에서 별로 가치가 없어 보였다. 그는 볼펜을 물어뜯으며 논문에서 그녀에 관한 부분을 빼 버려야 할지 곰곰이 생각해 보았다. 그래도 빼 버리면 안 될 것 같았다. 그는 그녀의 죽음을 최대한 부각시키기로 마음먹었지만 그 부분도 지루하기는 마찬가지였다. 그녀는 기관지염을 앓다가 죽었다. 참 어이가 없는 여자였다.

한참 고민을 하고 있는데 발렌티나가 찾아왔다. 기분전환을 할 수 있을 것 같아서 좋았다.

"봄볕이 좋네요. 바람이나 쐬러 가죠."

그녀가 말했다.

두 사람은 건물 밖으로 나오기만 하면 변함없이 공동묘지를 향해 걸어갔다. 스웨인즈 거리를 걸어 내려가는데 워터로우 공원에서 누가 나팔을 부는 소리가 들려왔다. 나팔 소리가 무척이나 구슬펐다. 길 양쪽으로 높은 담장이 있어서 그런지 스웨인즈 거리는 하늘이 구름 한 점 없이 푸른빛을 띠고 있을 때에도 항상 어둑어둑했다. 발렌티나는 자신들이 마치 두 명으로 이루어진 장례 행렬 같다고 생각했다. 드디어 거리를 벗어나 공동묘지의 정문에 도착하자 그녀는 내심 기뻤다. 두 사람은 햇살을 받으며 정문 밖에 서 있었다.

나이젤이 문을 열어 주었다.

"그렇지 않아도 오늘 두 분이 찾아오실 것 같더라고요."

"날씨가 하도 좋아서 묘지에 가서 야생화나 구경할까 하고 왔습니다."

로버트가 말했다. 그때 제시카가 사무실 밖으로 나왔다.

"그럴 생각이라면 갈퀴를 가져가서 청소 좀 하세요. 농땡이 치면 안 돼요."

"그러죠 뭐."

로버트와 발렌티나는 휴대용 무전기와 갈퀴 두 개 그리고 커다란 쓰레기 봉지를 가지고 안뜰을 가로질러 묘지의 위쪽으로 올라갔다.

"미안합니다. 일을 시킬 생각은 없었는데."

디킨스 오솔길로 접어들었을 때 로버트가 말했다.

"괜찮아요. 그동안 아무것도 안 하고 지냈는데 갈퀴질을 해 보게 되어 오히려 잘됐어요. 이 많은 물병들은 대체 어디서 나온 걸까요?"

"사람들이 담장 너머로 집어던진 걸 겁니다."

로버트가 말했다. 두 사람은 한동안 말없이 일에만 열중했다. 길바닥에 떨어져 있는 즉석음식 포장지와 커피 잔을 긁어모으고 나자 오솔길이 깔끔해졌다. 발렌티나는 지금까지 한 번도 해 보지 않은 갈퀴질이 재미있었다. 그녀는 또 재미있게 할 수 있는 일이 과연 무엇이 있을지 생각해 보았다. 상품 포장? 통신판매? 직업을 구하기 전에 일주일에 하나씩 다양한 직종을 경험해 보는 것도 좋을 것 같았다. 그녀가 대영박물관의 물품보관소 같은 곳에서 일을 하는 상상을 하고 있을 때 로버트가 빨리 와 보라는 손짓을 했다.

"저기 좀 봐요."

그가 낮은 소리로 속삭였다. 그가 가리키는 방향을 바라보니, 몸집이 작은 여우 두 마리가 낙엽더미 위에서 동그랗게 몸을 말고 잠을 자고 있었다. 로버트는 그녀의 뒤에서 한쪽 팔로 그녀의 몸을 둘렀다. 발렌티나의 몸이 바짝 긴장한 것을 느끼자 그는 얼른 팔을 풀어 주었다. 두 사람은 여우들이 자도록 내버려 두고 오솔길을 내려가 다시 갈퀴질을 했다.

잠시 뒤에 발렌티나가 물었다.

"아까 그분이 농땡이 치지 말라고 했던가요?"

"예. 제시카와 제임스 부부는 제2차 세계대전 당시에 미국의 속어를 어느 정도 배웠나 봐요."

"무슨 뜻인데요?"

"아, 농땡이요? 게으름 피운다는 뜻이죠. 빈둥거리며 세월을 보낸다는 의미도 되고요."

발렌티나는 얼굴을 붉혔다.

"그럼 제시카는 우리가……."

"쓰레기나 주우면서 오후 시간을 보낼 사람들처럼 보이지 않았겠죠."

그는 쓰레기 봉지를 들여다보았다.

"이제 그만 해도 되겠는데요. 갈퀴는 여기에 놓아두고 산책이나 좀 하죠. 나중에 가지러 오면 됩니다."

그는 그녀의 손을 잡고 깔끔하게 다듬어진 무덤들 있는 곳으로 데려갔다. 그곳에는 따뜻한 햇살이 쏟아지고 있었다.

"날씨가 화창해서 좋네요. 저희가 도착하고 나서는 항상 날씨가 흐렸던 것 같아요."

발렌티나가 말했다.

"그렇지는 않을 걸요."

"아무튼 항상 날씨가 우중충하다는 느낌이었어요. 건물들도 왠지 화사한 느낌보다는 어두운 잿빛 같다는 느낌을 받았어요."

"음."

그런 말을 들으니 로버트는 다소 기분이 좋지 않았다. 그는 발렌티나가 런던의 날씨와 건물들에 애착을 가지도록 만들 자신이 없었다. 두 사람은 쉬지 않고 걸었다. 무덤들 앞에는 새로 갖다 놓은 꽃들이 있었다. 무덤들은 저마다 하나의 작은 정원 같았다.

"발렌티나?"

로버트가 그녀를 불렀다.

"왜 그런지 얘기해 줄래요? 내가 몸에 손을 얹기만 하면 놀라서 움찔하는 것 같던데 왜 그런 거죠?"

"그게 무슨 말씀이세요? 저는 그런 적이 없는데요."

그녀가 대꾸했다.

"항상 그랬다는 건 아니에요. 그렇지만 조금 전에 여우를 보고 있을 때 그런 몸짓을 했거든요."

"그건 아마도……."

그들은 무덤들을 벗어나 오솔길로 다시 나왔다.

"그냥 기분이 이상하고 어색해서 그랬을 거예요. 이런 곳에서 그런 행동을 하는 게 예의에 어긋나는 것 같기도 하고요."

"여기가 공동묘지라서 말인가요? 나는 도무지…… 나는 죽으면 사람들이 내 무덤에 와서 주기적으로 사랑을 나누었으면 좋겠어요. 그러면 나도 행복했던 시절을 떠올릴 수 있을 테니까 말이에요."

"그럼 다른 사람의 무덤, 이를테면 저희 이모의 무덤에서도 그러실 건가요?"

"그건 아니죠. 내가 엘스페스와 함께 있다면 모를까."

"죽은 사람들도 섹스를 하는지 궁금해요."

"그것은 아마 천국에 있느냐 아니면 지옥에 있느냐에 따라 달라질 겁니다."

발렌티나가 웃음을 터뜨렸다.

"그것은 제 질문에 대한 답변이 못 되는 것 같은데요."

로버트가 그녀의 엉덩이를 살짝 꼬집자 그녀는 새된 비명을 질렀다.

"지옥에서는 즐겁지만 지루하게 느껴지는 섹스를 하겠죠. 그리고 천국에서는 음란하게 느껴지지만 황홀한 섹스를 할 거고요."

"거꾸로 된 것 아닌가요?"

"미국식 금욕주의 관점에서는 그렇게 보일 수 있죠. 천국이라고 해서 세속적 즐거움을 누리지 말란 법 있나요? 먹고 마시고 남녀가 사랑을 나누는 것이 모두 잘못된 행위라면 왜 인간은 살아남으려고, 또 후손을 남기려고 그렇게 발버둥을 치는 거죠? 난 천국이 쉬지 않고 술잔치를 벌이는 공간이라고 생각합니다. 지옥으로 떨어진 사람들은 성병과 조루를 항상 걱정하게 될 거고요."

로버트는 은밀하게 발렌티나의 무표정한 옆얼굴을 힐끗거렸다.

"잘못하면 당신도 울타리가 쳐진 특별 지구에 갇히게 될지 몰라요. 처녀들만 한곳에 모아 두는 곳 말입니다."

"천국에요? 아니면 지옥에요?"

그는 고개를 가로저었다.

"그거야 나도 모르죠. 아무튼 그런 곳에 안 가려거든 너무 자신을 그렇게 가두지 말아야 해요."

"그럼 저도 서둘러야겠네요."

"그래야죠."

그는 길을 가다가 멈춰 섰다. 두 사람은 로세티의 무덤으로 이어지는 모퉁이 근처에 있었다. 발렌티나는 그가 자신과 함께 걷고 있지 않다는 것을 깨닫고 몇 발자국 앞에서 걸음을 멈췄다. 그녀는 잠깐 동안 그의 두 눈을 똑바로 바라보다가 어색한 표정을 지으며 시선을 떨어뜨렸다.

"설마…… 이런 곳에서……."

발렌티나의 목소리는 거의 들리지도 않았다.

"아닙니다. 당신 말대로 여기서 그런 짓을 하면 예의가 아니죠. 그리고 이상한 짓을 하다가 제시카한테 발각이 되는 날에는 곧바로 체포되고 말 겁니다. 제시카는 어찌나 엄격한지 짧은 반바지를 입은 관람객들한테도 눈살을 찌푸립니다."

"잘못하면 해고당할 수도 있겠어요."

"그러면 정말 큰일이죠. 여기서 해고당하면 어디에 가서 무엇을 하겠습니까? 괜찮은 일거리를 얻어야 하는데 말입니다."

그는 다시 걷기 시작했다. 그녀는 그와 조금 떨어져서 걸었다.

"발렌티나, 내가 그런 식으로 얘기하는 게 좋아요?"

그녀는 아무 대꾸도 하지 않았다.

"당신이 먼저 그래놓고 당황스러워하는 것 같아요. 나를…… 이런 식으로 대한 사람은 아무도 없었어요. 적어도 6학년(대학준비 과정으로 한국의 고교 3년에 해당─옮긴이) 이후로는 한 번도…… 문제는 우리 사이의 나이 차이 같아요."

그는 한숨을 쉬었다.

"그때 내가 알던 여자들은 모두 성에 개방적이었어요. 좋을 때였죠."

발렌티나는 고개를 절레절레 흔들었다.

"그것 때문에 그런 거 아니에요."

그녀는 익숙하지 않은 대화 내용도 그랬지만 무슨 말을 해야 할지 생각하느라 잠시 머뭇거렸다.

"언니 때문에 그래요."

로버트는 정말 놀란 듯한 표정으로 그녀를 바라보았다.

"이게 줄리아와 대체 무슨 상관이 있다는 거죠?"

"그동안 저와 언니는 무슨 일이든 함께해 왔어요. 더구나 중요한 일은……."

"그렇지만 나한테는 무슨 일이든 혼자서 하고 싶다고 줄곧 말했잖아요."

"죄송해요. 저는 그냥 두려워요."

그녀가 말했다.

"괜찮아요. 이해할 수 있습니다."

"제가 바보 같죠? 하지만 이제 정말 언니한테서 벗어났으면 좋겠어요."

"언니와 결혼할 건 아니잖아요. 그러니까 하고 싶은 대로 해도 괜찮아요."

"아저씨는 이해 못해요."

"당연히 이해 못하죠."

그들은 말없이 걸었다. 한참 걷다가 로버트가 말했다.

"여기서 잠깐만 기다려요. 갈퀴를 가져올게요."

그는 햇살이 비치는 곳에 그녀를 남겨 두고 오솔길을 달려 올라갔다. 발렌티나는 주변을 둘러보며 참 괜찮은 곳이라고 생각했다. 자신이 엘스페스 이모라면 답답한 아파트에 갇혀 있지 않고 묘지에서 재미있게 생활할 거라고 생각했다. 잠시 뒤에 로버트가 갈퀴와 쓰레기봉투를 들고 다시 모습을 드러냈다. 자신을 향해 종종걸음으로 바삐 다가오는 그를 지켜보았다. 그녀는 자신이 그를 정말 좋아하고 있는지 자문해 보았다. 아마 그런 것 같았다. 그런데 왜 이렇게 망설이고 있는 걸까? 그렇지만 몸을 함부로 내맡길 수는 없었다. 그녀는 한숨을 쉬었다. 어쨌든 줄리아의 그늘에서는 벗어나야 했다. 로버트는 그녀와 가까워지면서 속도를 줄였다.

"사무실에 가서 차나 한잔 할래요?"

"좋아요."

그들은 예배당을 향해 걸어 올라갔다.

줄리아는 아름다운 날씨를 만끽하면서 마음껏 뛰어놀고 싶었지만 혼자 나가기는 싫었다. 발렌티나는 벌써 로버트와 함께 어딘가로 달아나 버렸다. 그래서 그녀는 마틴을 만나 기분을 달랠 요량으로 위층으로 올라갔다.

"어서 와요."

그녀가 답답하고 어두운 그의 서재에 모습을 드러냈을 때 마틴이 말했다.

"조금만 기다려요. 거의 다 되었으니까. 차나 좀 끓여 줄래요?"

그가 말했다.

줄리아는 부엌으로 들어가서 차를 끓이기 시작했다. 평소에 그녀는 잔과 접시를 내놓고 물을 끓이고 차를 준비하는 일을 즐겼지만 오늘은 왠지 그럴 기분이 아니었다. 그녀는 모든 것을 아무렇게나 소반에 담아서 그의 서재로 가져왔다.

"고마워요. 책상 위에 내려놓고 의자를 가져와서 앉아요."

그녀는 의자에 털썩 주저앉았다.

"어둠 속에 계속 이렇게 앉아 있으면 지겹지 않나요?"

"나는 괜찮은데요."

그가 유쾌하게 말했다.

"왜 창문을 신문으로 모두 가렸어요?"

"실내장식 하는 사람이 그렇게 하라고 조언을 하더군요."

마틴이 빙그레 웃었다.

"그게 정말이에요?"

마틴은 차를 잔에 따랐다.

"오늘은 기분이 좀 안 좋아 보이네요."

"동생이 나를 떼어 놓고 로버트 씨랑 어딘가로 갔어요."

그는 그녀에게 찻잔을 건넸다.

"그게 왜 문제가 되죠?"

"로버트 씨와 사귀고 있다니까요."

마틴은 눈썹을 치켜떴다.

"그래요? 이거 재미있군요. 두 사람의 나이 차가 좀 많은 것 같은데요."

"만약 마틴 씨가 결혼을 안 하셨으면 저랑 사귈 수 있겠어요?"

마틴은 그녀의 느닷없는 질문을 받고 너무 놀라 아무 대답도 할 수 없었다.

"아무래도 힘들겠죠?"

줄리아가 말했다.

"줄리아……."

그녀는 찻잔을 내려놓고 몸을 기울여 그에게 키스했다. 마틴은 그녀의 느닷없는 행동에 극도의 혼란을 느끼며 그 자리에 얼어붙은 듯 앉아 있었다. 한참 만에 그가 간신히 입을 열었다.

"이러면 안 되죠. 나는 유부남인데."

줄리아는 자리에서 일어나 마틴이 쌓아 놓은 상자 무더기의 주변을 맴돌았다.

"부인은 지금 암스테르담에 계시잖아요."

"그렇긴 하지만 우리는 아직 엄연히 부부예요."

그는 손수건으로 입을 닦았다.

줄리아는 상자 주변을 다시 거닐었다.

"부인은 아저씨를 버리고 떠났어요."

마틴은 탑처럼 쌓여 있는 상자와 유리창을 가리켰다.

"집사람은 이렇게 사는 걸 원치 않았어요. 그런 아내를 탓할 수는 없죠."

줄리아는 과장되게 동의를 하는 것도 예의가 아닐 것 같아 고개만 끄덕여 주었다.

"줄리아, 당신은 정말 매력적인 아가씨예요."

마틴의 입에서 저도 모르게 그런 말이 흘러나왔다. 줄리아는 그 자리에 얼어붙은 듯이 서서 미심쩍은 눈빛으로 그를 바라보았다.

"그렇지만 나는 아직 마레이케를 사랑하고 있어요. 다른 사람은 눈에 들어오지 않아요."

줄리아는 다시 방 안을 서성거리기 시작했다.

"사랑…… 그게 정확히…… 어떤 느낌이죠?"

마틴이 대답을 하지 않자 그녀는 좀 더 구체적으로 물어보려고 애썼다.

"저는 남자친구와 사랑에 빠져 본 적이 없어요."

마틴은 자리에서 일어나 양손으로 자기 얼굴을 쓰다듬었다. 눈이 피곤했다. 그는 면도를 하고 싶은 욕구를 느꼈다. 그것은 강박적 충동이 아니었다. 아침에 수염을 깎았지만 늦은 오후가 되자 어느새 자라 지저분한 느낌이 들었기 때문이다. 그는 컴퓨터를 힐끗 들여다보았다. 어느새 시간은 오후 4시를 향해 달려가고 있었다. 예전 같으면 마레이케가 하루 일과를 마치고 귀가할 시간이었고 자신은 샤워를 해야 할 시간이었다. 그는 좀 더 기다릴 수 있었다. 줄리아는 그가 대답을 해 주지 않을 거라고 생각되자 안심이 되었다.

"나의 일부가 떨어져 나가 암스테르담에 가 있는 것 같은 느낌이죠. 그것, 그러니까 그녀가 아직도 그곳에서 나를 기다리고 있는 느낌입니다. 혹시 '환영사지 증후군'이라고 들어봤어요? 팔다리가 절단된 사람이 발가락에서 가려움이나 간지러움을 느끼는 것처럼 실제 자극이 없어도 있는 것처럼 느끼거나 미세한 자극에도 신경이 반응하는 증상이죠."

줄리아는 고개를 끄덕였다.

"그녀가 머물러 있던 곳, 그러니까 내 몸에서 떨어져 나간 부위에는 여전히 고통이 남아 있어요. 그것은 다른 고통을 불러오죠. 그것 때문에 나는 몸을 깨끗이 씻기도 하고 숫자를 헤아리기도 해요. 그렇게 그녀의 부재는 내가 그녀를 찾아 나서지 못하게 만들어요. 무슨 말인지 알겠어요?"

"그렇지만 부인을 찾아 나서는 편이 훨씬 더 낫지 않을까요?"

"그야 물론이죠. 그렇게 할 겁니다. 집사람을 찾게 되면 정말 행복할 거예요."

그는 줄리아가 집에서 내쫓기라도 하는 것처럼 걱정스러운 표정을 지었다.

"그런데요?"

"줄리아, 당신은 이해를 못해요."

"제 질문에는 아직 답변을 안 해 주셨어요. 저는 사랑이라는 감정에 대해 물었는데 아저씨는 부인이 떠나 버렸을 때의 심정에 대해서만 말씀하셨어요."

마틴은 다시 자리에 앉았다. 줄리아는 아직 너무나 어렸다. 그만한 나이였을 때 그는 어느 누구의 간섭에도 신경 쓰지 않고 세상을 개척할 자신이 있었다. 줄리아는 그에게서 기어코 대답을 얻어 내야겠다고 작정한 사람처럼 두 주먹을 불끈 쥐고 서 있었다.

"사랑하는 일은…… 조바심을 내는 일이에요. 상대방을 즐겁게 해 주고 싶고, 본모습을 들킬까 봐 두려워하면서도 상대가 자신을 알아주길 바라죠. …… 뭐라고 해야 할까. 위엄 같은 건 모두 던져 버리고 어둠 속에서 알몸으로 흐느끼는 거라고나 할까요. 난 내 모든 것을 아는 그녀가 나를 봐 주고 사랑해 주길 원했어요. 나도 그녀를 알았어요. 그런데 이제 집사람은 떠나 버렸어요. 나의 지식도 완전하지 못한 셈이죠. 그래서 나는 날마다 집사람이 무엇을 하고 있는지, 무슨 말을 하고, 누구와 얘기를 나누며, 어떤 모습을 하고 있을지 상상하죠. 집사람과 떨어져 있는 동안 나는 계속해서 상상을 했어요. 그런데 시간이 갈수록 상상하는 일이 점점 더 힘들어지네요."

그는 고개를 가슴께로 떨어뜨렸다. 그의 목소리는 거의 들리지 않았다. 줄리아는 자신이 발렌티나에게 집착하는 것처럼 그도 아내에게 강한 집착을 보이는 것이라고 생각했다. 그런 생각을 하자 두려워졌다. 자신이 발렌티나에 대해 느끼는 감정은 비정상적이고 본능적인 것이었다. 줄리아는 어깨를 들썩이는 그를 보고 갑자기 마레이케에게 증오심을 느꼈다. 왜 그 여자는 남편을 버리고 떠났을까? 줄리아는 자기 아버지 생각을 했다. 아빠도 엄마를 이 정도로 사랑하고 있을까? 그녀는 혼자서 살아가는 자기 아버지의 모습을 상상도 할 수 없었다. 그녀는 마틴이 앉아 있는 곳으로 건너갔다. 그는 고개를 숙인 채 눈을 감고 있었다. 그녀는 그의 뒤에 서서 상체를 앞으로 기울이고 두 팔로 그의 어깨를 감쌌다. 그런 다음 그의 뒷머리에 뺨을 갖다 댔다. 마틴은 즉시 긴장했다. 그러다가 천천히 팔을 교차시켜 두 손을 줄리아의 손에 얹었다. 그는 테오가 자신을 마지막으로 감싸 주던 기억을 떠올리려고 애썼다.

"죄송해요."

줄리아가 속삭였다.

"아니에요."

마틴이 대꾸했다. 줄리아는 그를 풀어 주었다. 마틴은 자리에서 일어나 서재를 나갔다. 줄리아는 먼 곳에서 그가 코를 푸는 소리를 들었다. 잠시 뒤에 그는 다시 모습을 드러냈다. 그는 서재의 방문을 통과하자마자 게처럼 옆걸음질을 몇 번 하더니 다시 의자에 앉았다. 줄리아가 미소를 지으며 말했다.

"항상 그런 식으로 서재를 나가고 들어오시네요."

"내가 그랬나요?"

마틴은 순간적으로 당황스러운 표정을 지었지만 그것도 잠시였다. 그는 이상한 버릇을 고쳐야겠다고 생각했지만 그다지 강한 필요성은 느끼지 못했다.

줄리아는 몸을 약간 흔들고 나서 그를 바라보았다.

"최근 들어 많이 좋아 보이세요. 예전처럼 불안해 보이지도 않고요."

"그래요?"

"예. 아직 정상인처럼 보인다고 말씀드릴 수는 없겠지만 잠시도 참지 못하고 무언가를 씻거나 닦는 일은 이제 하지 않잖아요."

"비타민이 확실히 효과가 있는가 보죠."

그가 말했다.

"그러게 말이에요."

줄리아가 대꾸했다. 마틴의 목소리를 듣고 그녀는 무언가 의문이 생겼다.

"충계참까지 나가 보려고 그동안 연습했어요."

그가 털어놓았다.

"그게 정말이에요? 잘하셨어요. 저한테 지금 한 번 보여 주시면 안 될까요?"

"음…… 아직은 제대로 못해요. 그렇지만 계속해서 연습하고 있어요."

"비타민을 좀 더 드려야겠네요."

"예, 좋은 생각 같아요."

줄리아는 다시 자리에 앉았다.

"연습을 해서 밖으로 나가게 된다면 암스테르담에 가실 건가요?"

"예."

"그럼 저는 더 이상 아저씨를 뵐 수 없는 건가요?"

"암스테르담으로 놀러 오면 되죠."

그는 암스테르담에 대해 얘기하기 시작했다. 줄리아는 얘기를 들으면서 어쩌면 정말 그런 일이 벌어질 수도 있겠다고 생각했다. 그녀는 흥분이 되면서 동시에 걱정도 되었다. 마틴의 상태가 호전되면 그가 지루하게 느껴질 수도 있을까?

그녀는 그의 얘기를 중간에 자르며 물었다.

"창문들을 가리고 있는 신문지를 걷어 낼까요?"

마틴은 잠시 생각에 잠겼다. 내부의 목소리가 그래서는 안 된다고 단호하게 말하고 있었지만 그는 잠시 머뭇거렸다.

"그럼 시범삼아 창문 몇 개만 해 볼까요?"

줄리아는 자리에서 벌떡 일어나 상자들을 돌아 서재의 창문으로 다가갔다. 그녀는 창문에 붙어 있는 신문지와 테이프를 떼어 내기 시작했다. 햇빛이 방으로 쏟아져 들어왔다. 마틴은 눈을 껌벅이며 서서 창밖의 나무들과 하늘을 바라보았다. 다시 봄이 돌아왔다는 것을 깨달았다. 줄리아는 자신이 일으킨 먼지 속에서 기침을 했다. 기침이 가라앉았을 때 그녀가 말했다.

"어때요?"

"아주 좋아요."

마틴이 고개를 끄덕이며 말했다.

"신문지를 좀 더 떼어 낼까요?"

"다른 창문에 붙은 것도 떼어 내려고요?"

그는 어떻게 하면 좋을지 몰랐다.

"우선 햇빛에 익숙해져야겠어요. 며칠 있다가 좀 더 떼어 내기로 하죠."

마틴은 창가로 조금 다가갔다.

"정말 멋진 날씨에요."

그가 말했다. 가슴이 쿵쾅거렸다. 세상이 그를 압박하는 것 같았다. 줄리아가 무슨 말을 했지만 그의 귀에는 들리지 않았다.

"아저씨?"

그 소리에 그는 깜짝 놀랐다. 줄리아가 그의 양쪽 어깨를 붙잡고 의자 쪽으로 끌어당겼다. 그의 몸은 온통 땀에 젖어 있었고 숨을 쉬는 것조차 힘들어했다.

"아저씨?"

그는 질문을 막으려고 한 손을 치켜들고는 의자에 털썩 주저앉았다. 몇 분 뒤에 그는 뛰는 가슴을 진정하고 입을 열었다.

"공황발작을 일으켰을 뿐이에요."

그는 눈을 감고 자리에 계속 앉아 있었다.

"제가 어떻게 해 드리면 되죠?"

줄리아가 물었다.

"아무것도 없어요. 그냥 내 곁에 앉아 있으면 돼요."

그녀는 자리에 앉아서 그의 말을 기다렸다. 곧이어 마틴은 한숨을 쉬며 말했다.

"정말 굉장했어요. 안 그래요?"

그는 손수건으로 얼굴을 톡톡 두드렸다.

"죄송해요."

오늘 그녀가 한 일은 하나도 옳지 않았다.

"죄송하긴요. 자, 의자를 옮겨 가서 햇볕을 쬐기로 하죠."

"하지만……"

"괜찮을 거예요. 창가에서 조금 떨어져 있으면 돼요."

두 사람은 의자를 옮겼다.

"저는 항상 아저씨를 이해한다고 생각했는데 사실은 그렇지 않은가 봐요."

줄리아가 말했다.

"나조차 자신을 이해 못하는데 당신이 어떻게 이해할 수 있겠어요? 정신이상이 그런 거 아니겠어요? 바퀴가 모두 달아나 버린 버스마냥 정신이 엉망이 되어 버렸어요. 다른 사람들은 도저히 이해할 수 없는 정신 상태를 가지고 있는 거죠."

"하지만 아저씨는 조금씩 나아지고 있어요."

그녀는 당장이라도 눈물을 쏟을 것 같은 목소리로 말했다.

"예, 많이 좋아졌어요. 정말이에요."

마틴은 두 다리를 내뻗어 햇볕을 받았다. 머지않아 여름이 올 것 같았다. 그는 암스테르담의 여름을 머리에 떠올렸다. 운하를 끼고 있는 작은 집들은 저마다 적당량의 햇볕을 쬐고 있었고 살갗을 보기 좋게 태운 마레이케는 활기에 차서 그의 네덜란드어 발음을 비웃었다. 오래전의 일이었다. 다시 여름이 돌아오고 있었다. 그는 줄리아를 향해 손을 내밀었다. 그녀는 그의 손을 잡았다. 두 사람은 봄볕을 받으며 나란히 앉아 창밖을 바라보았다.

감정 폭발

발렌티나는 런던에 올 때 재봉틀을 가져왔지만 아파트에 짐을 모두 들여놓고 나서는 재봉틀에 손도 대지 않았다. 그것은 손님방에 놓여 있었는데 눈에 띌 때마다 그녀를 비난하는 것 같았다. 재봉틀은 그녀의 꿈에 나타나기 시작했다. 깜박 잊고 먹이를 주지 않은 애완동물처럼 그것은 헐벗고 방치되었다.

그녀는 손님방에서 재봉틀을 빤히 바라보며 서 있었다.

'이게 내가 정말 하고 싶은 일이라면 무슨 수를 쓰더라도 해야 돼.'

그녀는 속으로 말했다. 이미 인터넷으로 패션 디자인 과정을 검색해 보았다. 과정을 수강하기 위해서는 다양한 작품들이 필요했다. 지난 몇 주 동안 그녀는 줄리아에게 대학교에 대해 아무 얘기도 하지 않았다.

'입학 지원을 해 보고 합격하면 그냥 다닐 거야. 학비는 아빠가

대 주시겠지. 내가 하는 일에 언니가 이래라저래라 할 수는 없어.'

발렌티나는 재봉틀의 덮개를 벗겨 낸 후 식당에서 의자를 하나 가져왔다. 옷감이 잔뜩 들어 있는 가방을 발견하고 가방의 내용물을 침대 위에 쏟아 냈다. 옷감을 하나하나 펼쳐서 반듯하게 고른 다음 다시 접으면서 그녀는 엄마를 떠올렸다. 줄리아는 지루하다며 바느질을 배우지도 않았다. 발렌티나는 묶인 리본을 풀어 놓고 실타래를 골라 놓았다. 그녀는 얼레 상자와 자신이 아끼던 가위들도 찾아 냈다. 모든 것을 침대 위에 나란히 펼쳐 놓고 무엇을 만들 것인지 생각해 보았다.

시카고를 떠나기 전에 반쯤 만들어 둔 블라우스 한 쌍이 있었다. 그것들을 가지고 작업을 할 수도 있었지만 그러지 않기로 했다. 이제 새로운 것을 만들어 보고 싶었다. 그리고 한 쌍이 아니라 단 하나만 만들 생각이었다.

미국 집에는 재봉사들이 쓰는 마네킹이 있었지만 런던까지 가져오는 게 너무 번거로울 것 같아 그냥 두고 왔다. 그녀는 줄자를 꺼내어 자신의 신체 치수를 쟀다. 이상했다. 그사이에 체중이 줄었다. 그녀는 옷감을 꼭 필요한 것, 없어도 되는 것 그리고 어쩌면 필요할지도 모르는 것, 세 가지로 분류해 두었다. 필요할지도 모르는 옷감에는 검정 벨벳이 있었다. 그것은 그녀가 8학년(우리나라의 중학 2학년―옮긴이) 때 산 것이다. 당시 그녀는 고딕 패션에 심취한 상태였다. 줄리아는 검은색 옷을 무척 싫어했다. 그래서 벨벳은 지금껏 사용되지 않고 발렌티나의 옷감상자에 고이 보관되어 있었다. 그녀는 그것을 펼쳐 보았다. 길이가 3.5미터가량 되었다. 그 정도면 드레스

하나는 충분히 만들 수 있었다.

드레스를 스케치하고 있을 때, 엘스페스가 나타났다.

"아, 이모. 안녕하세요."

발렌티나가 인사를 건넸다. 방문이 닫혀 있었기 때문에 그녀가 방해받지 않고 혼자 있고 싶어 한다는 사실 정도는 이모가 이해해 줄 거라고 생각했다.

엘스페스는 글을 쓰는 몸짓을 했다. 발렌티나는 스케치북의 빈 페이지를 펼쳤다.

무엇을 만드는 거니?

"예, 미니드레스를 만들려고요."

발렌티나는 이모에게 스케치한 것을 보여 주었다.

너는 로버트와 너무 많은 시간을 보내는 것 같아.

발렌티나는 어깨를 으쓱했다.

옷 만드는 것을 지켜봐도 될까?

"그러든지요."

발렌티나는 두 손을 비비고 나서 다시 그림을 그리기 시작했다. 엘스페스는 침대 위에 웅크리고 있다가 사라졌다.

몇 시간이 흘렀다. 발렌티나는 견본을 만들려고 애쓰다가 좌절감을 느꼈다. 견본 만드는 일은 그녀가 대학교에서 꼭 배워 보고 싶어 하는 것들 가운데 하나였다. 그녀는 바닥에 앉아서 종이를 앞에 펼쳐 놓았다. 뭔가 잘못되었다는 것을 깨달았지만 수정을 할 수 없었다. 자신이 정말 어리석게 느껴졌다. 이모의 드레스 가운데 하나를 분리해서 자신이 무엇을 빠뜨렸는지 알아봐야겠다고 생각했다. 그때 복도에서 줄리아의 발소리가 들려왔다.

"어디 있어?"

발렌티나는 숨도 쉬지 않고 가만히 있었다.

"어디 있는 거야?"

방문이 왈칵 열렸다.

"여기 있었구나. 멋진데? 뭘 만드는 거야?"

줄리아는 하루 종일 해크니 지역을 돌아다니다가 왔다. 그녀의 몸은 비에 흠뻑 젖어 있었다. 발렌티나는 그제야 비가 내리고 있었다는 사실을 깨달았다.

"왜 우산을 안 가져갔어?"

발렌티나가 물었다.

"가져갔지. 워낙 억수같이 퍼붓는 바람에 우산도 소용이 없더라."

줄리아는 방을 나갔다가 머리에 수건을 두르고 잠옷 차림으로 돌아왔다.

"뭘 만들 생각이야?"

"이거."

발렌티나는 마지못해 자신이 스케치한 것을 건넸다.

줄리아는 스케치를 유심히 들여다보았다.

"저 검정 벨벳으로 만들려고?"

"응."

"스케치한 거랑 좀 달라 보이는데?"

발렌티나는 아무 대꾸도 하지 않았다. 그녀가 손을 내밀자 줄리아는 스케치북을 돌려주었다.

"저걸 만들어서 입고 갈 데라도 있니? 할로윈 파티에서 입는 로리타 복장 같잖아."

"그냥 시험 삼아 만들어 보는 거야."

발렌티나가 말했다.

"옷감도 충분하지 않은 것 같은데? 근처에 옷감을 파는 곳이 있을까? 분홍색으로 만들어. 그게 좋잖아."

"이 정도면 드레스 하나는 충분히 만들 수 있어. 그리고 분홍색은 보기 싫어."

발렌티나는 견본을 고치는 척하면서 줄리아를 쳐다보지 않으려고 했다.

"하나만 만든다고? 왜?"

"나중에 필요할지 모르니까 작품을 모아 두는 거야."

발렌티나가 조용히 말했다.

"무슨 작품?"

"디자인 학교에 다니려면 필요하잖아."

"학교는 안 다닐 거잖아. 안 다니기로 약속했잖아."

줄리아는 견본 주위를 돌아다니다가 쪼그려 앉더니 동생의 얼굴을 살피려고 애썼다.

"학교는 왜 다니려고 해? 우리한테는 돈이 있잖아."

"우리는 어느 것도 약속하지 않았어. 언니가 일방적으로 그렇게 말하고 생각하는 거지. 언니는 무슨 일이든 일방적이야. 항상 나를 우격다짐으로 누르려고 한단 말이야."

그녀는 옷감을 말기 시작했다. 그리고 연필과 스케치북을 치웠다.

"그렇지만 요즘 너는 항상 나를 떼놓고 혼자서 행동하더라. 솔직히 요즘에는 네 얼굴조차 보기 힘들어. 나하고는 아무 데도 안 가려고 하고 밤마다 로버트하고만 놀러 나가고. 그리고 하루 종일 이모하고만 얘기하잖아. 내가 그렇게 싫어?"

발렌티나는 결국 줄리아의 얼굴을 쳐다보았다.

"그래. 난 언니가 너무 싫어."

"그러지 마. 그럴 순 없어."

줄리아가 말했다.

"언니는 꼭…… 간수 같아."

발렌티나는 자리에서 일어섰다. 줄리아는 바닥에 무릎을 꿇고 그대로 앉아 있었다.

"언니, 제발 날 내버려 둬. 연말이 되면 로치 변호사한테 얘기해서 재산을 분할해 달라고 할 거야. 언니는 원하면 여기서 계속 살아도 돼. 나는 돈을 어느 정도 받아서 나갈 거야. 많은 돈도 필요 없어. 그냥 먹고살 정도만 있으면……. 언니는 하고 싶은 일을 맘대로 하면 돼. 나는 일을 할지 학교에 다닐지 아직 모르겠어. 아무튼 무슨 일이든 해 보고 싶어. 내 생활을 가지고 내 인생을 혼자서 꾸려 나가고 싶어. 그뿐이야."

"그럴 순 없어."

줄리아는 그렇게 말하면서 자리에서 일어섰다. 그 바람에 머리를 감싼 수건이 삐뚜름하게 풀어졌다. 그녀는 얼굴에 걸쳐진 수건을 방바닥으로 집어던졌다. 그녀의 머리카락이 얼굴에 착 달라붙었다. 밝고 부드러운 푸른색 잠옷을 입고 있는 그녀는 너무나 앳되어 보였다.

"발렌티나, 너는 아직 자신도 돌보지 못해! 몸이 정말 아프거나 할 때 내가 곁에서 간호해 주지 않으면 곧 죽고 말 거야."

"그래도 좋아. 언니랑 같이 평생을 사느니 차라리 죽는 게 나아."

발렌티나가 거침없이 말했다.

"알았어."

줄리아가 대꾸했다. 그녀는 문 쪽으로 걸어가다가 멈춰 서서 동생에게 해 줄 말을 생각해 보았다. 아무 말도 떠오르지 않았다.

"좋을 대로 해."

줄리아는 방을 나가서 쾅 소리가 날 정도로 거칠게 문을 닫았다.

발렌티나는 방문을 빤히 바라보며 서 있었다. 이제 어쩌지? 그녀는 어느새 나타난 엘스페스 이모가 침대에 앉아 깜짝 놀란 표정을 짓고 있는 것을 깨달았다.

"가 주세요. 혼자 있고 싶어요."

발렌티나가 말했다. 엘스페스는 순순히 자리에서 일어나 닫힌 문을 뚫고 사라졌다. 발렌티나는 혼란스러운 마음으로 그 자리에 계속 서 있었다. 마침내 침대에 있는 검은색 벨벳을 끌어내렸다. 그녀는 옷감 더미에 처박혀서 벨벳으로 몸을 완전히 감쌌다. 그대로 사라져 버렸으면 좋겠다고 생각했다. 비가 억수같이 퍼붓는 소리가 들렸다. 발렌티나는 한참 동안 울었다. 벨벳 아래는 따뜻하고 안전했다. 서서히 잠에 빠져들면서 자신이 앞으로 무슨 일을 해야 할지 똑똑히 알고 있다고 생각했다. 그녀의 의식과 꿈 사이의 공간에서 어떤 계획이 완벽하게 세워지고 있었다.

어떤 제안

이튿날 아침, 발렌티나는 책을 읽는 엘스페스를 지켜보았다. 그동안 발렌티나는 거실 양탄자 위에 대여섯 권의 오래된 책을 펼쳐 놓았다. 엘스페스는 한 페이지 한 페이지를 꼼꼼하게 읽어 내려갔다. 그녀는 오래전부터 좋아하던 책들(『미들마치』『엠마』『오웬 미니를 위한 기도』)은 물론이고 유령의 출몰에 관한 몇 가지 조언을 얻을 요량으로 유령에 관한 책들(『나사의 회전』 그리고 몬테규 로즈 제임스나 에드거 앨런 포의 몇몇 작품)을 읽었다. 결과는 다소 혼란스러웠다. 그녀는 펼쳐진 페이지를 모두 읽고 나면 다시 처음의 책으로 돌아가서 힘들게 페이지를 넘겼다. 그리고 나서 다른 책으로 넘어갔다. 발렌티나는 엘스페스의 일부만 볼 수 있었다. 그녀의 머리, 양쪽 어깨 그리고 두 팔은 보였지만 그녀가 입고 있는 점퍼는 흉곽 하단 주변까지만 보였다. 그녀는 책 위를 거꾸로 떠다녔다. 만약 몸 전체가 그곳에 있었다면 천장에 대롱대롱 매달려 있는 것처럼 보였을 것이다. 만약에 피를 가지고 있다면 모두 머리 쪽으로 쏠렸을 것이다. 아무튼 그녀는 무척 편안해 보였다.

"제가 페이지를 넘겨 드릴까요?"

엘스페스는 고개를 들더니 절레절레 흔들었다. 그녀는 근육질 남성이 자신의 근육을 자랑하듯 한쪽 팔을 구부리며 자세를 취해 보였다. 자신은 운동을 할 필요가 있다는 뜻이었다.

발렌티나는 윌키 콜린스의 소설 『흰옷을 입은 여인』의 너덜너덜한 문고판을 손에 들고 분홍색 소파에 드러누워 있었다. 그녀는 불과 일이 미터 떨어진 거리에서 이모가 페이지를 넘기는 소리 때문에 작품에 등장하는 포스코 백작과 마리안에게 정신을 집중하기가 힘들었다. 그녀는 책을 내려놓고 자리에서 일어나 앉았다.

"언니는 어디 있죠?"

엘스페스는 천장을 손으로 가리켰다.

"아."

발렌티나는 자리에서 일어나 거실을 나갔다. 잠시 뒤에 그녀는 점판과 점치는 도구를 가지고 돌아왔다. 발렌티나는 손가락을 자기 입술에 갖다 대며 조용히 하라는 몸짓을 했다. 엘스페스는 야릇한 표정으로 조카를 바라보았다. 자기한테 조용히 하라고 말할 필요가 없다는 뜻이었다. 그녀는 발렌티나의 옆자리로 옮겨갔다.

"고양이한테 일어난 일을 알고 있죠?"

발렌티나가 말했다. 엘스페스는 고개를 돌렸다. 거기에 대해서는 얘기하고 싶지 않다는 뜻이었다. 그녀는 발렌티나에게 아무 말도 하지 않았다. 발렌티나는 집요하게 물고 늘어졌다.

"저한테 그렇게 한 번 해 보시겠어요? 제 영혼을 끄집어냈다가 나중에 다시 집어넣어 주세요. 네?"

안 돼

엘스페스가 점판 위에 문장을 만들었다.

"할 수 없다는 건가요? 아니면 안 하겠다는 건가요?"

안 돼 안 돼 안 돼.

엘스페스는 앉아서 계속 고개를 가로저었다. 그녀는 얼마나 끔찍하고 어리석은 생각이냐고 말하고 싶었다. 하지만 그녀는 조카에게 왜 그렇게 하고 싶은지를 물었다.

"왜냐하면…… 이모가 그 이유를 꼭 알아야 하나요?"

엘스페스는 십대 딸을 가진 사람은 누구나 그런 일을 겪는지 궁금했다. 조카딸은 지금 경솔하고 터무니없는 요구를 하고 있었다.

영혼을 꺼냈다가 다시 집어넣을 수 없게 되면 어쩌지

"고양이를 가지고 연습을 하면 되잖아요."

고양이가 힘들어 할 거야

발렌티나는 얼굴을 붉혔다.

"하지만 고양이는 멀쩡했잖아요. 저한테 그 방법이 통하지 않을 이유가 없어요. 그러니 어쨌든 고양이로 연습하지 않아도 돼요."

뇌세포가 손상을 입었을 텐데 어떻게 고양이가 괜찮다는 거지

"이모, 그러지 말고 한 번 해 보세요."

엘스페스는 발렌티나를 빤히 바라보았다.

그만 잊어버려

그녀는 그런 문장을 만들어 놓고 사라졌다. 발렌티나는 생각에 잠겨 앉아 있었다. 부드러운 바람이 불어와 양탄자 위에 펼쳐진 책장이 휘날렸다. 발렌티나는 그것이 엘스페스가 불러일으킨 바람인지 아니면 어딘가에서 불어온 순수한 바람인지 궁금했다. 그녀는 이모를 괴롭힐 생각으로 모든 책을 뒤집어 놓았다. 이모가 제안을 받아들이지 않을 거라고 일찌감치 예상했다. 이제 어떻게 해서든 방법을 찾아내 자신의 뜻을 관철시켜야 했다.

줄리아는 안절부절못했다. 그녀는 마틴의 현관문에 등을 기대고 층계참에 앉아 한쪽 다리는 앞으로 곧게 뻗고 다른 다리는 계단 쪽으로 구부리고 있었다. 또 아침에 비가 내리고 있었다. 불빛은 층계참에 있는 모든 것을 먼지로 뒤집어씌우고 있는 듯 보였다. 줄리아는 아파트 안에서 마틴이 혼자서 중얼거리는 소리를 들을 수 있었다. 그녀는 아파트에 들어가서 그를 귀찮게 하고 싶었지만 조금 기다려 보기로 했다. 자세를 바꾸어 마틴이 층계참에 쌓아 둔 신문지 더미에 두 발을 갖다 댔다. 신문지 더미가 한쪽으로 넘어질 것처럼 조금 흔들렸다. 줄리아는 신문지가 자신의 몸 위로 넘어져 자신이 폭 파묻히는 상상을 했다. 그렇게 되면 숨이 막혀 죽을지도 모른다. 마틴은 무너져 내린 신문지 더미 때문에 현관문을 열지 못할 것이고 그럼 그녀를 절대 발견하지 못할 것이다. 아니다. 현관문은 안으로 열리게 되어 있다. 발렌티나는 언니가 어딘가 멀리 떠나 버렸다고 생각하고 슬픔에 잠길 것이다. 줄리아는 자신이 영혼이 되면 동생이 자신을 다시 사랑할 거라고 생각했다. 동생은 날마다 점판을 펼쳐 놓고 앉아 있을 것이다. 그렇게 되면 동생과 즐거운 시간을 가질 수 있을 것 같았다. 로버트는 그들을 찾으러 올라왔다가 쏟아지는 신문지 더미에 파묻혀 두개골 손상으로 목숨을 잃을 것이다. 줄리아는 신문지 더미 하나를 슬쩍 밀어 보았다. 그러자 다른 신문지 더미 위로 무수한 신문지가 무너져 내렸다. 그다지 유쾌한 상상은 아니었다.

줄리아는 지겨워졌다. 혼자서 지루해하는 것은 정말이지 견딜 수 없었다. 그녀는 주변을 둘러보았지만 구경을 하거나 곰곰이 생각할 만한 것이 하나도 없었다. 그렇다고 아래층으로 내려가고 싶지는 않았다. 이제 발렌티나는 말도 붙이지 않으려고 했기 때문이다.

마틴은 노래를 부르기 시작했다. 줄리아는 그가 노래를 좋아하는 사람이라는 사실을 깨달았다. 그는 그녀가 모르는 노래를 부르고 있었다. 어쩌면 광고에 나오는 음악 같기도 했다. 다시 한 번 신문지를 발로 찼지만 신문지 더미는 무너지지 않았다. 그녀는 이제 자기도 일자리를 구해야겠다고 생각했다. 직장을 얻는다고 해도 여전히 지루하겠지만 적어도 집을 벗어나서 시간을 보낼 필요가 있었다. 그 순간 토스트 냄새가 났다. 갑자기 참을 수 없을 만큼 슬퍼졌다. 그녀는 거칠게 발길질을 했다. 그러자 이번에는 신문지가 쏟아지면서 그녀의 두 다리와 아랫배를 뒤덮었다. 그렇게 하고 있으니 해변에서 모래를 덮어쓰는 것 같았다. 하지만 신문지는 모래만큼 부드럽지 않았다. 게다가 신문지의 모서리가 그녀의 몸을 찌르고 있었다. 몇 분 동안 그렇게 앉아서 새로운 경험을 만끽하려고 애썼다. 그러다 자신이 부질없는 짓을 한다는 생각이 들었다. 신문지 더미에서 빠져나와 현관문을 열었다. 마틴의 목소리를 따라 부엌으로 갔다. 그곳에서 자리에 앉아 토스트를 먹을 준비를 하고 있는 마틴을 보았다.

이튿날 아침, 발렌티나와 엘스페스는 점판을 앞에 두고 나란히 앉았다. 엘스페스는 깊은 생각에 잠겨 있었다.

나는 이해를 못하겠구나

엘스페스가 문장을 만들었다.

"언니한테서 벗어나고 싶어요."

발렌티나가 말했다. 요즘 그녀의 머릿속에는 온통 그 생각밖에 없었다.

그럼 떠나 버리면 되지

"언니가 놓아 주려 하지 않아요."

어이가 없구나

"이모와 엄마가 헤어졌을 때……."

우리는 선택의 여지가 없었어

"왜요?"

엘스페스는 점치는 도구를 아무렇게나 빙글 돌리다가 멈추었다.

"내가 죽었다고 생각되면 언니도 나를 놓아 줄 거예요."

네가 죽으면 줄리아보다 부모님이 더 크게 상심할 거야

발렌티나는 부모님 생각은 전혀 해 보지 않았다. 그녀는 얼굴을 찌푸리며 말했다.

"이모, 괜찮을 거예요. 제가 죽더라도 언니는 슬픔을 이겨내고 혼자서 살아갈 수 있을 거예요. 이모가 제 영혼을 육체 속으로 다시 넣어 주면 저는 그 뒤로 행복하게 잘 살아갈 수 있어요. 적어도 저 혼자서 자유롭게 살아갈 수 있을 거예요."

엘스페스는 손가락을 점치는 도구에 얹고 앉아서 발렌티나를 바라보았다. 엘스페스는 짜증스러워하는 표정을 짓더니 생각에 잠겼다.

이성적으로 생각해 보자꾸나—너의 영혼은 며칠 동안 육체를 벗어나 있어야 돼—그동안 사람들은 장례식을 치르겠지—육체는 썩기 시작할 거야—그다음에는 육체가 공동묘지로 들어가게 되겠지—어쩌면 너와 나의 영혼은 여기에 있을 거야—그런데 너의 영혼이 이곳이 아닌 다른 곳으로 가게 되면 어쩌지—그렇게 되면 육체와 영혼을 어떻게 하나로 다시 합칠 수 있지—육체는 처참한 몰골로 변할 거야—그렇게 되면 일이 모두 틀어져 버리는 거야

"로버트 씨한테 도와달라고 하면 되죠."

그 사람은 도와주지 않을 거야

"이모가 부탁하면 도와줄 거예요."

엘스페스는 극도의 혼란에 사로잡혔다.

'이건 잘못하면 재앙을 부르는 짓이야. 뱀이 선악과로 여자를 꾀듯 가증스럽기 이를 데 없는 유혹이야. 유혹에 넘어가면 처참한 결과를 맞이하게 돼. 단호하게 안 된다고 말해야 해. 내가 없으면 발렌티나는 절대로 그런 일을 할 수 없어. 내가 거부하면 발렌티나는 줄리아에게 대처하는 좀 더 이성적인 방법을 찾게 되겠지. 그래 발렌티나를 도와줘선 안 돼. 절대로.'

발렌티나는 착한 여학생처럼 차분하게 앉아서 그녀의 대답을 기

다리고 있었다. 엘스페스는 단호하게 거부 의사를 표해야겠다고 생각했다.

엘스페스는 점치는 도구 위에 손가락을 얹고 문장을 만들었다.

생각 좀 해 볼게

숫자 세기

발렌티나는 뒤뜰에 앉아서 차를 마시고 있었다. 우중충한 5월의 잿빛 아침이었다. 그녀는 평소보다 일찍 잠자리에서 일어났다. 발렌티나가 앉아 있는 돌 벤치는 이끼로 뒤덮여 있었다. 습기가 그녀의 실내복으로 스며들었다. 옷은 엘스페스가 입던 것이다. 그녀는 슬리퍼에서 발을 빼내어 두 다리를 끌어올린 다음 턱을 무릎에 기댔다.

엘스페스는 창가에 앉아 그녀를 지켜보고 있었다.

발렌티나는 공동묘지에서 들려오는 까치들의 울음소리에 귀를 기울였다. 그중에 두 마리가 담장 꼭대기에 내려앉아 그녀를 바라보고 있었다. 녀석들은 이쪽 발에서 저쪽 발로 몸의 중심을 이동했다. 발렌티나는 까치들을 바라보면서 엄마가 가르쳐 준 동요를 기억해 내려고 애썼다.

하나는 슬픔,

둘은 기쁨,

셋은 결혼,

넷은 아기,

다섯은 질병,

여섯은 죽음.

노래처럼 둘은 기쁨이라고 생각했다. 하지만 그녀가 혼자 미소를 짓고 있는 동안 까치 세 마리가 처음의 두 마리 옆으로 풀썩 내려앉았다. 곧이어 덩치가 아주 크고 울음소리까지 요란한 까치 한 마리가 무리 속으로 내려앉자 다른 녀석들은 담장 위에서 이리저리 불안하게 걸어 다녔다. 발렌티나는 고개를 돌려 자기 집 창문을 올려다보았다. 줄리아일까? 어두운 방을 배경으로 누군가 창가에 서 있었다. 어두운 형체는 구멍처럼 보였다. 발렌티나는 벤치에서 일어나 손으로 차양을 만들어 유심히 그쪽을 쳐다보았다. 이모였을까? 이제 그곳에는 아무도 없었다. 갑자기 무서운 생각이 들었다. 어둠 속에 서 있는 어두운 물체라니……. 그녀는 자신이 무언가를 잘못 보았다고 생각했다. 그러면서 설마 엘스페스 이모가 그렇게 이상할 모습을 하고 있을 리가 없다고 생각하려고 애썼다.

발렌티나는 남아 있는 차를 마저 마시고 나서 잔과 접시 그리고 숟가락을 한데 모아 아파트로 들어갔다.

실험

고양이는 발렌티나의 베개 위에서 잠들어 있었다. 침실 유리창으로 비스듬히 쏟아져 들어온 오후의 햇살이 양탄자를 지나 침대의 한쪽 모서리까지 뻗어 있었다. 그러나 고양이한테는 미치지 못했다. 녀석은 베갯잇과 마찬가지로 흰색에 가까웠다. 엘스페스는 그것을 보고 눈보라 속에 있는 북극곰의 그림 같다고 생각했다. 그녀는 햇살이 비치는 곳에 서서 고양이가 자는 모습을 지켜보았다. 햇살은 그녀의 몸을 그대로 통과했다. 참담한 기분이었다. 지금껏 한 번도 자신이 잠들어 있는 아름다운 흰 고양이를 죽일 수 있는 사람이라고 생각해 보지 않았다. 그렇지만 그녀는 분명히 그런 사람이었다.

'걱정 마라, 얘야. 곧 영혼을 돌려줄게.'

그렇게 속으로 말하고 나서 엘스페스는 머뭇거리며 고양이를 향해 한 손을 내밀었다. 녀석은 꿈쩍도 하지 않았다. 그녀는 고양이의

배를 덮고 있는 부드러운 털 속으로 손가락을 밀어 넣었다. 예전에는 어떻게 했는지 잠시 기억을 떠올려 보았다. 몸속으로 손가락이 미끄러져 들어가자 녀석은 저항하듯 야옹 소리를 한 차례 내며 몸을 뒤척였지만 잠에서 깨지는 않았다. 그녀는 뜨거운 피, 장기, 뼈, 근육 등을 거침없이 헤집었다. 손으로 고양이 몸속을 더듬으며 형태가 없는 조각 하나를 찾아내기 위해 애썼다. 그녀의 손가락은 고양이의 영혼을 알아볼 수 있을 것이다. 그것은 그녀 자신과 같은 재질로 만들어져 있기 때문이다.

'고양이의 영혼은 몸속에서 한곳에만 머물러 있을까? 아니면 여기저기 떠돌아다닐까? 지난번에는 내 손가락으로 낚아챈 것 같은 기분이었어. 밖으로 툭 튀어나온 영혼은 아보카도의 씨처럼 미끈거렸지.'

고양이는 신음소리를 내며 더욱 동그랗게 몸을 말았다.

'미안하구나. 정말.'

엘스페스는 손을 좀 더 높은 곳으로 움직여 폐 속으로 밀어 넣었다. 그러자 고양이가 잠에서 깨어났다.

엘스페스는 얼른 손을 뒤로 뺐다.

'이 녀석은 나를 볼 수 없어.'

하지만 고양이는 불편한 듯 등을 활처럼 구부리고 경계심을 갖추고 주변을 둘러보았다. 녀석은 침대의 모서리 쪽으로 걸어가더니 귀를 기울였다. 아파트 안은 고요했다. 그도 그럴 것이 줄리아와 발렌티나는 외출 중이었다. 엘스페스는 로버트가 자신의 부엌에서 진공청소기를 돌리는 소리를 들을 수 있었다. 고양이는 원을 그리며 돌다가 침대의 발치에 자리를 잡고 앉았다. 녀석은 앞발을 포개고 그 위에 턱을 기대고는 눈을 가늘게 뜨고 있었다. 엘스페스는 녀석의 옆자리에 앉아서 기다렸다.

몇 분 뒤에 고양이는 눈을 감았다. 엘스페스는 녀석의 양쪽 옆구리가 오르내리는 것을 지켜보았다. 꼬리 끄트머리가 움찔거렸다. 엘스페스는 녀석의 머리를 아주 부드럽게 쓰다듬었다. 그렇게 해 주자 녀석은 기분이 좋은 것 같았다. 그러다가 가끔씩 성가신 듯 귀를 쫑긋 세우곤 했다.

고양이는 다시 잠이 들었다. 엘스페스는 고양이가 장난감을 향해 달려들듯 손가락으로 녀석의 작고 하얀 몸을 재빠르게 훑었다. 그때 무언가가 그녀의 손에 걸렸다. 고양이의 몸은 케이크가 무너지듯 속으로 푹 꺼져 버렸다. 다음 순간 엘스페스의 손에는 사납게 발길질을 해 대며 닥치는 대로 물어뜯으려고 설치는 고양이가 들려 있었다.

'고양이 발톱에 긁히면 나을 수 있을까?'

엘스페스는 너덜너덜해진 자신의 피부를 상상하면서 고양이의 영혼을 침대 위로 집어던졌다. 그들은 서로를 빤히 쳐다보았다. 고양이는 식식거리며 날카로운 소리를 냈다. 엘스페스는 겁이 났다.

'괜찮아, 걱정 마.'

그녀는 그렇게 말하면서 한 손을 내밀었다. 고양이는 뒤로 물러서면서 계속해서 날카로운 소리를 냈다. 그러다가 침대 모서리에서 풀쩍 뛰어내리더니 어딘가로 사라졌다. 엘스페스는 침대 위로 날아올랐다. 그 순간 침대 머리맡에 있는 탁자 옆으로 희뿌연 안개 같은 것이 흩어지는 모습이 보였다.

'이제 어쩌지? 어떻게 녀석의 영혼을 되돌려 주지?'

엘스페스는 발렌티나를 생각하고 절망감에 사로잡혔다. 그녀는 고양이의 축 늘어진 몸 옆에 동그랗게 몸을 말았다.

'제발 돌아와 줘. 나는 그냥 연습을 해 보려고 했던 거야. 제발 돌아와.'

고양이는 정말 죽은 것처럼 보였다. 눈은 반쯤 뜬 채였고 사람에게는 없는 녀석의 세 번째 눈꺼풀은 옆으로 쪽 찢어져 있었다. 마치 외계의 고양이처럼 보였다. 자그마한 분홍빛 혀는 앞으로 툭 튀어나왔고 앞발 위에 걸려 있는 머리는 무척 불편해 보였다. 그녀는 고양이에게 너무나 미안했다.

영혼은 어디로 달아났을까? 아파트 안에 있기나 할까? 어쩌면 뒤뜰을 배회하고 있는지도 모른다. 아니면 자그마한 흰 구름이 되어 공동묘지에서 참새나 청개구리의 영혼을 뒤쫓고 있는지도 모른다. 또 사우스 그로브 지역의 쓰레기통을 뒤지고 다닐지도 모른다. 엘스페스는 고양이의 몸을 쓰다듬었다. 이제는 털조차도 생기를 잃어버린 것 같았다. 그녀는 녀석의 옆구리로 손가락을 밀어 넣어 보고 깜짝 놀랐다. 그 안에는 생명이 있었다. 하지만 그것은 육체를 허물어뜨리는 것들의 생명이었다. 죽은 것들은 무엇이든 먹는 미생물들이 벌써 고양이의 몸속에 퍼져 있었다. 엘스페스는 손을 빼내고 일어나 앉았다.

'발렌티나, 아무래도 실패한 것 같아. 네 생각대로 되지 않을 것 같아. 장례식을 마치고 나면 네 육신은 돌이킬 수 없을 정도로 부패

해져 있을 거야. 그렇게 되면 너는 스스로 목숨을 끊는 셈이야.'

엘스페스는 자신의 형체를 납작하게 만들어 허공으로 퍼져 나갔다. 그녀는 어처구니없는 생각을 해서 애꿎은 고양이만 죽였다는 죄책감에 괴로웠다.

'내가 어리석었어. 고양이가 가여워.'

엘스페스는 방에서 나가 자신의 서랍 속으로 들어가서 몸을 동그랗게 말았다. 그녀는 참담한 기분을 느끼며 그 속에 틀어박혀 자책했다. 자신의 만행을 사람들이 과연 어떻게 생각할지 궁금했다. 특별한 해답은 없었다. 이제 발렌티나만이 그녀의 행동에서 어떤 단서를 얻을 수 있을 뿐이었다.

고양이의 장례식

고양이 사체를 발견한 사람은 줄리아였다. 그것은 그녀가 태어나서 처음으로 목격한 죽음이었다. 그녀의 머리에는 발렌티나에 대한 생각밖에 없었다. 그녀는 발렌티나가 고양이의 시체를 발견하고 깜짝 놀랄까 봐 두려웠다. 하지만 발렌티나는 무덤덤하기만 했다. 줄리아가 고양이 얘기를 했을 때 그녀는 짧은 비명만 내지를 뿐 더 이상 아무런 반응도 보이지 않았다.

줄리아는 가정부 침실에서 돌쩌귀가 달린 나무 상자 하나를 찾아냈다. 상자에는 본래 은식기 제품들이 들어 있었지만 지금은 부엌 기구를 담는 공간으로 쓰이고 있다. 상자의 테두리는 연초록색 벨벳으로 장식되어 있었다. 은식기 제품들은 엘스페스의 부모님이 결혼 선물로 받은 것인데 1996년에 모두 도둑을 맞았다. 줄리아는 이제 쓸모도 없는 빈 상자를 왜 그렇게 보관하고 있는지 잠깐 궁금했다. 그녀는 상자를 침실로 가져와서 고양이의 사체 옆에 내려놓았다.

발렌티나가 상자를 열었다.

"고양이가 안 들어갈 것 같은데?"

그녀가 말했다.

"몸을 좀 구부리면 들어갈지도 몰라. 잠깐만, 이렇게 하면 될 것 같아."

줄리아는 그렇게 말하고 나서 말려 들어간 부위를 상자에서 뜯어냈다. 접착제가 드러나면서 지독한 곰팡이 냄새가 났다. 발렌티나는 얼굴을 찌푸리면서 셔츠를 끌어당겨 코를 감쌌다.

"개박하(고양이가 좋아하는 식물—옮긴이)를 같이 넣어 줘야겠어. 그리고 예쁜 천으로 몸도 감싸 주고."

줄리아는 드레스 룸으로 들어가서 엘스페스가 쓰던 청색 비단스카프를 가지고 나왔다. 발렌티나는 고개를 끄덕였다. 줄리아는 스카프를 침대 위에 펼쳤다. 발렌티나는 고양이를 들어 올려 스카프 위에 내려놓았다. 그녀는 고양이의 정수리에 키스를 했다. 고양이의 몸은 약간 굳어 있었다. 발렌티나는 스카프로 고양이를 감싼 다음 상자에 넣었다. 상자 속으로 들어간 고양이는 비로소 사체 같아 보였다. 비단스카프 아래의 몸뚱이는 미동도 없었고 애처로워 보였다. 발렌티나가 상자의 뚜껑을 닫았다.

쌍둥이 자매는 아래층으로 내려가 아무 말도 하지 않고 로버트의 현관문 앞에 섰다. 상자는 발렌티나가 들고 있었다. 잠시 뒤에 현관문을 열어 준 로버트가 말했다.

"생각을 해 봤는데 뒤뜰에 묻어야 할 것 같아요."

"왜요? 담장 너머가 바로 공동묘지잖아요. 가족 묘실도 있으면서 그곳에 고양이를 묻을 수 없다는 건 말도 안 돼요."

줄리아가 말했다. 자매는 로버트의 아파트로 들어갔다가 곧 떠날 것처럼 현관에 서 있었다. 그가 문을 닫았다.

"묘지에 고양이를 묻을 수 없는 이유가 몇 가지 있어요. 첫째, 지상에 매장을 하려면 적당한 관이 있어야 하는데 없잖아요. 그 상태로 두었다가는 보기 흉해지죠. 둘째, 동물들을 하이게이트 공동묘지에 묻을 순 없어요. 그곳은 기독교인을 위한 신성한 묘지이기 때문이죠."

"그럼 기독교인이 키우는 동물도 안 된다는 말인가요?"

줄리아가 말했다.

"적당한 관을 구해 오면 어떻게 되나요?"

발렌티나가 물었다.

"담장 옆에 묻기로 하죠. 그리고 조지한테 자그마한 비석을 하나 만들어 달라고 해요. 거기는 묘지에서 불과 50센티미터밖에 안 떨어져 있으니까 원할 때는 언제든지 찾아가 볼 수 있어요."

로버트가 말했다.

"좋아요."

발렌티나가 말했다. 그녀는 정신이 없었다. 엘스페스 이모와 얘기를 나눠 보고 싶었지만 이모는 어디에도 보이지 않았다.

세 사람은 뒤뜰로 나갔다. 로버트는 어딘가로 가서 삽과 장갑 몇 개를 가지고 돌아왔다. 그는 발렌티나와 잠시 의논을 하고 나서 구덩이를 파기 시작했다. 별로 크지도 않은 상자를 파묻기 위해 그는 거의 1미터 정도의 구덩이를 팠다. 너비와 깊이가 충분하다고 판단 되었을 때 그는 공동묘지의 매장 팀이 얼마나 노련한지, 또 얼마나 힘들게 일하는지 새삼 깨닫게 되었다. 토머스와 매튜는 10분 만에 그만한 구덩이를 팔 수 있을 테지만, 자신은 손에 물집이 생기고 온몸이 땀으로 젖었다. 그는 상자를 구덩이의 바닥에 조심스럽게 내려 놓았다.

"저희가 마지막으로…… 무슨 말이라도 해야 하는 거 아닌가요?" 줄리아가 말했다.

"기도 말입니까?"

로버트가 물었다. 그는 줄리아와 발렌티나를 번갈아 쳐다보았다.

"고양아…… 잘 가. 미안해. 그리고 사랑해……."

발렌티나는 그렇게 말하고 나서 엉엉 울기 시작했다. 로버트와 줄리아는 서로의 얼굴을 쳐다보며 누가 그녀를 달래 줘야 할지 몰라 망설였다. 줄리아가 두 손으로 그녀를 위로해 주라는 몸짓을 했다. 그러자 로버트가 발렌티나에게 다가가 그녀를 안아주었다. 이제 그녀는 어깨를 들썩이며 흐느껴 울기 시작했다. 줄리아는 돌아서서 집 쪽으로 걸어가다가 비상계단을 타고 올라갔다. 그녀가 문을 열고 아래를 내려다보았을 때 발렌티나는 아직도 로버트의 품에 안겨 있었고, 로버트는 줄리아를 쳐다보고 있었다. 로버트는 원치 않는 선물을 받고 억지로 기쁜 척해야 하는 사람처럼 난감한 표정을 짓고 있었다. 적어도 줄리아에게는 그렇게 보였다. 그녀는 두 사람을 그대로 내버려 두고 아파트로 들어갔다.

이틀 동안 그들 모두는 서로 시선을 피했다. 엘스페스는 자기 서랍 안에 틀어박혀 자책하며 보냈다. 로버트는 묘지에 나가 매장 기록을 살펴보았다. 줄리아는 아침 일찍 일어나 어디에 간다는 말도 없이 집을 나섰다. 발렌티나는 아파트에서 드레스를 만드느라 여념이 없었다. 정신을 집중하기가 힘들었고 견본을 만드는 일은 여전히 수월치 않았다. 로버트는 자매가 새로운 텔레비전을 주문하는 일을 도와주었다. 텔레비전은 고양이의 장례를 치른 다음날 도착했다. 발렌티나는 드레스 만드는 일을 포기하고 〈앤티크 로드쇼〉(BBC방송 제작팀이 영국 전역을 순회하며 각지의 골동품을 감정하는 프로그램 — 옮긴이)와 이슬람에 관한 다큐멘터리를 시청했다. 마틴은 무엇이 잘못되어 가고 있는지도 모른 채 행복하게 자신의 일에 전념하고 있었다. 그는 여느 때와 마찬가지로 십자말풀이를 출제하고 층계참에 나가 서 있는 연습을 했다. 이제 그는 아무런 사고 없이 10분 동안 층계참에 서 있을 수 있었다. 거기에서 멈추지 않고 계단을 내려가 볼 생각까지 했다.

발렌티나가 저녁을 먹으며 BBC의 인기 드라마 〈이스트엔더스〉를 보고 있을 때 엘스페스가 드디어 모습을 드러냈다. 그녀는 텔레비전에서 1미터가량 떨어진 후미진 곳에 앉아서 무슨 말을 해야 할지 곰곰이 생각하는 중이었다. 드라마가 끝나자 발렌티나는 텔레비전을 끄고 접시를 치우기 시작했다. 엘스페스는 부엌에서 침실로 조카딸을 따라다니며 괴로워했다.

"이모? 거기 계시는 거 다 알아요."

발렌티나가 말했다.

엘스페스는 발렌티나의 손등을 자신의 손가락으로 살짝 건드렸다. 발렌티나는 거실로 가서 점판을 앞에 두고 앉았다.

"이모, 무슨 일이 있었던 거죠?"

정말 미안해 끔찍한 실수를 저질렀어

"제가 고양이를 정말 죽이라고 하지는 않았잖아요. 그렇죠?"

알아 영혼을 다시 집어넣으려고 했는데 달아나 버렸어

"그 영혼이 지금 이곳에 있나요?"

보이지 않아

"혹시 보거든 알려 주실래요?"

영혼이 구름 조각처럼 되려면 시간이 걸릴 거야

"알겠어요."

미안하구나

"저도 미안해요. 제 탓이에요. 애초에 그런 제안을 하지 말았어야 하는데."

생쥐와 인간의 아무리 정교한 계략도 뒤틀리기 일쑤지(스코틀랜드 시인 로버트 번즈의 '생쥐에게'라는 시의 일부—옮긴이)

"예, 그런 것 같네요."

발렌티나는 자리에서 일어섰다.

"이모, 저는 피곤해서 이만 잠자리에 들어야겠어요."

잘 자거라

"이모도 안녕히 주무세요."

발렌티나는 거실을 벗어났다. 잠시 뒤에 엘스페스는 조카딸이 양치질하는 소리를 들었다. 엘스페스는 이제 고양이는 잊어버리고 더 이상 자책하지 말자고 다짐했다.

이튿날 아침, 줄리아는 동생이 뒤뜰에 나가 있는 것을 보았다. 발렌티나는 벤치에 앉아 햇볕을 받으며 고양이의 봉긋한 무덤을 바라보고 있었다.

"일어났어?"

줄리아가 말했다.

"응."

"리버티 백화점에 갈 생각인데. 같이 갈래?"

발렌티나는 가지 않겠다고 말하려다, 언니가 리버티 백화점을 별로 좋아하지 않는다는 사실이 생각났다. 줄리아는 발렌티나의 기분을 달래 주려고 일부러 백화점에 가려는 것이다. 발렌티나는 백화점 4층에 있는 천으로 만든 바구니가 생각났다. 백화점에 가면 옷감을 구경하며 두어 시간을 아무 생각 없이 보낼 수 있었다. 그 정도면 충분히 기분전환을 할 수 있을 것 같았다.

"좋아, 같이 가."

그녀가 말했다.

두 사람은 백화점으로 가는 길에 별다른 말을 하지 않았다. 발렌티나는 온몸을 검정 옷으로 감싸고 있었다. 모두 엘스페스가 입던 옷이다. 줄리아는 동생과 비슷한 색상의 옷은 도저히 입을 수 없어서 결국 두건이 달린 분홍색 재킷과 몸에 착 달라붙는 짧은 스커트를 입었다. 분홍색과 검정색은 잘 어울릴 거라고 생각했다. 그들은 노던 라인에 올라타서 나란히 앉았다. 두 사람은 상대방을 극도로 의식하면서도 감히 대화를 시작하지는 못했다. 백화점에 도착했을

때, 발렌티나는 곧장 위층으로 올라가서 옷감을 살펴보았다. 줄리아
는 동생을 뒤따라가면서 발렌티나가 말을 걸어오면 어떤 말로 응수
해 주어야 할지 곰곰이 생각했다.

점심시간이 되었을 때 그들은 백화점에서 나와 가까운 식당으로
들어갔다. 그곳에서 그들은 베이컨, 양상추, 토마토 샌드위치 그리고
감자 칩 한 봉지를 정확하게 절반으로 나누어 먹었다. 그리고 줄리
아는 콜라를, 발렌티나는 차를 마셨다. 점심을 먹을 때에도 침묵이
이어지자 줄리아는 조바심이 났다. 그녀는 더 이상 참지 못하고 입
을 열었다.

"다음에는 뭘 하고 싶어?"

발렌티나는 어깨를 으쓱했다.

"글쎄. 집에 돌아가야지."

"그러지 마. 날씨가 이렇게 좋은데 벌써 돌아간단 말이야?"

줄리아는 동생을 살살 구슬렸다.

"알았어."

발렌티나는 무엇을 하든 자기는 괜찮다는 투로 얘기했다.

"산책이나 가자."

"좋아."

거리로 다시 나왔을 때 줄리아는 남쪽으로 걸어갔다. 발렌티나
가 집에만 틀어박혀 있는 동안, 줄리아는 워낙 여러 곳을 휘젓고 다
녀서 그런지 이제 그녀는 지도도 보지 않고 방향을 잡을 수 있었다.
잠시 뒤에 두 사람은 세인트 제임스 공원을 거닐고 있었다.

"오리 구경 좀 할까?"

발렌티나가 말했다. 두 사람은 벤치에 앉아서 한동안 오리들을 바라보았다.

"왜 나한테 그렇게 화가 났어?"

줄리아가 물었다.

"언니가 잘 알잖아."

"아니, 난 모르겠는데…… 우리는 항상 함께 지냈고 행복했잖아. 내 말은 그러니까, 우리 사이에 이런 대화가 오가는 것도 이상하다는 거지. 무슨 말인지 알겠어? 우리는 좋아하는 것도 같았고 서로 떨어져서 각자 생활하는 것은 상상도 할 수 없었어. 그렇지?"

발렌티나는 고개를 가로저었다.

"그건 언니 생각이지. 언니는 그렇게 생각했는지 모르겠지만 내 생각은 달라. 우리는 지금까지 항상 언니가 원하는 것만 했어. 언니는 눈치도 못 챘겠지만 언니는 모든 일을 자기 식으로 처리했어. 내가 원했던 것은 하나도 하지 못했어. 학교만 해도 그래. 우리는 코넬이나 일리노이 대학교에 계속 다닐 수 있었어. 계속 다녔더라면 지금쯤 졸업했을 거야. 그리고 든든한 일자리도 구했겠지. 그렇지만 나 혼자서 뭐라도 해 보려고 하면 언니는 항상 싫어했어. 언니는 학교를 그만두면서 나까지 끌고 나왔어. 언니는 무언가를 해 보려는 의욕이나 야망이 전혀 없어. 내가 보기엔 그래. 그러니까 나까지 인생을 이런 식으로 허비하게 되는 거야. 앞으로 어떻게 할 거야? 언제까지나 나한테 매달려서 살 수는 없어."

"그렇지만 우리는 항상 붙어 있어야 해. 엄마와 이모를 보란 말이야. 두 분은 서로 떨어져서 살고 싶어 하지 않았어. 무슨 엄청난 일이 벌어져서 할 수 없이 헤어진 거지. 그런 일만 없었더라면 절대로 떨어지지 않고 함께 살았을 거야. 두 분은 떨어져서 살게 되면서 불행했어."

"엄마와 이모는 합칠 수가 있었는데도 안 합친 거야. 로버트 씨와 이모가 휴가 때 미국으로 왔지만 시카고에는 오지도 않았어. 이모가 원하지 않았기 때문이지. 로버트 씨는 엄마 때문에 이모가 우리와 연락을 못 한 거라고 생각하고 있어."

발렌티나가 말했다.

"그렇지만 중요한 사실은 두 분은 헤어지고 싶어 하지 않았다는 거야."

"지금 와서 그게 뭐 그렇게 중요해?"

발렌티나가 말했다.

"나는 학교에 가고 싶단 말이야. 남자친구도 사귀고 싶고 결혼을 해서 아이도 낳고 싶어. 디자이너가 되어서 나만의 아파트에서 살고 싶단 말이야. 지금까지 무엇이든 언니와 나누었지만 이제 나 혼자서 샌드위치를 통째로 먹어 보고 싶어. 순서는 바뀔 수 있겠지만 이런 것들을 모두 해 보고 싶단 말이야."

"원하는 대로 샌드위치를 먹어. 그러면 되잖아."

줄리아가 대꾸했다. 그녀는 농담으로 그렇게 말했지만 발렌티나는 자리에서 벌떡 일어나더니 갑자기 저쪽으로 걸어가 버렸다. 줄리아는 동생을 소리쳐 불렀다. 발렌티나가 걸음을 멈추지 않자 줄리아는 동생을 뒤쫓아 갔다. 줄리아는 동생이 어디로 가는지 걱정이 되었다. 발렌티나는 지도도 가지고 있지 않았다. 불과 10초 만에 길을 잃을 수도 있다. 발렌티나는 공원을 나와서 잠시 머뭇거리다가 오른쪽으로 방향을 틀어 상가를 따라 걷기 시작했다. 줄리아는 다급한 마음에 동생을 허겁지겁 뒤쫓아 갔다. 발렌티나는 뒤를 힐끗 돌아보고는 빠른 걸음으로 계속 걸어갔다. 발렌티나는 트라팔가 광장에 이르렀을 때 신문과 잡지를 파는 노점상과 얘기를 나누려고 걸음을 잠시 멈추었다. 노점상은 손짓과 몸짓을 하더니 그녀를 위해 무언가를 종이에 적어 주는 것 같았다. 줄리아는 동생이 지하철역을 찾고 있다고 생각했다. 그녀는 발렌티나가 노점상한테서 정보를 얻을 때까지 기다렸다. 동생과 같은 전동차에 올라타면 동생은 멀리 달아나지 못할 거라고 생각했다. 발렌티나는 주변을 두리번거리다가 줄리아의 모습이 보이지 않자 다른 쪽 방향으로 서둘러 걸어갔다. 왜 채링 크로스 역으로 가지 않는 거지? 줄리아는 동생을 뒤따라 칵스퍼 거리를 지나 헤이마켓으로 올라갔다. 발렌티나는 아래위로 모두 검은 옷을 입고 있어서 눈에 잘 띄지 않았다. 줄리아는 동생과의 거리를 좀 더 좁혔다. 그러다가 다행히 발렌티나가 피커딜리 서커스 역으로 사라지는 것을 보았다. 줄리아는 얼른 동생을 뒤쫓아 갔다. 그녀는 발렌티나가 교통카드를 꺼내 개찰구를 통과하고 나서 계단을 향해 달려가는 것을 보았다. 줄리아도 급히 달려갔다. 그녀는 에스컬레이터를 타고 발렌티나보다 먼저 도착했다. 발렌티나는 한 마디도 하지 않고 줄리아를 스쳐 지나갔다. 줄리아는 곤혹스러운 표정을 지으며 동생한테서 몇 발자국 떨어져서 걸어갔다.

발렌티나는 서쪽으로 가는 피커딜리 선 승강장으로 들어갔다.

'도대체 어디를 가려는 거지?'

"발렌티나, 여기에 있으면 안 돼. 여기는 히드로 공항 가는 방향이야."

줄리아는 몇 발자국 떨어진 거리에서 말했다. 발렌티나는 들은 척도 하지 않았다.

'공항으로 갈 생각인가? 여권도 없을 텐데. 돈도 별로 없을 거고.'

그때 전동차가 들어왔다. 발렌티나는 전동차에 올라탔다. 줄리아도 할 수 없이 따라 탔다.

전동차의 문이 막 닫히는 순간, 발렌티나는 몸을 문틈으로 쑤셔 넣고 전동차에서 간신히 뛰어내렸다. 순식간에 벌어진 일이었다. 줄리아는 승강장에 서 있는 동생을 멍하니 바라보았다. 발렌티나는 얼굴에 만족스러운 표정을 지으며 철로 위를 미끄러지는 전동차를 바라보았다.

로버트는 6시가 조금 지나 묘지에서 돌아왔다. 그는 칵테일을 한 잔 만들어서 뒤뜰로 나갔다. 묘지의 담장 바로 안쪽에 앉아서 쉴 생각이었다. 그는 줄리아가 벤치에 앉아 있는 것을 보았다. 그녀는 울고 있었다.

"무슨 일이에요?"

그가 마지못해 물었다.

"발렌티나를 잃어버렸어요."

줄리아가 대꾸했다. 그녀는 그에게 그날 있었던 일들을 털어놓았다.

"글쎄요. 그렇게 따돌리고 달아났다고 해서 길을 잃은 것은 아니에요."

줄리아는 그를 쳐다보았다.

"그럼 동생은 어디에 있죠?"

"나도 모르지만 오늘 밤에 틀림없이 돌아올 겁니다."

줄리아는 미심쩍은 표정을 지었지만 이렇게 말했다.

"예. 그러겠죠."

로버트는 그녀에게 잔을 내밀었다.

"좀 마실래요?"

"아뇨. 괜찮아요."

"그럼 내가 해 줄 일이라도 있나요?"

"없어요. 아무튼 고마워요."

줄리아는 뒤뜰에서 걱정에 사로잡혀 있는 로버트를 남겨 두고 자기 집으로 올라갔다.

밤 11시가 되었을 때, 줄리아가 아래층으로 내려와 로버트의 현관문을 두드렸다.

"무슨 연락이라도 받았어요?"

그가 물었다.

"아뇨."

줄리아는 복도에 계속 서 있었다.

"어떻게 해야 되죠? 경찰에 신고를 해야 하나요?"

"글쎄요. 어떻게 하면 좋을지 나도 잘 모르겠네요."

그가 대꾸했다. 그때 전화기가 울렸다. 로버트가 급히 전화기 쪽으로 다가갔다.

"여보세요? 맙소사, 얼마나 걱정을 했는지 몰라요. 지금 어디에 있어요? 웨스트 덜위치? 어쩌다가 거기까지 갔어요? …… 잠깐만요. 지도 좀 살펴볼게요. 콜택시를 타고 갈 테니까 입구에서 기다려요. 알았죠? …… 아뇨, 괜찮아요. 그냥 거기에 있어요. 걱정 말고요. 최대한 빨리 갈게요."

그는 전화를 끊고 줄리아를 향해 돌아섰다.

"런던 남부에 있는 기차역이라네요."

"저도 갈까요?"

"그러지 않는 편이 낫겠습니다."

로버트는 그렇게 말하고 나서 지갑과 열쇠를 찾았다. 그는 집을 나서며 줄리아에게 말했다.

"미안해요, 줄리아. 발렌티나가 지금 몹시 흥분한 상태인 것 같아요."

"괜찮아요."

줄리아가 말했다. 그녀는 돌아서서 위층으로 올라갔다. 로버트는 콜택시를 타러 나갔다.

하이게이트에서 웨스트 덜위치까지 가는 데 상당한 시간이 걸렸다. 가는 동안 로버트는 생각을 정리했다.

'부모한테 알려야 하지 않을까? 내가 자매들 문제를 해결해 줄 수는 없어. 엘스페스도 별로 도움이 되지 못하고. 아무래도 에디와 잭에게 전화를 걸어 영국으로 오라고 해야 할 것 같은데…… 그들이 여기로 온다 한들 무슨 일을 할 수 있을까? 그 애들을 돌봐줄 사람이 필요한데…… 나는 보호자도 아니고…… 쌍둥이들에게는 중재자가 필요해…….'

택시가 드디어 역에 도착하자 로버트는 택시에서 내려서 인도에 섰다. 발렌티나가 어둠 속에 있다가 서서히 모습을 드러냈다. 로버트는 자신을 향해 걸어오는 그녀의 머리가 몸에서 분리되어 둥둥 떠오르는 것 같다는 생각을 했다. 그녀가 아래위로 온통 검은 옷을 입고 있다는 사실을 깨달았다. 두 사람은 아무 말도 하지 않았다. 그녀가 먼저 택시에 올라탔다. 그는 택시 속으로 미끄러지듯 들어가 그녀의 옆자리에 앉았다.

교통량은 아주 적었다. 운전사는 휴대전화에 대고 힌디어로 주절거리고 있었다. 그들은 어색한 침묵 속에서 10킬로미터가량을 달렸다. 택시가 템스강을 건넜을 때, 로버트가 드디어 입을 열었다.

"괜찮아요?"

"결심했어요. 하지만 아저씨 도움이 필요할 것 같아요."

발렌티나가 조용히 말했다.

로버트는 염려가 되었다. 그는 발렌티나를 혼자 집으로 돌려보내지 못한 사실을 뒤늦게 후회했다. 자신은 런던 남부의 거리를 지칠 때까지 쏘다니더라도 그녀를 집으로 혼자 돌려보냈어야 했다.

"그래요?"

발렌티나는 운전사가 엿듣지 못하도록 아주 낮은 목소리로 엘스페스가 고양이를 되살린 얘기를 그에게 들려주었다. 로버트는 이야기를 듣고 있다가 인내심의 한계를 느꼈다.

"무슨 소리를 하는지 모르겠군요. 고양이는 죽었잖아요."

그가 말했다.

"그건 나중에 일어난 일이죠. 이모는 연습을 하고 있었어요. 고양이의 영혼이 싫다며 달아난 거라니까요. 그래서 이모는 고양이의 영혼을 몸에 다시 넣을 수 없었던 거예요."

"도대체 엘스페스가 무슨 연습을 했다는 거예요? 그런 연습을 해서 뭐하려고?"

"제가 말씀드리고 싶었던 게 바로 그거예요. 이모와 저는 계획을 세웠어요."

그녀는 부드러운 미국식 억양으로 속삭이듯이 계획을 설명해 주었다. 로버트는 두려움을 느끼고 발렌티나한테서 조금 떨어져 앉았다.

"제정신이 아니군요."

그가 말했다.

그녀는 자신의 자그마한 손을 그의 무릎에 얹었다.

"이모도 처음에는 그렇게 말씀하셨죠. 하지만 조금 생각을 해 보더니 방법을 얘기하시더군요. 아저씨도 이모와 얘기를 해 봐야 하는데 안타깝네요."

"알았어요. 분명히 얘기를 나눠 볼 겁니다."

그는 자기 다리에 얹힌 그녀의 손을 떼어 내 꼭 쥐었다.

"흠, 발렌티나. 이건 내 생각인데…… 엘스페스가 하라는 대로 무조건 따르면 안 될 것 같아요."

"그건 왜죠?"

"엘스페스는 영리해요. 그녀의 말이나 행동에는 무슨 속셈이 숨어 있을지도 몰라요."

"이모는 지금까지 제게 정말 잘해 주셨어요."

로버트는 고개를 가로저었다.

"엘스페스는 좋은 사람이 아니에요. 살아 있었을 때도 그녀는 아주……. 그녀는 재치 있고 아름답고 어떤 면에서 창의력이 풍부했죠. 하지만 이제 그녀는 죽었고 연민, 동정, 인간적인 모습 같은 기본적인 성격을 잃어버린 것 같아요. 그러니까 무작정 엘스페스를 신뢰하면 안 될 것 같아요."

"하지만 아저씨는 이모를 신뢰하고 있잖아요."

"그건 내가 바보라서 그렇죠."

두 사람은 집에 도착할 때까지 아무 말도 하지 않았다.

로버트는 위층으로 올라가지 않으려는 발렌티나에게 자기 침대를 내주었다. 그는 그녀가 잠이 들 때까지 기다렸다가 위층으로 올라가서 문을 두드렸다. 줄리아가 재깍 문을 열었다.

"들어오세요."

그녀가 말했다. 그는 자리에 앉고 싶지도 않았고 길게 대화를 나누고 있을 수도 없어 현관에 서 있었다.

"지금 아래층에서 잠들었습니다."

그가 말했다.

"다행이네요."

"줄리아, 혹시 발렌티나가…… 자살을 암시하는 말을 한 적은 없었나요?"

"본심은 아닐 거예요."

줄리아가 재빨리 말했다.

로버트는 가려고 돌아섰다.

"발렌티나가…… 혹시라도……. 아무튼 조심해야겠어요."

그는 아래층으로 내려갔다. 그가 자기 집 현관문에 이르렀을 때
위층에서 줄리아가 문을 닫는 소리가 들려왔다.

그는 집으로 들어가자마자 전화기로 다가갔다. 지금쯤 레이크 포
레스트는 7시 정도 되었을 것이다. 그는 딸이 자살과 부활을 계획하
고 있는 줄은 꿈에도 모른 채 부부가 느긋하게 저녁을 먹고 있는 모
습을 상상했다. 수화기를 들고 번호를 누르려다가 잭 부부의 전화
번호도 모른다는 사실을 뒤늦게 깨달았다. 줄리아한테 물어봐야 할
까? 그것은 좋은 생각이 아닌 것 같았다. 그는 아침에 로치 변호사
한테 번호를 물어봐야겠다고 생각했다.

로버트는 거의 뜬눈으로 밤을 새웠다. 축구 하이라이트를 보고
나서 소리를 끈 상태로 미국 포크 음악 프로를 시청했다. 그러다가
의자에서 자신도 모르게 깜빡 잠이 들었다. 잠에서 깨어나 보니 발
렌티나가 보이지 않았다. 그는 위층으로 올라갔다. 쌍둥이 자매가
겉보기에는 평화로운 분위기에서 함께 아침을 먹고 있었다. 발렌티
나가 커피를 한 잔 내놓았다.

"오늘은 뭐 할 겁니까?"

로버트가 두 사람에게 물었다.

"할 일이 별로 없네요."

발렌티나가 말했다.

"슈퍼마켓에라도 가 보지 그래요."

"식료품은 충분히 사다 놓았어요."

줄리아가 말했다.

"그럼 시내관광을 하시든가요."

"저희 이모와 얘기를 나눠 보고 싶죠?"

발렌티나가 말했다.

"그걸 어떻게 알았죠?"

그는 부드러운 목소리로 말했다.

발렌티나는 당혹스러워하면서도 아무 말도 하지 않았다. 아침을 먹고 나서 줄리아는 마틴을 보러 위층으로 올라갔다. 발렌티나는 차를 가지고 뒤뜰로 나갔다. 로버트는 식당에 서서 말했다.

"엘스페스, 이리 나와요."

그러자 뺨에 냉기가 닿는 것을 느꼈다. 그는 식탁에 앉아서 종이 위에 연필을 세우고 말했다.

"엘스페스, 지금 무슨 일을 꾸미고 있죠?"

나 말이에요?

"발렌티나와 당신. 발렌티나가 당신의 계획에 대해 알려 주더군요."

사실 그것은 발렌티나의 계획이에요.

"발렌티나의 머리에서 그런 기상천외한 계획이 나왔을 리가 없어요. 엘스페스, 실현 가능성이 없는 계획이라는 거, 당신이 더 잘 알잖아요. 우선, 시신은 화학물질로 가득하죠."

세바스찬에게 고양이의 시신을 방부처리하지 말라고 해 주세요.

"아니, 내 말은 자연 화학물질을 말하는 겁니다. 다양한 분비조직에서 온갖 종류의 고약한 물질이 흘러나와 시신을 망가뜨리죠. 가스도 있고 박테리아……."

고양이를 아주 차가운 곳에 두세요. 시체가 얼어 버려도 좋아요.

"엘스페스, 모두 터무니없는 생각이에요. 이렇게까지 할 필요가 뭐 있어요. 앞으로 여섯 달만 있으면 발렌티나는 재산의 절반을 가지고 이곳에서 나갈 수 있어요. 줄리아를 보고 싶지 않으면 안 볼 수 있다니까요."

발렌티나가 그 전에 자살을 해 버리면 어쩌죠?

"발렌티나는 자살 같은 건 안 해요."

그는 자기가 생각해도 지나치다 싶을 정도로 확신에 차서 말했다.

최근에 발렌티나를 찬찬히 살펴봤어요? 그 애는 지금 제정신이 아닌 것 같아요.

"부모님한테 전화를 해서 미국으로 데려가라고 해야겠어요."

내가 벌써 권해 봤죠. 발렌티나는 돌아가려고 하지 않아요.

"왜 안 가려고 할까요? 아무튼, 이건 발렌티나 자신이 결정할 문제입니다. 필요하다면 에디와 잭이 병원에 데려가 볼 수도 있고요. 내게는 그렇게 할 권한이 없어요."

부모도 권한이 없기는 마찬가지예요.

"엘스페스, 나는 당신이 하는 일을 돕지 않겠어요. 내가 없으면 당신의 계획도 물거품이 될 겁니다."

만약 우리가 계획대로 밀고 나간다면 당신은 우리를 도와줘야 해요. 그렇지 않으면 발렌티나는 영원히 죽고 말 거예요.

로버트는 갑자기 말문이 막혔다. 그는 연필을 내려놓고 자리에서 일어나 식탁 주변을 서성거리기 시작했다. 엘스페스는 식탁 위에 앉아서 그가 서성거리는 모습을 지켜보며 예나 지금이나 조금도 변하지 않았다고 생각했다. 마침내 그는 자리에 도로 앉았다.

"당신은 왜 그런 일을 하려고 하죠? 발렌티나한테 질투심을 느껴서?"

그가 물었다.

아니에요.

"정말 발렌티나를 죽일 셈이에요?"

나는 이제 아무런 소동도 일으키지 않고 그런 일을 할 수 있어요. 어느 누구도 알아차리지 못할 거예요.

"그렇겠죠."

로버트는 뭔가 물어봐야 할 질문이 있다는 것을 알았다. 그것은 어처구니없는 계획의 속셈을 까발릴 수 있는 질문이었지만 그는 질문이 도무지 생각나지 않았다.

"엘스페스, 아무튼 그것은 정말 잘못된 계획이에요."

그럴지도 모르죠. 하지만 발렌티나의 의지는 확고해요.

"발렌티나는 자살하지 않을 거라니까요."

자살을 하면 어쩔 거예요?

그는 고개를 가로저었다. 그녀는 에둘러 표현하는 방법을 쓰고 있었다. 그는 그녀의 접근법에 말려들지 않고 다른 방법을 써 보려고 애썼다.

"제발 이러지 말아요. 그런 짓을 하지 않겠다고 약속해 줘요. 그러면 발렌티나도 다시금 생각할 거예요."

그는 이제 엘스페스에게 간청하고 있었다.

그런데도 그녀가 자살을 하면요?

그는 아무 말도 하지 못했다.

어떻게 할 것인지 내가 설명해 줄 테니 일단 들어보기나 해요.

로버트는 엘스페스가 정성들여 글을 써 나가는 동안 종이를 채워 주면서 실망감에 사로잡혔다. 자신은 도저히 그런 일을 할 수 없다고 생각했다. 하지만 시간이 지날수록 그는 그런 일에 동참을 할 것 같은 표정을 짓기 시작했다.

엄청난 혼란

일요일 오후에 제시카와 로버트는 공동묘지의 문을 닫고 나서 제임스와 함께 뒤뜰이 내려다보이는 테라스에 앉아 있었다. 그들은 무척 분주한 하루를 보냈다. 6월의 화창한 날씨 때문인지 관람객들이 떼로 몰려들었다. 안내원들은 대부분 휴가 중이었다. 로버트와 필은 엄청난 거구의 말썽꾸러기 영화제작자 두 명과 배우들을 동쪽 묘지에서 내쫓아야 했다. 무덤 주인 몇 명은 자기네 할머니의 무덤이 어디에 있는지도 모른 채 무작정 맨체스터에서 내려왔다. 이제 베이츠 부부와 로버트는 자리에 앉아 위스키를 마시며 하루의 긴장을 풀고 있었다.

"아무래도 정문에 표지판을 하나 더 갖다 붙여야겠어."

제임스가 말했다.

"무덤의 위치를 모르는 주인들은 직원들이 안내하는 데 엄청난 시간이 소요되니 부디 근무시간에 방문하여 주십사 하고 말이야."

"우리도 무덤주인들을 도와주고 싶어요. 하지만 묘지를 방문하기 전에 전화라도 해 주면 좋겠어요. 우리가 무덤의 위치를 죽어라고 찾는 동안 묘지 정문 앞에서 잡담이나 하고 있는 사람들이 제일 얄미워요."

제시카가 말했다.

"사람들은 모든 기록이 디지털화되어 있다고 생각합니다."

로버트의 말에 제시카가 웃음을 터뜨렸다.

"그런 일은 10년 후에나 가능하겠죠. 에블린과 폴은 손가락이 보이지 않을 정도로 빠르게 매장기록을 쳐 넣고 있지만 자료가 16만 9천 개나 되니까……."

"저도 잘 알죠."

"오늘은 로버트와 필이 정말 고생했어요."

제시카가 남편에게 말했다.

"영화를 찍는다고 설치는 사람들을 내쫓는 일도 힘들었겠지만 두 사람이 각자 네 번씩이나 관람 안내를 했다니까요."

"저런. 다른 안내원들은 모두 어디에 있었지?"

"브리짓은 함부르크에 사는 자기 엄마를 만나러 갔고 마리온과 딘은 루마니아에서 휴가를 보내고 있어요. 세바스찬은 리틀 와핑에서 일어난 끔찍한 버스 사고 때문에 장례식장에서 지금 야근을 하고 있고요. 애니카는 딸아이한테서 감기가 옮았다네요. 그래서 우리 세 사람밖에 없었어요. 몰리가 동쪽 묘지 정문을 지키느라 종일 고생을 했죠. 얼마나 애처롭던지."

로버트가 잔을 비우자 제시카가 잔을 다시 채워 주었다.

"자원봉사자들로 공동묘지를 운영할 때 가장 어려운 점이 바로 그거야. 안내자가 부족할 테니 휴가를 가지 말라고 할 수도 없고 말이야."

제임스가 말했다.

"그래요. 하지만 난 사람들이 묘지 일을 가장 중요하게 생각했으면 좋겠어요."

제시카가 말했다.

"그런 자세로 일하는 사람이 많습니다. 매주 사방에서 사람들이 몰려들고 있잖습니까."

로버트가 말했다.

"나도 알아요. 너무 피곤하다 보니까 나도 모르게 그런 푸념을 하게 되네요. 정말 힘든 하루였어요."

로버트는 두 다리를 쭉 폈다.

"좋게 보자면 날마다 네 번씩 관람안내를 하게 되면 몸매 관리에 적잖은 도움이 되겠더군요."

"그러고 보니 정말 실내에서만 생활한 사람처럼 보여요."

제시카는 로버트를 찬찬히 살폈다.

"비타민 D를 좀 더 먹어야겠어요. 항상 피곤해 보여요."

"노트북 컴퓨터를 하나 사야겠어요. 그러면 무덤 사이에 앉아 햇살을 받으며 글을 쓸 수 있겠죠.

새벽 동이 틀 때 자주 그를 봤었지요.

서두르는 발걸음으로 이슬을 헤치면서

　　언덕 위의 잔디밭에서 해를 맞이하는 것을."

　(18세기 영국 낭만주의 시인, 토머스 그레이의 시 '시골 묘지에서 쓴 애가'의 일부—옮긴이)

제시카가 미소를 지었다.

"정말 낭만적이에요. 노트북 컴퓨터의 광고로 아주 멋지겠어요."

"논문은 어떻게 돼 가고 있나?"

제임스가 물었다.

"그럭저럭 괜찮습니다. 최근에 이런저런 일 때문에 신경을 좀 못 썼습니다."

"기한이 정해진 건 아니고? 나는 논문 심사 위원회가 점점 더 까다롭게 군다고 생각했는데."

제임스가 말했다.

"문제는 조사를 하면 할수록 조사할 게 많아진다는 겁니다. 제 논문이 하이게이트 공동묘지 자체만큼이나 규모가 커질 거라는 생각이 들 때도 간혹 있습니다. 무덤 하나하나, 풀잎 하나 그리고 이끼에 이르기까지 조사를 하다 보면……."

"로버트, 그렇게까지 조사를 할 필요는 전혀 없어요!"

제시카가 다급한 목소리로 말하는 바람에 그는 깜짝 놀랐다.

"무슨 일이 일어났는지 그리고 왜 그 일이 중요한지만 적으면 돼요. 공동묘지를 종이 위에 완벽하게 재현하려고 애쓸 필요는 없어요. 당신은 역사학자잖아요. 역사 기록은 어디까지나 취사선택이 중요하죠."

"저도 압니다. 그렇게 하겠습니다. 그렇지만 자료 수집하는 일을 멈추기가 어려워요."

제시카는 입술을 꽉 다물고 시선을 돌렸다.

"우리가 어떤 식으로든 도울 방법이 없겠나? 원고가 얼마나 되는 데?"

제임스가 물었다. 로버트는 잠시 머뭇거리다가 대답했다.

"1,432쪽입니다."

"엄청나군. 그럼 이제 알맹이를 고르는 작업만 남았군."

"아닙니다. 지금껏 제1차 세계대전까지만 자료를 수집했어요."

로버트가 말했다.

"정말인가?"

제임스가 말했다. 로버트는 제시카를 바라보았다. 그녀는 자제하려고 그러는지 정원만 건너다 보고 있었다.

"공동묘지에는 수많은 역사가 담겨 있습니다. 어느 하나가 아니죠. 사회적인 면, 종교적인 면 그리고 공중보건적인 측면에서의 역사죠. 그곳에 묻힌 사람들의 전기도 있고요. 런던묘지공사의 흥망성쇠도 있습니다. 묘지 파괴와 훼손 행위 그리고 묘지 지킴이들의 조직, 그 뒤로 이뤄 온 모든 업적 등, 자료는 이루 말할 수 없을 정도로 방대합니다. 이 모든 것들을 하나로 끼워 맞추는 일이 필요합니다. 어디 그뿐일까요? 사람들이 주장하는 초자연적인 현상들도……."

"왜 그런 쓰레기 같은 것들을 수집하는지 모르겠네요!"

제시카가 자세를 고쳐 앉으며 그를 돌아보았다.

"개개의 사실을 무조건 모으는 건 아닙니다. 근대사의 일부가 되기 때문에……."

"상당히 추한 일부겠죠."

"작은 일부죠. 하지만 그런 추악한 사실들은 묘지의 친구들이라는 모임을 조직하는 촉매제가 되었습니다. 그리고 저는 사람들이 인정하지 않는다고 해서 과거의 사건들을 삭제하고 싶지는 않습니다."

제시카는 한숨을 내쉬었다.

"그렇지만 '역사는 승자가 쓰는 것'이에요. 하이게이트 공동묘지를 지키기 위한 싸움에서 묘지의 친구들은 분명히 승자예요. 그러니까 우리 역사에서 어느 정도는 발언권을 가져야 한다고요."

로버트는 그녀가 언급한 역사에 관한 인용이 누가 했던 말인지 깜빡 잊었다. 제시카가 미셸 푸코의 말을 인용하고 있다고 생각했다. 아무튼 그는 제시카가 인용한 말의 모순을 지적하려고 애썼다. 그때 제임스가 인자한 목소리로 말했다.

"윈스턴 처칠의 명언이지(사실은 플라톤이 처음 했다고 전해진다—옮긴이)."

"예, 그렇습니다."

로버트가 말했다. 하지만 자신은 마르크스주의자라고 생각했다. 제시카는 평소에 칼 마르크스에 대해 그다지 호의적인 태도를 보이지 않았기 때문에 그는 굳이 설명하려고 애쓰지 않았다. 그녀는 하이게이트 공동묘지에 그의 무덤이 있다는 사실 자체를 좀 떨떠름하게 생각하고 있었다. 로버트는 자신이 마르크스주의자들의 최근 학문적 경향을 대변할 수 있을지 확신이 서지 않았다. 그래서 다른 화젯거리를 급히 꺼냈다.

"그동안 저는 기념의 성격에 대해 생각해 보았습니다. 묘지에 있는 비석들은······."

노부부는 서로의 얼굴을 쳐다보았지만 아무 말도 하지 않았다. 로버트는 자기가 하고 싶은 말이 정확히 무엇인지 모르고 있었다.

"디지털화 사업을 진행하면서 동시에 비문을 읽을 수 있도록 무덤 주변을 청소하고 있는데····· 조지는 자기 일터에서 새로운 비석에 이름을 새겨 넣고 있고······."

"응?"

제임스가 무슨 말인지 몰라 물었다.

"왜 그렇게 해야 하죠?"

로버트가 물었다.

"그야 유가족들을 위해서죠. 죽은 사람들은 디지털화를 하든 비석을 만들어 세우든 신경도 안 쓰고 그 차이도 몰라요."

제시카가 말했다.

"그리고 역사학자들을 위해 그렇게 하는 거지."

제임스가 미소를 지으며 덧붙였다.

"죽은 사람들은 아무것도 모른다고요? 죽은 사람들이 그곳에 있는지 아니면 다른 곳에 있는지······."

"그건······."

제시카는 로버트를 바라보며 아무래도 그가 좀 이상하다고 생각했다. 그의 태도는 너무나 경직되어 있었다.

"로버트, 괜찮아요? 공연히 법석을 떨고 싶은 생각은 없지만 당신이 걱정돼요."

로버트는 자기 무릎을 내려다보았다.

"쌍둥이 아가씨들은 잘 지내고 있나? 남의 일에 이래라저래라 하는 것 같지만 우리가 볼 때는 자네가 그 자매의 일에 지나치게 간섭하고 있는 것 같은데……."

로버트가 고개를 들었을 때 노부부는 얼굴을 찌푸리고 우려되는 표정으로 그를 바라보고 있었다.

"쌍둥이 자매는 지금 사이가 좋지 않습니다. 제가 정확하게 이해하고 있는지 모르겠지만 발렌티나는 줄리아한테서 벗어나고 싶어합니다. 그리고 줄리아는 발렌티나를 저한테서 떼어 놓고 싶어 하죠. 하지만 문제는 그게 아닙니다."

로버트는 노부부에게 그동안 있었던 일을 자세히 털어놓고 싶지 않았다. 이야기를 해 봤자 노부부는 자신을 이상한 사람으로 볼 게 뻔하고 이야기를 곧이곧대로 믿어 주지도 않을 것이기 때문이다. 하지만 누군가에게 이야기를 하지 않으면 머리가 터져 버릴 것 같았다. 그리고 어쩌면 이야기를 듣고 나서 노부부가 그것이 사실이라고 생각하지는 않을지라도 이해는 해 줄지 모른다. 테라스 위의 공기는 잔잔했다. 그는 멀리서 까마귀 한 마리가 까악까악 우는 소리를 들었다. 울음소리가 멈추자 세 사람은 고요 속에 앉아서 누군가 입을 열 때까지 기다렸다.

"저는 죽음 이후에도 어떤 세계가 존재한다고 믿게 되었습니다."

로버트가 말했다.

"죽은 사람들이 어딘가를 기웃거리거나…… 어딘가에 틀어박혀 있는 게 가능하다고 생각합니다."

그는 짧게 숨을 들이마셨다.

"그동안 저는 엘스페스와 얘기를 나눴어요. 그녀는 지금 자기 아파트에 있는데 그곳을 벗어날 수 없어요."

"오, 로버트."

제시카의 목소리에는 애처로움이 묻어 있었다. 로버트는 그것이 자신에게는 불행이요 슬픔이라는 것을 알고 있었다. 평범한 사람으로 살아갈 수 없다는 것은 분명히 불행한 일이지만 엘스페스가 겪는 곤경을 생각하면 불행이라고 할 수도 없었다.

"쌍둥이 자매도 엘스페스와 얘기를 나누고 있습니다."

로버트가 말했다.

"흠. 그럼 엘스페스가 우리하고도 얘기를 할까? 의사소통은 어떤 식으로 하는데?"

제임스가 물었다.

"자동기술법이라고 무의식 상태에서 글자를 쓰는 겁니다. 피곤해지면 점판을 사용하기도 해요. 엘스페스의 몸은 아주 차갑기 때문에 오랫동안 글자를 쓰는 건 힘듭니다."

"엘스페스를 볼 수 있나?"

"발렌티나는 볼 수 있지만 줄리아와 저는 못 봐요. 그 이유는 모르겠습니다."

로버트는 엘스페스를 볼 수만 있다면 무슨 일이든 할 수 있다고 생각했다.

"그게 몸에는 그다지 좋지 않은가 보네요."

제시카가 말했다. 그녀는 하고 싶은 말이 아주 많은 것 같은 표정을 지었다.

"예, 그렇습니다."

"며칠 휴가를 보내 줘야겠어요. 좋은 경치를 구경하면 도움이 될지도 몰라요. 그리고 비타민도 좀 먹는 게 어때요? 당분간 묘지 일은 신경 쓰지 마세요."

"위스키 좀 더 하겠나?"

제임스가 물었다.

"예, 그러죠."

로버트는 세 사람 모두 과음을 하고 있는 것은 아닌지 궁금했다. 그가 잔을 내밀자 제임스는 물을 조금 붓고 나서 술을 넉넉하게 따라 주었다.

"엘스페스는 공동묘지에 있지 않습니다. 공동묘지에서는 여우들과 관람객 그리고 이따금 보이는 인부들 외에는 아무것도 못 봤습니다."

"오히려 다행 아닌가. 죽은 사람들 모두가 사시사철 공동묘지에 갇혀 있다고 한번 생각해 보게. 얼마나 끔찍하겠나. 죽어서 하는 일 없이 영원히 자기 집에서 빈둥거리는 게 좀 지루해 보이긴 하지만 차라리 더 낫지."

제임스가 말했다.

"처음에는 빈둥거리기만 했어요. 하지만 최근에는 무척 활동적인 모습을 보였습니다. 어제 보니까 발렌티나가 엘스페스와 주사위 놀이를 하고 있더군요. 엘스페스가 이겼습니다."

제시카는 고개를 가로저었다.

"그 얘기가 설사 사실이라고 해도 그게 뭐 그렇게 대수로운 일이겠어요? 그게 어쨌다는 거죠? 그게 우리한테 무슨 유익일까요?"

로버트는 어깨를 으쓱했다.

"그 일로 어려운 처지에 놓였나 보군. 그런 상황은 결과적으로 자네한테 유익할 게 아무것도 없어."

제임스가 말했다. 로버트는 그가 무슨 근거로 그런 말을 하는지 궁금하게 생각하면서 제임스를 미심쩍은 표정으로 쳐다보았다.

"문학과 신화를 봐. 에우리디케, 『즐거운 영혼』(영국의 극작가 노엘 카워드의 작품—옮긴이) 그리고 에디스 와튼(1862~1937, 미국의 여류 소설가—옮긴이)의 아름다운 이야기도 그렇고……."

"『석류 씨앗』이라는 작품이죠."

제시카가 남편을 거들었다.

"그래 맞아. 연인들과 남편들은 하나같이 비참한 최후를 맞이하잖아."

"저는 엘스페스한테 함께 있고 싶으니 차라리 죽여 달라고 부탁했어요. 그런데 엘스페스는 거절하더군요."

"세상에!"

제시카가 아연실색한 표정으로 말했다.

"이래 가지고는 도저히 안 되겠어. 우리가 도와주지. 우리랑 같이 휴가나 갔다 오세."

"공동묘지는 누가 돌보고요?"

로버트가 빙그레 웃으며 물었다.

"지금 이 마당에 그게 중요해요?"

제시카가 대꾸했다. 그녀는 로버트가 어떻게 그런 농담을 할 수 있는지 이해가 가지 않았다.

"나이젤과 에드워드가 있잖아요. 어디로 갈까요? 파리? 코펜하겐? 레이캬비크는 아직 한 번도 못 가 봤는데 한해 중 이맘때가 정말 아름답다고 하던데요."

"따뜻하고 햇살이 좋은 곳으로 가지."

제임스가 말했다. 저녁이 되자 날씨가 흐려졌다. 그는 피로감을 느꼈다. 하이게이트 하이 스트리트보다 더 멀리 여행을 한다는 생각만 해도 등이 쑤셨다. 그가 빈 잔을 내밀자 제시카가 잔을 채워 주었다.

"스페인으로 가죠."

제시카가 말했다. 그녀와 제임스는 서로를 보고 빙긋 웃었다.

"아니면 아말피 해변(이탈리아 남부―옮긴이)도 좋고요."

"아무 곳이든 좋습니다. 환상적일 것 같네요."

로버트가 말했다. 노부부와 같이 휴가를 보내는 것도 괜찮을 것 같았다. 쌍둥이 자매와 엘스페스가 자기들끼리 무엇을 하든, 어떻게 되든 신경 쓰지 말고 무작정 떠나 보는 거다. 그는 자매가 서로 화해를 하든, 엘스페스가 두 조카딸과 함께 행복하게 살든 신경 쓰지 않기로 했다. 그는 길게 한숨을 내쉬었다. 자신이 어떤 곳으로도 떠날수 없다는 사실을 잘 알고 있었다. 하지만 노부부와 휴가를 보내는 것은 아주 간단한 일처럼 보였다.

"얘기를 한번 해 보죠."

"뭐라도 좀 먹어야겠어요. 배가 등가죽에 달라붙은 것 같아요."

제시카가 말했다.

"음식을 주문할까요? 왕새우 요리 괜찮죠?"

로버트는 그렇게 말하고 나서 비틀거리며 자리에서 일어나 전화를 하러 안으로 들어갔다.

제시카와 제임스 부부는 조용히 앉아서 자신들의 집을 휘젓고 다니는 로버트의 발소리에 귀를 기울이고 있었다. 그들은 로버트가 복도에서 낮은 소리로 음식을 주문하는 소리를 들었다.

"누구한테 알려야 하지 않을까? 앤서니한테 전화를 하든가……."

제임스가 말했다.

제시카는 피곤한지 양손으로 눈을 지그시 눌렀다.

"저는 모르겠어요. 자신이 아끼는 친구가 귀신이 들렸다면 어떻게 해 줄 수 있을 것 같아요?"

"로버트가 우리한테 얘기를 한 것은 우리가 무슨 일을 해 주길 바랐기 때문이라고 생각 안 해?"

"로버트가 무슨 일을 저지르기로 작정을 했다는 건가요?"

"자살 얘기를 했잖아."

제임스가 머뭇거리다가 말했다.

"그게 아니에요. 엘스페스한테 자신을 죽여 달라고 부탁을 했다잖아요."

그녀는 말을 하고도 어이가 없는지 코웃음을 쳤다.

"말도 안 되는 소리야."

"누가 아니래요. 그런데 정말 우리하고 같이 여행을 갈까요?"

제임스는 한숨을 쉬었다.

"외국 호텔방에서 발작이라도 일으키면 우리가 감당할 수 있을까?"

"아무래도 무슨 수를 써야겠어요."

그때 로버트가 다시 나타났다.

"제가 언덕을 내려가서 음식을 받아올게요."

그의 목소리는 상당히 유쾌했고 지극히 정상적이었다. 제임스가 돈을 건네자 로버트는 사양하며 자기가 한 턱 내겠다고 말했다. 그는 겉보기에는 아주 멀쩡한 사람처럼 걸어 내려갔다. 그는 한껏 마음이 들떠 있었다. 걸어가면서 파리와 로마, 서스캐처원(캐나다 중남부의 주─옮긴이)을 머리에 떠올렸다. 로버트는 콧노래를 낮게 흥얼거리며 좁은 길로 나와 아치웨이 로드를 향해 걸어갔다. 저녁이 되자 기온이 빠르게 내려가고 있었다. 그는 좀 더 빠르게 걸었다. 애덜레이드, 카이로, 베이징, 어디로 가든 좋았다. 그동안 엘스페스는 여전히 아파트에 갇혀 부활을 계획하고 있을 것이다. 그런 생각을 하자 웃음이 터져 나왔다. 그는 신이 나서 피터 로리(1904~1964, 미국의 영화배우─옮긴이)처럼 낄낄거리며 거리를 걸어 내려갔다. 길을 가다가 멈춰 서서 신문 판매대에 등을 기대고는 허리까지 꺾으며 낄낄거렸다. 캉쿤(멕시코 동남부 유카탄 반도 연안의 섬), 부에노스아이레스, 파타고니아, 어디로든 갈 수 있었다. 거리 맞은편으로 가서 지하철을 타면 한 시간 만에 히드로 공항까지 갈 수 있었다. 어느 누구도 그가 어디로 갔는지 모를 것이다. 그는 웃다가 지쳐 몸을 바로 세우고는 눈을 감았다. 어쩌나 웃었던지 배가 아플 지경이었다. 눈을 감고 두 팔로 몸통을 두른 상태로 몇 분간 서 있었다. 그러고 나서 눈을 떴다. 세상이 비뚜름하게 보이다가 제자리를 찾았다. 그는 아주 느린 걸음으로 언덕을 내려가기 시작했다.

'이렇게 걸어서는 안 되지. 빨리 가서 음식을 받아 와야 해. 제임스와 제시카가 걱정을 하겠네.'

길 가는 사람들이 그를 빤히 바라보았다.

'문제는 내가 너무 책임감이 강하다는 사실이야. 엘스페스는 내가 당연히 자신의 뜻을 따라 줄 거라고 생각하고 있어.'

그는 하마터면 생선요리 전문점을 그냥 지나칠 뻔했다. 하지만 다행히 습관 덕분에 음식점에 들어가서 값을 치를 수 있었다. 음식을 가지고 언덕을 터벅터벅 걸어서 올라오는데 어떤 생각이 머리를 스치고 지나갔다.

'엘스페스의 일기장을 읽어 봐야겠어. 엘스페스가 나한테 준 거니까 당연히 읽어 봐야지.'

그는 계속해서 "일기장, 일기장" 하고 중얼거리기 시작했다. 베이츠 부부의 집에 도착했을 때는 음식이 벌써 식어 있었다. 제시카와 제임스는 부엌에서 수프를 먹고 있었다. 제시카는 로버트를 손님방에 재웠다.

이튿날 아침에 침대에서 기어내려 왔을 때는 숙취가 심했고 무언가를 잊어버린 것 같은 느낌이 들었다. 제시카는 그에게 고약한 맛이 나는 혼합음료를 마시라고 주었다. 바나나, 토마토, 보드카, 우유 그리고 타바스코 소스가 한데 뒤섞인 음료였다. 그러고 나서 그녀는 달걀 프라이를 만들어 주고 그가 음식을 먹는 모습을 앉아서 지켜보았다. 제임스는 벌써 공동묘지에 나가고 없었다.

"어젯밤에 제임스와 얘기를 나눠 봤는데……. 그러지 말고 간호를 받아야 할 것 같아요. 우리 집에 와서 같이 지내는 건 어때요? 우리는 방이 많으니까 괜찮아요."

제시카는 그렇게 말하고 나서 빙그레 웃었다. 로버트는 그녀의 말을 듣고 기뻐서 가슴이 뛰었다. 그곳은 그가 찾아 헤매던 도피처였다. 당장 그렇게 하겠노라는 말이 입가에 맴돌았다. 그때 어떤 생각이 머리를 스치고 지나갔다.

'가만 있자. 내가 이곳에서 머물게 되면 밤에 공동묘지에는 갈 수 없을 거야.'

"생각을 좀 해 봐도 될까요?"

그는 그렇게 말했다.

"물론이죠. 우리가 어디 가는 것도 아니니까요."

제시카가 말했다.

그는 그녀에게 고맙다는 인사를 하고 집을 나왔다. 배가 난파되어 구조를 기다리던 사람이 지나가는 구조선을 놓친 기분이었다.

이튿날 아침, 로버트는 엘스페스의 일기장을 읽어 보겠노라고 다짐했던 일을 떠올렸다. 그는 두려운 마음으로 상자들을 침대 위에 내려놓고 뒤지기 시작했다.

단순한 조사일 뿐이라고 생각하기로 했다. 일기는 1971년에 시작되었다. 당시 엘스페스와 에디는 열두 살이었다. 그는 일기가 1983년에 갑자기 끝나 있는 것을 보고 안심이 되었다. 그가 등장하기 훨씬 전이었다. 자기에 관한 이야기는 읽고 싶지 않았던 것이다. 일기는 학교생활, 그녀가 읽고 있던 책에 관한 얘기들, 남자애들에 관한 이런저런 생각 등으로 뒤범벅이 되어 있었다. 그중에 일부는 암호 비슷한 것으로 적혀 있었다. 일기장에서 엘스페스는 온갖 얘기를 장황하게 늘어놓았다. 자신과 대화를 나누기도 했고 심지어는 자신과 언쟁을 벌이는 내용까지 나왔다. 로버트는 어느 순간 엘스페스와 에디가 일기장을 함께 작성했다는 사실을 깨달았다. 쌍둥이 자매 가운데 누가 작성한 것인지 알기 애매한 내용이 많아 읽기가 불편했다. 휴일에 쓴 일기에는 여백에 어떤 표시가 되어 있었는데 엘스페스와 에디의 부모님과 관련된 무언가를 뜻하는 것처럼 보였다. 달아나려고 계획을 세웠다가 실패한 것이다. 로버트는 엘스페스의 가정생활이 썩 행복하지 않았다는 사실을 알게 되었다. 그녀는 여느 여자아이들과 조금도 다름이 없었다. 지극히 평범한 생활을 했다. 같은 또래 아이들과 어울려 운동도 했고 학예회나 발표회에도 참가했다. 그 뒤에 적은 일기에는 대학생활, 파티, 쌍둥이 자매의 첫 번째 아파트에 대해 상세히 적혀 있었다. 그 무렵 잭이 일기에 등장했다. 처음에 그는 잘생기고 결혼상대로 손색이 없는 청년으로 묘사되어 있었다. 그러다가 나중에는 그를 중심으로 모든 상황이 전개되었다. 외아들인 로버트는 다른 사람들의 형제자매에 대해 호기심이 많았다. 엘스페스와 에디는 글을 쓸 때 일인칭 단수로 서술하는 일이 드물었다. 영화를 보러 가거나 시험을 칠 때도 '나'가 아닌 '우리'라는 표현을 썼다. 거의 모든 문장이 그런 식이었다. 로버트는 엘스페스의 젊은 시절 일기장에서 자신이 대체 무엇을 찾고 있는지 궁금해하면서 억지로 읽어 내려갔다.

충격적인 내용은 마지막 일기장에 담겨 있었다. 엘스페스는 일기장의 표지 안쪽에 봉투를 하나 꽂아 두었다. 봉투에는 '대단히 암울하고 소름끼치는 비밀들'이라고 적혀 있었다. 글자 밑에는 미소를 짓고 있는 해골 마크까지 서투르게 그려져 있었다. 로버트는 비밀을 알고 싶지 않았다. 그는 봉투를 손에 쥐고 잠시 태워 버릴까 생각하다가 모서리를 찢었다. 거기에는 다음과 같은 내용이 적혀 있었다.

로버트,

당신이 너무 언짢게 생각하지 않았으면 좋겠어요. 당신은 섬뜩한 비밀은 알고 싶지 않다고 이야기했죠. 그런데 안타깝게도 그런 비밀이 몇 가지 있어요. '섬뜩한'이라는 표현은 적절치 않은 것 같아요. '꼴사나운'이라는 표현이 더 적절하겠네요. 어쨌든 오래전 일이에요. 모두가 당신을 만나기 훨씬 전에 일어난 일이죠.

내 진짜 이름은 에드위나 노블린이에요.

나는 1983년에 쌍둥이 언니 엘스페스와 신원을 바꿨어요. 엘스페스가 대부분의 일을 처리했죠. 그녀가 무척 실망할까 봐 본래대로 되돌릴 수가 없었어요. 나도 그 일에 책임이 없는 건 아니에요.

당신도 알다시피 엘스페스는 잭 풀과 약혼했어요. 약혼하고 결혼하기 전 기간 동안 잭은 약혼녀를 놔두고 자꾸만 나한테 시시덕거리더군요. 정도가 점점 더 심해지자 엘스페스는 잭을 시험해 보기로 마음먹었어요.

그동안 당신에게 엘스페스와 내가 서로 역할 바꾸기를 했다는 말을 여러 번 했었죠. 그렇지만 당신은 우리 둘이 함께 있는 모습은 한 번도 본 적이 없어요. 우리 둘은 너무나 닮았어요. 완벽한 한 쌍이었죠. 그리고 서로의 속마음도 낱낱이 알고 있었어요. 어렸을 적에는 우리 자신들도 서로 헷갈릴 정도였다니까요. 우리는 한 몸이라고 해도 과장이 아니었어요. 엘스페스가 다쳤는데 내가 울음을 터뜨릴 정도였지요.

아무튼 잭이 주변에 있을 때는 엘스페스가 내 역할을 하기 시작했어요. 잭은 전혀 눈치를 채지 못하더군요. 잭은 '에디'와 사랑에 빠졌어요. 그는 엘스페스와 파혼하고 '에디'에게 자기랑 미국으로 달아나자고 했어요.

엘스페스가 무엇을 할 수 있었을까요? 그녀는 마음에 상처를 입었죠. 그리고 분개했어요. 하지만 그 상황은 그녀 자신이 만들어 낸 거예요. 그녀는 내게 왔어요. 우리는 이렇게 하기로 했어요. 그녀가 에디가 되고 내가 엘스페스가 되기로 말이에요. 그렇게 바꿔서 살아가기로 했어요.

유감스럽게도 그 일은 그렇게 단순하지 않았어요. 난 잭과 잠자리를 같이했는데 덜컥 임신을 하고 말았어요. 딱 한 번 잠자리를 같이했는데 그렇게 되어 버린 거예요. 우리는 파티에서 술에 취해서 정말 바보 같은 실수를 저질렀어요. 술에 취해 경솔한 행동을 했던 거예요. 아무튼 그래서 결국 내가 미국으로 가게 되었어요. 난 거의 1년 동안 잭과 함께 살았어요. 그가 결혼한 사람은 엘스페스였지만 말이에요. 난 쌍둥이를 낳고 나서 미친 듯이 운동해서 불어난 살을 뺐어요. 요리도 하고 집도 가꾸었죠. 지루해서 미칠 것 같더군요. 익살극을 하고 있다는 느낌도 들었어요. 쌍둥이 자매가 태어난 지 넉 달이 되었을 때, 친정엄마한테 보여 주려고 아기들을 런던으로 데려왔어요. 그로부터 몇 달 뒤에 쌍둥이 자매를 데리고 레이크 포레스트로 돌아간 사람은 엘스 페스(그러니까 지금의 에디)였어요. 그 뒤로 나는 쌍둥이 언니를 보지 못했어요. 꿈에서는 종종 보았죠. 엘스페스는 자매가 날 쏙 빼닮았다고 하더군요.

런던으로 돌아올 무렵, 난 잭이 죽도록 싫었어요. 그리고 임신한 아기를 낳으라고 계속 부추긴 엘스페스한테도 정나미가 떨어졌어요. 사실 난 낙태를 하고 싶었거든요. 그 모든 상황이 너무 어이가 없었어요. 젊고 어리석어서 저지른 실수였죠. 만약에 잭이 그 비밀을 알아차렸더라면 어떤 일이 벌어졌을지 모르겠어요. 내 몸과 엘스페스의 몸 사이에는 미세하나마 차이가 있을 텐데 잭은 어떻게 그것을 전혀 알아차리지 못했는지 이해가 안 돼요. 차이를 알아채고도 아무 말을 안 한 걸까요? 우리는 잭에게 우리가 함께 있는 모습을 절대로 보여 주지 말기로 다짐했어요. 잭을 감쪽같이 속여 넘겼다는 사실이 난 아직도 믿어지지 않아요.

엘스페스에게는 내가 이따금 편지를 보냈어요. 엘스페스는 간혹 쌍둥이 자매의 사진도 보내 주더군요. 말했다시피 난 작년까지 답장을 절대 보내지 않았어요. 난 잭과 함께 생활하면서 그녀가 무척 실망했을 거라고 생각해요. 그녀의 편지에는 런던과 오랜 친구들 그리고 나를 그리워하는 내용이 가득했거든요. 그녀가 결혼하기 전에 난 잭을 차 버리거나 그에게 모든 비밀을 털어놓으라고 그녀를 부추겼어요. 그녀로서는 힘든 일이었을 거예요. 그녀를 만나 보면 내 말의 뜻을 알 수 있을 거예요.

그렇게 해서 나는 엘스페스가 되었어요. 그랬다고 내 인생이 그다지 많이 달라지지는 않았어요. 쌍둥이 자매를 만나지 못하고 잘 알지 못하게 된 건 안타깝죠. 엘스페스에게 아이들을 맡길 때는 무척 견디기 힘들었어요. 지금도 기억이 생생해요. 나는 히드로 공항에서 그녀가 아이들을 데리고 탑승구로 사라지는 모습을 지켜보았어요. 그 뒤로 몇 날 며칠을 울며 보냈어요. 엘스페스를 한 번만 더 보았더라면 좋았을 텐데. 두려움과 자존심이 결국 우리 사이를 갈라놓았죠.

로버트, 이게 바로 내가 당신한테 숨겨 온 유일한 비밀이었어요. 나를 너무 나쁘게 생각하지 않았으면 좋겠어요. 쌍둥이 자매를 만나게 되면 그들한테서 내 모습을 조금이나마 발견할 수 있을 거예요. 그러면 우리의 행복했던 시절을 떠올릴 수 있을 거예요.

당신을 사랑하는 엘스페스(에디)가

추신 : 당신이 원했으면 모든 것을 당신한테 남겼을 거예요. 하지만 당신이 그러지 않을 거라는 사실을 알고 있었죠. 사랑해요.

편지는 그녀가 죽기 일주일 전에 쓴 것이었다. 로버트는 침대에 앉아서 편지를 손에 든 채 자신이 읽은 내용을 정확히 이해하려고 애썼다.

'그럼 모든 것이 거짓이었다는 건가? 아니, 그럴 리가 없어.'

그렇지만 그는 그녀의 진짜 이름조차 모르고 있었다.

'내가 사랑한 사람은 대체 누구였을까?'

그는 모든 것을 상자 속에 도로 집어넣고 아파트의 뒤쪽에 있는 가정부 침실에 가져다 놓았다. 그런 다음 방문을 닫고 편지를 머릿속에서 지워 버리려고 애썼다. 하지만 편지 내용은 계속해서 그를 괴롭혔다. 무슨 일을 하든 읽은 내용이 뇌리를 떠나지 않았다. 그로부터 며칠 동안 로버트는 평소보다 술을 더 자주 마셨고 혼자 아파트에 틀어박혀 지냈다.

예상

발렌티나와 엘스페스는 계획의 세부적인 면을 두고 몇 시간 동안 의논을 했다. 모든 것이 자연스러워야 했다. 엘스페스는 발렌티나와 줄리아가 공동으로 이용하는 은행계좌에서 약간의 돈을 인출하는 방법을 짜냈다. 발렌티나가 검소하게 생활하고 장례식이 끝날 때까지 잃어버리지만 않는다면 그만한 돈으로 일이 년 동안 생활하는 데는 문제없을 것 같았다. 발렌티나는 아파트에서 해부학 서적 몇 권을 발견하고 그것들을 엘스페스가 볼 수 있도록 손님방의 바닥에 펼쳐 놓았다. 그것은 그들에게 거의 게임이나 다름없었다. 잠재적인 어려움을 예상하고 로버트의 반대에 슬기롭게 대처하며 줄리아에게 충격을 주지 않아야 했다. 두 사람 중에 하나가 이런저런 돌발 상황을 가정해서 문제를 제시하면 그들은 형사들처럼 그 문제에 달려들어 결국 해결책을 마련해 내고야 말았다. 그들은 비밀 언어로 자신들끼리만 알아듣는 농담을 했다. 만약 그들의 계획이 발렌티나의 죽음이 아니라 소풍이나 깜짝 파티였더라면 훨씬 더 재미있고 신이 났을 것이다. 엘스페스는 세부적인 계획을 짜면서 마냥 즐거워하는 발렌티나를 보고 놀랐다. 발렌티나는 뜻하지 않게 남을 슬프게 만드는 능력이 있었다.

'내가 잘못하고 있는 건 아닐까? 나는 지금 발렌티나가 그 일을 하도록 돕고 있는 거야. 어떤 위험이 있는지 알게 되면 발렌티나는 이런 일을 꾸미지도 않겠지. 혹시라도 일이 잘못되면 어떻게 한다? 그리고 일이 제대로 되면 어떻게 되는 거지?'

엘스페스는 발렌티나를 지켜보면서 혼자서 이런저런 생각에 잠겼다.

'우리는 이런 짓을 해선 안 돼. 이건 정말 잘못하고 있는 거야.'

그녀는 그렇게 생각했다. 그렇지만 로버트는 밤마다 찾아와서 발렌티나를 데리고 나가 함께 저녁을 먹거나 산책을 하곤 했다. 그들은 밖에 나가면 항상 밤이 늦어서야 돌아왔고 복도에서 서로에게 다정스럽게 속삭였다. 엘스페스는 마음을 모질게 먹었다.

부활의 날

로버트는 꿈을 꾸었다. 하이게이트 공동묘지의 부활의 날이었다. 그는 계단 꼭대기에 서 있었다. 그의 옆에는 마부인 제임스 셀비의 무덤이 있었다. 셀비는 자기 무덤 위에 앉아 있었는데 무덤의 이쪽 기둥과 저쪽 기둥을 연결하는 무거운 쇠사슬이 자기 가슴을 뚫고 지나가는 것도 모르는 것 같았다. 그는 담뱃대를 뻑뻑 빨면서 부츠를 신은 한쪽 발로 땅을 불안스럽게 탁탁 두드리고 있었다.

그때 멀리서 나팔소리가 울려 퍼졌다. 방향을 돌려 보니 묘지로 들어가는 좁은 길에 붉은 천이 기다랗게 펼쳐져 있는 것이 보였다. 천은 하늘을 가리고 하얀색 비단은 오솔길의 흙과 자갈과 진흙을 덮고 있었다. 다시 겨울이었다. 길에 깔린 비단은 무덤을 뒤덮은 눈처럼 하얀 빛을 띠었다. 그는 나무들 사이의 모든 오솔길이 붉고 하얀 비단으로 감싸인 것을 보았다. 로버트는 자신도 모르게 그쪽을 향해 걸어갔다. 진흙이 묻은 부츠가 비단을 더럽힐까 봐 걱정이 되어 자꾸만 아래를 내려다보았다. 그런데 이상하게도 바닥에는 발자국이 남지 않았다.

중앙안내실까지 왔을 때 연회를 위해 펼쳐진 탁자들이 보였다. 음식은 차려져 있지 않았다. 각종 접시와 수저, 빈 포도주잔 그리고 빈 의자들만 보였다. 나팔 소리가 멈췄다. 로버트는 바람에 나뭇가지들이 서로 부딪치는 소리를 들었다. 사람들의 목소리가 들렸지만 사람들이 어디에 있는지는 짐작할 수 없었다.

"자리에 앉으세요."

누군가 말했다. 하지만 그것은 엄밀하게 말해서 목소리가 아니었다. 그것은 그의 머리 밖에서 들려오는 어떤 생각에 가까웠다. 그는 탁자들의 가장자리 쪽으로 가서 자리에 앉은 채 잠자코 기다렸다.

유령들이 불안한 걸음걸이로 비단이 깔린 오솔길을 천천히 걸어오고 있었다. 반투명 형체인 유령들이 탁자 주변으로 몰려들었다. 그들은 시신을 감싼 옷, 수의 그리고 가장 좋은 옷으로 차려입고 있었다. 허공은 유령들로 가득 찼다. 묘지에는 16만 9천 명이나 묻혀 있는데 그 사람들이 모두 탁자에 앉을 수 있는지 궁금했다. 유령들은 아침 햇살 속에서 바르르 몸을 떨었다. 로버트는 유령들이 마치 해파리 같다고 생각했다. 그때 어디에선가 불평불만이 쏟아져 나왔다. 유령들은 몹시 허기져 있었다. 그렇지만 음식이 없었다. 로버트는 엘리자베스 시달의 모습을 얼핏 보았다고 생각하고 다가가서 말을 붙여 볼 생각으로 자리에서 일어서려고 했다. 하지만 어떤 손이 그의 어깨를 짓누르며 의자에서 꼼짝도 못하게 만들었다.

이제 유령들의 수는 엄청나게 불어났다. 탁자들의 수도 몇 배로 불어났다. 그때 오랫동안 듣고 싶었던 아주 익숙한 어떤 목소리가 그의 바로 뒤에서 들려왔다.

"로버트, 여기서 뭐 하세요?"

엘스페스였다.

"나도 모르겠어요. 당신을 찾고 있었나?"

그는 몸을 돌리려고 했지만 어떤 손에 다시금 제압을 당하고 말았다.

"나는…… 이곳이…… 싫어요."

그녀는 그에게로 떠밀리면서 말했다. 답답하고 불편했다. 그는 무언가 우악스럽고 끔찍한 것이 뒤에서 두 손으로 자신을 짓누르고 있다는 느낌을 갑자기 받았다.

그는 엘스페스를 소리쳐 불렀다. 그 소리가 얼마나 컸던지 위층에서 잠을 자던 쌍둥이 자매가 깰 정도였다. 엘스페스도 그가 울부짖는 소리를 들었다. 그녀는 몇 시간이고 바닥에 드러누워 그가 다시 자기 이름을 불러 주기를 기다렸다.

마지막 통화

전화벨이 울렸다. 에디는 손을 뻗어 전화기를 끌어당겼다. 전화기를 귀에 갖다 댔지만 아무 말도 하지 않았다. 그녀는 침대에서 옆으로 누워 몸을 동그랗게 말았다. 시간은 아침 9시를 향해 가고 있었다. 잭은 일터에 나가고 없었다.

"엄마?"

에디는 침대에서 일어나 앉았다. 그녀는 발렌티나가 보기라도 하는 것처럼 손가락으로 머리카락을 쓸어 넘겼다.

"여보세요?"

그녀의 목소리는 잠을 제대로 못 잔 사람처럼 들렸다.

"발렌티나?"

"저예요."

"잘 있었니? 줄리아는?"

"위층에서 마틴 씨와 노닥거리고 있어요."

에디는 두 사람 모두 무사하다는 소리를 듣고 마음이 놓였다.

"일요일에 통화를 하고 싶었는데 아쉽구나. 어디에 갔었니?"

"아…… 죄송해요. 시간가는 줄도 모르고 지냈어요."

"그랬구나."

에디는 이제 두 딸의 관심조차 못 받고 있다는 생각에 내심 서운했다.

"그래, 무슨 일이 있니?"

"그냥…… 그냥 전화를 해 보고 싶었어요."

"음…… 착하구나. 별일 없니?"

"별다른 일은 없고요. 여기는 쌀쌀하고 비가 자주 내려요."

"기분이 좀 안 좋은 것 같구나."

에디가 말했다.

"그래요? 저는 괜찮은데요."

발렌티나는 이슬비 속에서 몸을 덜덜 떨며 뒤뜰에 앉아 있었다. 엘스페스가 통화 내용을 엿듣는 것을 원치 않았기 때문이다. 하지만 6월의 날씨치고는 너무 추웠다. 그녀는 이가 맞부딪쳐 딱딱 소리가 나지 않도록 애를 써야 했다.

"아빠하고는 어떻게 지내세요?"

"여기는 별일 없어. 아빠가 승진을 해서 어젯밤에는 밖에 나가 우리끼리 자축했지."

에디는 전화기를 통해 새소리를 들었다.

"지금 어디에 있는 거니?"

"뒤뜰에 나와 있어요."

"그래? 언니하고 최근에 재미있는 곳에 가 본 적 있니?"

"언니는 이제 도시 전체를 머릿속에 그릴 수 있을 정도가 됐어요. 지도 없이도 돌아다닐 수 있다니까요."

"대단하구나."

에디는 그렇게 말하고 나서 발렌티나가 자기한테 뭔가를 숨기고 있다는 생각을 했다. 하지만 다음 순간 그것은 불가피한 일이라는 생각이 들었다. 멀리 떠난 딸들이 무엇을 하는지 그녀로서는 전혀 알 수 없었다. 자기들 나름의 세상을 만들어 나가는 딸들에게 그녀는 더 이상 간섭할 수 없었다. 발렌티나는 자신이 만들고 있는 드레스에 관해 한 가지 물어보았다. 에디는 스케치를 이메일로 보내라고 말했다. 다음 순간 그녀는 쌍둥이 딸이 스캐너를 가지고 있지 않다는 사실을 기억했다.

"아, 그럼 그냥 놔두세요. 중요한 건 아니니까요."

발렌티나가 말했다.

"정말 괜찮겠니?"

에디는 딸이 어딘가 이상하다고 생각했다.

"예. 그만 끊어야겠어요. 사랑해요."

발렌티나는 더 이상 통화를 했다가는 울음을 터뜨릴 것 같았다.

"그래, 잘 지내렴. 엄마도 사랑해."

"안녕히 계세요."

"안녕."

발렌티나는 자기 아빠의 직장 전화번호를 눌렀다. 전화는 음성사

서함으로 연결되었다. 그녀는 다음에 전화를 해야겠다고 생각하고 메시지를 남기지 않았다.

강제 추방

새벽 무렵이었다. 제시카는 묘지의 기록보관실 창가에 서서 회랑이 둘러싸고 있는 뜰을 건너다보았다. 기록보관실은 어두웠다. 그녀는 공동묘지의 임원들 가운데 한 명에게 편지를 써 놓고 고민하느라 간밤에 잠을 설쳤다. 결국 제임스에게 쪽지를 남겨두고 묘지로 나왔지만 어떻게 하면 그 임원에게 자신의 요구를 논리적으로 설명할지 고민하느라 머릿속이 복잡했다. 오랜 시간 고민을 거듭했지만 자신의 주장을 설득력 있게 펼치는 일이 힘들었다. 제시카는 창턱에 몸을 기댄 채 양손을 마주 쥐었다. 새벽녘이라 그런지 회랑 위쪽의 나무와 무덤은 어둡고 흐릿하게 보였다. 안뜰을 보고 있으면 텅 빈 무대가 생각났다. 그동안 무척 많은 일을 해냈다고 생각했다. 자원봉사자들이 그동안 얼마나 힘들게 일했는지 알아 주는 사람은 아무도 없었다. 안뜰의 포석은 자원봉사자들이 손으로 일일이 깐 것이다.

갑자기 안뜰이 빛으로 가득 찼다. 그녀는 여우들이라고 생각하고 좌우를 살폈다. 그녀의 눈알은 움직임을 감지하는 기계 같았다. 하지만 바로 그때 어떤 남자가 뜰을 가로질러 왔다. 그는 불빛을 보고도 전혀 동요하지 않았다. 걸음을 서두르거나 방향을 틀지도 않았다. 제시카는 목을 앞으로 길게 빼고 그를 좀 더 유심히 살피려고 애썼다. 그 사람은 로버트였다.

'저쪽 문을 사용하지 말라고 분명히 말했는데 왜 저렇게 말을 안 들을까.'

제시카는 차가운 유리창에 닿는 손마디의 고통은 아랑곳하지 않고 유리창을 힘껏 두드렸다. 그만큼 화가 나 있었다. 나중에 그녀는 왜 자신의 손이 부어올라 욱신거리는지 궁금해할 것이다. 로버트는 그녀에게 시선도 주지 않고 계속해서 걸었다. 제시카는 열쇠와 손전등을 들고 계단을 내려가서 사무실을 지나 안뜰로 들어섰다. 그녀는 예배당의 아치형 통로 밖에 서서 그의 이름을 소리쳐 불렀다.

그제야 로버트는 발걸음을 멈췄다. 제시카는 그를 향해 급히 다가갔다. 로버트는 제시카를 보고 저렇게 빨리 걷다가 넘어지겠다고 생각했다. 그녀는 손전등을 켜는 것도 깜박 잊었다. 그것은 불빛을 뿜는 도구가 아니라 무기처럼 보였다. 그는 갑자기 무슨 생각이 들었는지 그녀를 향해 다가갔다. 제딴에는 두 사람의 거리를 조금이라도 줄여 볼 요량이었던 것이다. 그들은 약속이라도 한 듯이 회랑의 계단 옆에서 만났다. 제시카는 숨이 차서 헉헉거렸다. 로버트는 그녀가 뛰는 가슴을 진정시킬 때까지 기다려 주었다.

"지금 대체 뭐하는 거죠?"

그녀가 이윽고 말했다.

"이러지 않기로 했잖아요. 그런데 왜 왔어요? 꼭두새벽에 묘지를 어슬렁거리다니. 당신은 여기에 들어올 권리가 없어요. 로버트, 나는 당신을 믿었어요. 그런데 날 실망시키네요."

모자도 쓰지 않은 그녀는 식식거리며 그를 노려보았다. 그녀는 머리끝이 삐죽삐죽 서 있었고 정원을 가꿀 때 입는 옷을 입고 있었다. 로버트는 그녀의 뺨에서 눈물이 반짝이는 것을 보고 깜짝 놀랐다.

"우리에게는 규칙이 있어요! 규칙은 안전과 법적인 이유 때문에 정한 거라고요!"

제시카는 이제 고래고래 고함을 지르고 있었다.

"열쇠를 가지고 있다고 밤에도 들어올 수 있는 건 아니에요! 무단침입자들한테 폭행을 당할 수도 있고 구덩이에 빠질 수도 있어요. 나무뿌리에 걸려 넘어지면 뇌진탕을 일으킬 수도 있고요. 그런데 당신은 무전기도 없잖아요! 무슨 일이든 일어날 수 있다니까요. 기념비가 쓰러지면서 몸을 덮칠 수도 있고…… 그럼 보험회사에서 우리의 보험료를 올리지 않겠어요? 혹시라도 다치거나 목숨을 잃으면 언론도 대서특필을 할 테고요. 로버트, 어쩌면 그렇게 이기적이에요?"

그들은 서로의 눈을 빤히 바라보았다.

"사무실로 들어가서 이야기할까요? 이러다가 죽은 사람들도 깨어나겠어요."

로버트가 부드럽게 말했다.

제시카는 그의 넉살에 마지막 남은 자제심마저 잃었다.

'왜 내 말을 심각하게 받아들이지 못할까? 농담을 하는 게 아니라는 것을 확실히 보여 줘야겠어.'

"싫어요! 뭐 하러 사무실에 들어가요? 열쇠 이리 주세요."

그녀는 손을 내밀었다. 손에는 그녀의 열쇠가 쥐어져 있었다.

"열쇠 이리 주고 정문으로 나가세요. 지금 당장!"

로버트는 꿈쩍도 하지 않았다.

그는 열쇠를 그녀의 손바닥에 떨어뜨리고 정문을 향해 돌아섰다. 그녀는 마치 죄수를 호송하듯 그를 뒤따라갔다. 정문에 도착하자 그녀는 문에 걸린 자물쇠를 열어 주었다. 그는 육중한 문을 열고 틈새로 빠져나간 다음 다시 문을 당겨서 닫았다. 그들은 쇠창살을 가운데 두고 마주 보았다.

"이제 어쩌죠?"

그가 물었다.

"가세요."

그녀가 조용히 말했다.

그는 고개를 숙여 인사를 하고 나서 스웨인즈 거리를 걸어 올라갔다. 제시카는 그를 지켜보며 서 있었다.

'어쩌지? 로버트를 본 사람은 나밖에 없어. 사람들이 보면 안 되는데.'

그녀의 가슴이 빠르게 뛰었다. 그녀는 로버트가 언덕 위로 사라질 때까지 지켜보았다. 그를 뒤따라가고 싶은 욕구가 샘솟았다.

'따라가서 무슨 말을 하려고? 심한 말을 해서 미안하다고? 절대 그럴 순 없지. 로버트는 우리를 위험에 빠뜨렸어. 생각 없고 경솔한

짓을 했단 말이야.'

온갖 감정에 휩싸여 정문에 서 있었지만 그것들이 정확히 무엇인지 판단할 수 없었다. 분노, 아픔, 불안, 애정, 초조 등이 뒤범벅이 된 감정이었다. 그녀는 자신의 마음을 종잡을 수 없었다. 당장 달려가서 그에게 얘기를 해야 한다는 생각을 했다가 다음 순간에는 자신이 그를 내쫓아 버렸다는 생각이 들었다. 자물쇠에 열쇠를 꽂아 돌리고 나서 그녀는 천천히 사무실로 돌아갔다. 시간은 새벽 5시가 막 지나 있었다. 제임스가 이제 잠에서 깨어났을지도 모른다. 그녀는 수화기를 들고 잠시 있다가 다시 내려놓았다.

제시카는 의자에 앉아서 방이 점점 환해지는 것을 지켜보았다. 그녀는 자신의 행동이 옳았다고 생각했다. 날이 밝자 자리에서 일어나 차를 끓였다. 피곤하기도 했지만 다른 곳에 정신이 팔려 결국 우유를 엎지르고 말았다. 그것은 어떤 징조나 상징 같았다. 그녀는 고개를 흔들었다.

'이제 무엇을 해야 하지?'

비타민

마틴은 난감했다. 칼 린네우스(1707~1778, 생물 분류학의 기초를 확립한 스웨덴 식물학자—옮긴이)의 탄생 300주년을 축하하기 위해 오후 내내 암호 십자말풀이를 출제하려 했지만 단서들이 좀체 머리에 떠오르지 않았다. 그러다 보니 자신이 출제한 십자말풀이가 촌스럽고 이상하게 생각되었다. 마틴은 자리에서 일어서서 기지개를 켰다.

그때 누가 문을 똑똑 두드렸다.

"누구세요?"

그는 문을 향해 돌아섰다.

"줄리아? 들어와요."

"아니에요."

문밖에서 소리가 들리더니 누가 방으로 들어섰다.

"저는 발렌티나라고 해요. 줄리아의 동생이죠."

"아!"

마틴은 기뻤다.

"드디어 보게 되는군요. 만나서 정말 반가워요. 찾아와 줘서 고마워요. 차라도 좀 마실래요?"

"아뇨, 됐어요. 오래 있을 수가 없어요. 제가 찾아온 건…… 줄리아가 비타민을 주지 않던가요?"

"예?"

그녀는 숨을 들이마셨다.

"그것들은…… 사실 비타민이 아니에요. 아나프라닐이라고 하는 약이에요."

"나도 알아요. 이렇게 찾아와서 알려 주니 어쨌든 고맙군요."

마틴이 부드럽게 말했다.

"알고 계셨어요?"

"캡슐마다 적혀 있더군요. 예전에도 아나프라닐을 먹어 본 적이 있어요. 그래서 어떻게 생긴 약인지 알고 있죠."

"아저씨가 벌써 눈치 챘다는 사실을 언니도 알고 있나요?"

발렌티나가 미소를 지으며 말했다.

"확실히는 모르겠어요. 혹시라도 모르니까 이런 대화는 줄리아한테 말하지 않는 게 좋을 것 같네요."

마틴이 미소로 화답하며 말했다.

"예, 저도 말하지 않을 생각이었어요."

"그럼 나도 말하지 않겠습니다."

발렌티나는 가려고 돌아섰다.

"좀 더 있다가 가요."

"아뇨, 가 봐야 해요."

"그럼 또 놀러 와요. 언제라도 좋아요."

"예, 고마워요."

발렌티나가 말했다. 그는 발렌티나가 상자들의 미로를 헤치고 나가는 동안 점점 작아지는 발소리를 들었다. 그러다가 어느 순간 그녀의 모습은 보이지 않았다.

파드되

로버트는 나중에 발레를 보는 것 같다고 생각했다.

"준비됐어요?"

그가 물었다.

엘스페스는 발렌티나가 곧바로 '예' 하고 대답하지 않기를 바랐다. 그녀는 발렌티나가 이 극적인 순간에 뜸을 들이길 바랐다. 무슨 일이 일어나기 전에는 잠시 뜸을 들이는 게 좋았다. 그 일이 유혹이든 재앙이든 상관없이. 엘스페스는 예전에 하고 싶지 않은 일도 해야 했다.

로버트는 발렌티나를 지켜보았다. 그녀는 그 자리에 얼어붙은 듯이 서 있었다. 그는 창문을 열어야 할지 궁금했다. 6월 날씨치고는 아직 너무나 추웠지만 줄리아가 돌아올 때까지 그녀의 몸이 얼마나 오랫동안 그곳에 있을지는 아무도 몰랐다. 빛이 빠르게 약해지고 있었다. 공동묘지에서는 까마귀들이 서로를 부르고 있었다. 줄리아는 위층에 올라가 있었다. 발렌티나는 눈을 감았다. 그녀는 침대 발치에 서서 한 손으로 침대의 옆널을 거머쥐고 다른 손으로는 천식 흡입기를 쥐락펴락하고 있었다. 마침내 그녀는 눈을 떴다. 로버트는 그녀로부터 불과 일이 미터 거리에 서 있었다. 엘스페스는 창가에 앉아 팔꿈치를 무릎에 기대고 양손으로 머리를 감싸고 있었다. 그녀는 얼굴을 푹 숙이고 있었는데 그 모습은 깊은 슬픔에 잠긴 사람처럼 보였다. 발렌티나는 엘스페스를 지켜보았다. 한순간 의심이 물밀 듯이 밀려왔다.

로버트는 머뭇거리다가 그녀를 향해 다가갔다. 발렌티나는 두 팔로 그의 허리를 감싸고 뺨을 그의 셔츠에 갖다 댔다. 그녀는 셔츠의 단추가 자신의 뺨에 짓눌린 자국을 남길지, 또 자신이 죽고 나서도 자국이 계속 그 자리에 남아 있을지 궁금했다. 그는 그녀에게 키스는 하지 않았다. 그녀는 엘스페스가 옆에 있기 때문에 그가 키스를 하지 않는지도 모른다고 생각했다.

"준비됐어요."

그녀는 뒤로 물러가서 침실 양탄자의 한복판에 서더니 흡입기를 한 번 들이마셨다. 흐릿한 햇살 속에서 하나의 그림자에 불과한 그녀는 벌써부터 실체가 없는 것처럼 보였다. 엘스페스는 그렇게 생각했다.

로버트는 문간으로 물러갔다. 그는 복잡 미묘한 감정에 휩싸였다. 그것은 딱히 이렇다고 설명할 수 없는 감정이었다. 그는 무슨 일이 벌어지기를 기다렸다. 한편으로 그는 그런 일은 일어나지 않을 거라

고 믿었다. 아니, 그런 일이 일어나지 않기를 바랐다. 그는 지금이라
도 엘스페스가 계획을 포기하기를 바랐다.

발렌티나는 눈을 감았다가 잠시 뒤에 다시 뜨고 로버트를 바라
보았다. 그는 멀찍이 떨어져 있는 것처럼 보였다. 발렌티나는 시카고
를 떠나오던 날 부모님이 오헤어 국제공항의 보안선을 따라 움직이
는 자신과 줄리아를 쳐다보던 모습을 떠올렸다. 엄청난 냉기가 그녀
의 몸으로 스며들었다. 엘스페스가 그녀의 몸을 뚫고 들어왔다. 발
렌티나는 어릴 적에 낡은 만화경을 들여다보던 일이 생각났다. 그녀
는 여러 가지 이미지를 조합하려고 애쓰면서 자신은 이제 얼어 죽
겠다고 생각했다. 그 순간 자신이 무언가의 손에 사로잡혀 몸에서
뚝 떨어져나가고 있다는 느낌을 받았다. 한순간 아무것도 생각할 수
없었다. 그것은 완전한 무의 상태였다. 다음 순간 그녀는 자신의 몸
바로 위에서 떠돌아다니고 있었다. 그녀의 몸은 바닥에 쓰러져 있
었다. 엘스페스는 몸 옆에 무릎을 꿇고 앉아 허공에 떠 있는 그녀를
올려다보았다.

"이리 오거라."

엘스페스가 말했다. 발렌티나는 이모의 목소리가 자기 엄마 목소
리와 너무나 똑같아 신기했다. 그녀는 엘스페스에게 다가가려고 애
썼지만 움직일 수가 없었다. 엘스페스는 문제를 이해했는지 자리에
서 일어나 두 손으로 그녀를 감쌌다. 이제 발렌티나는 생쥐처럼 엘
스페스의 두 손에 폭 잠길 수 있을 정도로 작은 사물이 되었다. 그
녀에게 마지막으로 들었던 생각은 잠에 빠져들고 있다는 것이었다.

로버트는 발렌티나의 몸에서 힘이 쭉 빠지는 것을 보았다. 그녀

는 두 무릎이 꺾이면서 고개가 축 늘어졌다. 그런 다음 몸이 접히더니 쿵 소리를 내며 바닥으로 쓰러졌다. 이제 방 안에는 그 자신의 숨소리밖에 들리지 않았다. 그는 무슨 일이 벌어지고 있는지 몰랐기 때문에 발렌티나에게 다가가지 않고 그냥 문간에 서 있었다. 눈에 보이지 않는 일이 틀림없이 벌어지고 있었다. 그는 다음에 무슨 일을 해야 할지 몰랐다. 양탄자 위에 쓰러져 있는 그녀의 몸은 미동도 하지 않았다. 결국 그는 방을 가로질러 가서 발렌티나의 옆에 무릎을 꿇었다. 그녀는 피를 흘리지는 않았다. 그는 그녀의 몸이 부러졌는지 알 수 없었다. 언뜻 봐서는 몸이 부러진 것 같았다. 하지만 그녀를 건드릴 수는 없었다. 그녀는 바닥에 쓰러진 그대로 누워 있었다. 그는 그녀를 건드리면 절대 안 된다는 것을 알고 있었다.

엘스페스는 발렌티나를 바라보는 그를 내려다보았다. 그녀는 발렌티나의 영혼을 느낄 수 있었다. 짙은 연기 같은 발렌티나의 영혼은 그녀의 두 손에 갇혀 있었다. 그녀는 한시바삐 발렌티나를 되살려야 한다고 생각했다. 기회가 남아 있을 때 살려내야 했다. 그녀는 로버트가 발렌티나의 몸을 바르게 해 주길 바랐다. 그녀의 팔다리를 곧게 하고 그녀의 두 손을 반듯하게 놓아 주길 바랐다. 발렌티나의 머리는 활처럼 뒤로 휘어져 있었다. 그녀는 오른쪽으로 돌아누워 두 팔을 앞으로 쭉 뻗고 두 다리는 가슴 쪽으로 바짝 끌어당긴 자세였다. 눈은 치켜뜨고 입은 헤벌어져 있었다. 입술 사이로 자잘한 치아가 드러나 보였다. 발렌티나는 한마디로 볼썽사나운 자세를 취하고 있었다. 엘스페스는 그녀의 몸에 손을 대고 싶었지만 양손에 든 그녀의 영혼 때문에 손을 쓸 수가 없었다.

'이제 어떻게 한다? 영혼을 놓아 버리면 흩어져 버리지 않을까? 작은 상자라도 있었으면 좋으련만……'

그녀는 자신의 서랍을 생각했다.

'그래, 거기에 넣어 둬야겠다.'

그녀는 발렌티나를 데리고 서랍 속으로 들어갔다. 그들은 그곳에서 함께 머물 수 있었다.

로버트는 자리에서 일어서서 방을 나왔다. 그는 현관문에 이르기 전에 방금 보았던 장면을 모두 잊고 싶었다. 그는 문손잡이에 손을 얹고 그대로 있었다.

"엘스페스?"

그가 부르자 응답이라도 하듯 냉기가 그의 뺨에 닿았다.

"나는 당신을 용서하지 않을 거예요."

침묵이 흘렀다. 그는 자기 뒤에 엘스페스가 있다고 생각하고 뒤를 돌아보고 싶은 욕구를 억눌렀다. 그는 문을 열고 아래층으로 내려갔다. 그리고 부엌에 서서 위스키를 마시면서 줄리아가 집으로 돌아오길 기다렸다. 줄리아는 동생의 시체를 보게 되면 목을 놓아 서럽게 울 것이다.

한 시간 뒤에 줄리아가 아래층으로 내려왔다. 아파트의 모든 불은 꺼져 있었다. 그녀는 방마다 돌아다니며 전등을 켰다.

"발렌티나?"

그녀는 동생이 외출한 것이 틀림없다고 생각했다.

"어디 있니?"

어쩌면 로버트가 사는 아래층에 내려갔는지도 모른다고 생각했다. 아파트에는 냉기가 돌았고 이상하게 텅 빈 것처럼 보였다. 가구들이 모두 착시현상처럼 보였다. 줄리아는 이 방에서 저 방으로 돌아다니면서 손가락으로 식당의 식탁을 쓸어 보기도 하고 소파를 건드려 보기도 했다. 또 손가락으로 책등을 스치기도 했다. 그러면서 모든 것이 실제로 존재하고 있다는 확신을 얻었다.

"이모?"

'모두 어디로 간 거지?'

그녀는 침실로 와서 전등을 켰다. 그리고 바닥에 볼썽사납게 쓰러져 있는 발렌티나를 발견했다. 동생은 힘겨운 춤을 추다가 굳어버린 것처럼 보였다. 줄리아는 천천히 몸을 움직였다. 그녀는 발렌티나에게 다가가서 그 옆에 앉았다. 그리고 동생의 입술과 뺨을 건드려 보았다. 발렌티나의 손에는 흡입기가 쥐어져 있었다. 그녀는 손으로 가슴을 짚고 아무 생각도 할 수 없었다.

발렌티나는 위를 쳐다보려고 애쓰는 것처럼 보였다. 눈을 치켜뜨고 자신의 머리 뒤쪽에서 아주 재미있는 일이라도 벌어지고 있는지 고개를 뒤로 한껏 꺾고 있었다.

"발렌티나?"

아무런 응답도 없었다.

줄리아는 훌쩍훌쩍 울기 시작했다. 그 순간 냉기가 얼굴에 닿는 것을 느끼고 미친 듯이 주먹을 휘둘렀다.

"싫어요! 저리 가요! 발렌티나는 어디 있죠? 어디에 있냐고요!"

그녀는 이제 울부짖기 시작했다.

엘스페스는 줄리아와 함께 바닥에 앉아 있었다. 엘스페스는 줄리아가 발렌티나를 껴안고 서럽게 우는 모습을 지켜보았다.

'줄리아, 나는 이러고 싶지 않았어.'

엘스페스는 에디를 떠올렸다. 이제 누군가가 에디에게 곧바로 전화를 해 줘야 할 것이다. 엘스페스는 줄리아를 지켜보면서 이제 모든 것이 틀어져 버렸다고 생각했다.

'모든 게 내 탓이야. 미안해, 정말. 정말 미안해.'

엘스페스와 발렌티나의 영혼이 서랍에 들어가 있는 동안 발렌티나의 육신은 구급 의사들로부터 사망진단을 받았다. 병원에서 본 의사는 발렌티나의 죽음이 자연사라는 결론을 내렸다. 장의사 세바스찬이 아파트에서 그녀의 시신을 꺼내는 동안 줄리아는 울음을 터뜨렸고 로버트는 미국에 있는 에디와 잭에게 전화를 했다. 몇 시간 동안 정적이 감돌았다.

로버트는 세바스찬과 오랫동안 대화를 나누었다. 대화가 끝났을 때는 두 사람 사이에 팽팽한 긴장감이 맴돌았다.

"시신을 방부처리하지 말라는 자네의 그 심정은 이해하겠네."

세바스찬이 말했다.

"시신의 자세를 고치지 말고 그대로 놔두라는 말도 이해해. 하지만 헤파린을 투여해 달라는 소리는 도무지 이해하기 힘들군. 왜 그렇게 해 주길 원하지?"

"혈액이 응고되는 것을 막는 물질이잖아."

"그건 나도 알아. 하지만 극저온으로 시신을 보관할 생각은 아니잖아."

"그건 아니지만 관에 얼음을 잔뜩 채워 줬으면 좋겠어."

"로버트!"

"부탁하네, 세바스찬. 그리고 시신을 최대한 차가운 곳에 보관해 주게."

"도대체 왜? 로버트, 나는 자네가 무슨 속셈인지 모르겠네."

"아무튼 그렇게 좀 해 줘."

세바스찬은 그를 미심쩍은 눈길로 바라보았다.

"미안하네, 로버트. 무슨 생각으로 그러는지 속 시원히 털어놓든 가 아니면 다른 사람한테 부탁을 하게."

"자네까지 나를 못 믿는군. 이런 젠장."

로버트가 말했다. 세바스찬은 아무 말도 대꾸도 하지 않았다. 로 버트는 숨을 깊이 들이마시고 생각을 정리하려고 애썼다.

"자네 혹시 유령의 존재를 믿나?"

"사실 나는 유령을 믿어. 흥미로운 경험도 몇 번 했고 말이야. 하 지만 내 기억에 자네는 유령을 안 믿었던 것 같은데?"

"그랬지. 하지만 어쩌다 보니 생각을 고쳐먹게 되었어."

로버트는 세바스찬에게 엘스페스에 대해 말해 주었다. 그렇지만 세 사람이 세운 계획에 대해서는 일절 언급하지 않았다. 그는 발렌 티나가 죽는 순간 엘스페스가 그녀의 영혼을 붙잡았고 이제 발렌티 나의 몸에 영혼을 다시 집어넣어 목숨을 되살리려 한다고 말했다.

세바스찬은 그의 말에 반박할 근거를 많이 가지고 있었다. 왜 엘 스페스가 곧바로 발렌티나를 살려내지 않았는지 따지는 게 가장 설득력이 있었다. 그러면 로버트는 자신은 모르겠다는 말밖에 할 수 없을 것이다. 결국 세바스찬은 발렌티나를 차가운 곳에 보관할 수 있도록 최선을 다하겠다고 말했다. 그리고 부활이 실패로 돌아갈 수도 있으니 가족에게는 아무 말도 하지 않겠다고 약속했다. 그럼에도 불구하고 로버트는 세바스찬이 가 버렸을 때 어쩌면 그가 제시카나 경찰에 알릴지도 모른다고 생각했다.

이튿날 아침에 에디와 잭이 미국에서 도착했다.

로버트는 창가에 서서 두 사람이 걸어오는 모습을 지켜보았다. 그들이 건물 안으로 사라지고 나서 계단을 오르는 소리가 들려왔다. 이제 에디와 잭이 아파트에 발을 들여놓아서는 안 된다는 유언장 조항은 아무런 힘도 없었다. 로버트는 엘스페스가 무엇을 하고 있는지 궁금했다. 그는 정신을 잃을 정도로 술에 취하고 싶었다. 차라리 술을 마시다가 죽고 싶었다. 발렌티나의 부모님은 정말 만나고 싶지 않았다. 하지만 그는 두 사람을 데리고 장례식장에 가기로 약속을 했다.

택시 안에서 그들은 거의 한 마디도 하지 않았다. 로버트는 에디를 쳐다볼 수 없었다. 그녀는 엘스페스와 너무나 많이 닮았다. 커다란 차이점이 하나 있다면 그녀의 미국식 말투였다. 줄리아는 정신이 나가 있었다. 그녀는 자기 아빠 옆에 앉아서 그의 어깨에 머리를 기대고 있었다. 에디는 소리 없이 울기 시작했다. 잭은 에디를 한쪽 팔로 감싸고 비통한 표정으로 로버트를 바라보았다. 로버트는 세 사람의 맞은편에 있는 접이식 의자에 앉아 있었다. 그는 택시에서 내릴 때까지 잭의 구두만 보았다.

장례식장에 도착했을 때, 세바스찬이 그들을 기다리고 있었다. 그는 발렌티나의 시신을 보여 주려고 에디와 잭을 데리갔다. 로버트와 줄리아는 세바스찬의 사무실에 앉아 있었다.

"좀 어때요?"

로버트가 물었다.

"괜찮아요."

줄리아는 그를 처다보지도 않고 말했다.

세바스찬이 에디와 잭을 데리고 돌아왔다. 그는 장례 절차, 선택 사항, 매장과 화장 비용, 각종 증명서 그리고 서명해야 할 것들에 대해 차분하게 설명했다. 로버트는 애써 침착한 표정을 지으며 그의 얘기에 귀를 기울였다. 그는 발렌티나의 부모님이 시신 처리에 대해 자기들 나름대로 생각이 있을지도 모른다는 사실을 깜빡 잊고 있었다. 세바스찬은 법에 따라 그들이 선택할 수 있는 것들을 모두 설명해 주었다. 로버트는 가슴이 뛰기 시작했다. 시신을 화장해 버린다고 하면 큰일이었다.

"발렌티나 시신을 미국으로 가져가고 싶어요. 시댁이 레이크 포레스트 공동묘지에 터를 가지고 있어요. 미시간 호 바로 옆에요. 아이를 그곳에 묻었으면 좋겠다고 생각하고 있었어요."

에디가 말했다.

세바스찬은 고개를 끄덕이고 나서 비행기로 시신을 운구하는 방법을 설명하기 시작했다.

'결국 이렇게 되어 버리는군. 나 나름대로 노력했지만 실패하고 말았어.'

로버트는 생각했다. 이제 그도 손을 쓸 수 없게 되어 버렸다. 그는 좌절하고 절망했다. 그런데 그 순간 상황을 역전시킨 사람이 있었다. 바로 줄리아였다.

"그건 안 돼요!"

그녀의 외침에 모두 그녀를 쳐다보았다.

"동생을 제 곁에 두고 싶어요."

"하지만 줄리아……."

에디가 말했다.

"그건 네가 결정할 문제가……."

잭이 에디와 동시에 말했다.

줄리아는 고개를 흔들었다.

"발렌티나는 하이게이트 공동묘지에 묻히고 싶어 했어요. 그렇게 말했다고요."

줄리아는 로버트를 바라보았다.

"맞습니다."

로버트가 말했다.

"그러니까 제발……."

줄리아가 말했다. 그래서 결국에는 발렌티나가 요구한 대로 시신을 노블린 가족 묘실에 묻기로 결론이 났다.

서랍 속에서 엘스페스는 발렌티나를 꼭 감싸고 있었다. 그녀는 발렌티나를 압박해서 부드럽고 일정한 형태가 없는 것으로 만들어 사방으로 흩어지는 것을 막았다.

'발렌티나, 우리가 주머니에 들어 있는 동물들 같지 않니? 진화를 기다리는 동물들 말이야.'

그녀는 발렌티나가 무엇을 알고 있고 장차 무엇을 기억할지 궁금했다. 마치 아기와 함께 있는 것 같았다. 그 자그마한 존재가 무슨 생각을 하고 있는지 그녀는 몰랐다. 생각이나 할 수 있을지 의문이었다. 엘스페스는 자신이 죽고 나서 처음 며칠 동안 일어난 일을 기억하지 못했다. 자각이나 갑작스러운 인식의 순간 같은 것은 없었다. 모든 것은 서서히 이루어졌다. 그녀는 발렌티나를 꼭 껴안고 짤막한 노래를 불러 주었다. 그리고 그녀에게 의미 없는 말을 조잘거렸다. 발렌티나는 콧소리 같았다. 그녀는 벌처럼 윙윙거렸지만 어떠한 말이나 생각도 엘스페스에게 전달되지 않았다. 엘스페스는 갓난아기 시절의 쌍둥이 자매를 머리에 떠올렸다. 자매는 동시에 잠을 자거나 젖을 먹는 일이 절대로 없었다. 그들은 엘스페스의 진을 빼놓았다. 젖도 바닥이 났다. 자매는 그때부터 서로 떼어놓을 수 없을 정도로 사이가 각별해 보였다.

'발렌티나, 이제 너는 언니한테서 완전히 독립을 했구나.'

서랍에서는 별다른 일이 일어나지 않았다. 그렇게 며칠이 흘렀다. 유령들에게 시간은 거의 아무런 의미도 없지만 발렌티나의 장례식이 어느덧 다가왔다. 이제 무언가 일이 벌어질 때가 된 것이다.

부활의 날

장례식이 있는 날 아침 8시에 로버트는 마틴의 집으로 올라갔다가, 문 앞에 쌓인 신문지 더미가 쏟아지는 바람에 신문지에 완전히 파묻혔다. 그는 신문지 더미를 제대로 세워 보려고 애쓰다가 도저히 안 되자 포기해 버렸다. 그때 마틴이 모습을 드러냈다.

"들어와요."

그들은 부엌으로 갔다. 로버트가 식탁에 앉자 마틴은 전기주전자를 작동시켰다. 아래층에서 벌어지고 있는 끔찍한 일에 비해서 마틴은 지극히 정상적으로 보였다. 그는 자기 집에 틀어박혀서 밖에서 벌어지는 일에는 초연한 듯 보였다. 로버트는 마틴이야말로 아파트 전체에서 가장 속 편하게 살고 있는 사람이라고 생각했다.

"장례식은 오후 1시에 있어요."

"알아요."

"올래요? 올 수 없으면 안 와도 돼요. 그렇지만 참석해 주면 줄리아가 무척 고마워하겠죠."

"잘 모르겠어요. 갈 수 있으면 연락할게요."

"그럼 일단 참석할 수 없는 걸로 알고 있으면 되겠죠?"

마틴은 어깨를 으쓱했다. 그는 두 종류의 차를 들어 보였다. 로버트는 얼 그레이 차를 가리켰다. 마틴은 찻잔 두 개에다 티백을 넣었다.

"줄리아는 어때요?"

"부모님이 도착했어요. 발렌티나의 얘기를 듣고 나서 세 사람이 하나가 되어 눈에 불을 켜고 달려들 줄 알았습니다. 그런데 세 사람 모두 이상할 정도로 차분합니다. 셋 다 발렌티나의 죽음을 믿지 않는 것 같습니다. 현관에서 발렌티나와 부딪힐 수도 있다고 생각하는 것처럼 아무렇지 않게 아파트를 돌아다니고 있습니다. 사실 줄리아는 긴장증 환자처럼 행동하고 있지요."

"아, 그래요?"

마틴은 차를 잔에 따랐다. 로버트는 김이 오르는 모습을 지켜보았다.

"부모님은 아파트에서 묵고 있습니까?"

"아뇨. 호텔에요."

"그럼 줄리아 혼자 아파트에 있다는 거네요?"

"예. 부모님이 호텔로 데려가려고 했지만 줄리아는 아파트에 있겠다고 우기더군요. 왜 그러는지 모르겠습니다."

"혼자 있으면 안 되는데."

"사실은 그것 때문에 올라왔어요. 의논을 좀 하려고요. 오늘 밤에 여기에서 지내게 하면 어떨까요? 제가 보내도 괜찮다고 할 때까지 마틴이 줄리아를 좀 맡아 줬으면 좋겠습니다."

마틴은 미심쩍은 눈빛으로 로버트를 바라보았다.

"왜요?"

로버트는 무심한 표정을 지으려고 애썼다.

"줄리아를 혼자 있게 내버려 둬선 안 되니까요."

"그렇죠. 혼자 있으면 안 됩니다. 하지만 자기 부모님하고 같이 있는 게 더 낫지 않을까요?"

"필요하면 부모님도 부르기로 하죠."

"농담이죠? 에디와 잭을 여기서 지내게 한다고요? 이 집을 제대로 둘러봤으면 그런 말을 못할 텐데요?"

"물론 둘러봤죠."

로버트는 전술을 수정하기로 마음먹었다.

"이봐요, 마틴. 이것은 죽느냐 사느냐의 문제입니다. 줄리아를 몇 시간 동안 아파트에서 떠나 있게 해야 합니다. 에디와 잭은 믿을 수 없어요."

"지금 무슨 일을 꾸미는 겁니까?"

"얘기를 들려 줘도 믿지 않을 겁니다."

"해 보세요."

"저기…… 강령회 같은 걸 열어 보려고요."

"발렌티나의 혼을 불러낸다고요? 아니면 엘스페스의 혼을?"

"대충 그렇습니다."

마틴은 흥분해서 고개를 절레절레 흔들었다.

"지금은 그럴 일을 벌일 때가 아니잖아요. 하더라도 좀 더 있다가 하면 안 될까요?"

"지체하면 절대로 안 됩니다."

"근데 줄리아는 왜 아파트에 있으면 안 되죠?"

"그건 설명할 수 없습니다. 그리고 줄리아한테 얘기하면 안 됩니다."

"예, 말은 안 하겠습니다. 하지만 왜 알리면 안 되는지 이해하기 힘드네요."

마틴은 자리에서 일어나 부엌을 서성거렸다. 로버트는 자기가 먼저 서성거리고 싶었다. 하지만 두 사람이 동시에 부엌을 서성거리면 이상할 것 같아 자리에 그대로 앉아 있었다.

"줄리아는 모르고 있어도 됩니다. 자, 저랑 흥정을 하죠. 오늘 밤 줄리아를 여기에 머물러 있게 해 주면 마틴이 간절히 원하는 것을 줄게요."

마틴은 다시 자리에 앉았다.

"내가 원하는 거요? 그게 뭔데요?"

그는 믿기지 않는다는 듯이 말했다.

"마레이케의 암스테르담 주소입니다."

마틴은 눈썹을 치켜떴다. 그는 다시 자리에서 일어나더니 부엌을 나갔다. 로버트는 그가 거실을 가로질러 자기 서재로 들어가는 소리를 들었다. 그는 한동안 모습을 보이지 않았다. 다시 모습을 드러냈을 때 그의 한쪽 손에는 불이 붙은 담배가 그리고 다른 손에는 암스테르담의 지도가 들려 있었다.

"담배를 끊은 줄 알았는데요?"

로버트가 말했다.

"30분 뒤에 다시 끊을 겁니다."

마틴은 식탁에 지도를 펼쳤다. 지도는 온갖 표시와 메모 그리고 지우개똥으로 뒤덮여 있었다. 마틴은 조르단 지구에서 붉은 동그라미로 표시한 지점을 가리켰다.

"여깁니다."

로버트는 눈을 가늘게 뜨고 그가 가리키는 지점을 유심히 살폈다.

"비슷하기는 하지만 정확한 위치는 아닙니다."

그들은 서로의 얼굴을 빤히 바라보았다.

"어떻게 그 지점이라고 단정하죠?"

로버트가 미소를 지으며 물었다.

"집사람을 잘 아니까요. 그녀는 많은 것을 밝히지 않으려고 극도로 조심했지만 나는 과거의 일을 모두 기억하고 있습니다. 우리는 한때 이 근방에서 살았습니다. 먹자골목이 있는 곳인데 안네 프랑크의 집이 가깝죠."

"마레이케의 이메일 주소를 알려 드리겠습니다."

"그녀는 이메일을 이용하지 않아요."

"아녜요. 하고 있습니다. 1년도 넘게 사용하는데요."

"1년이나요?"

"마레이케의 집 주소, 이메일 그리고 아파트 사진도 한 장 드리죠."

"아파트 사진까지 보냈던가요?"

"예. 그것도 몇 차례나. 요즘 고양이를 키우고 있다는 말, 안 하던가요?"

마틴은 생각에 잠겼다.

"고양이를 키워요?"

"작은 회색 고양이랍니다. 이름은 '이벳'이고요. 마레이케의 베개 위에서 잠을 잔다는군요."

마틴은 말없이 앉아 담배를 피우며 지도를 빤히 바라보았다.

"좋습니다. 흥정을 하죠. 내가 뭘 해야 하죠?"

로버트는 그가 해야 할 일을 설명했다. 설명은 간단했다. 그날 했던 일 가운데 간단한 일은 그것밖에 없었다.

잭이 잠에서 깨어났을 때, 에디는 잠옷차림으로 작은 호텔방의 프랑스식 창문 옆에 서 있었다. 그녀는 코벤트 가든의 슬레이트 지붕 위의 새파란 하늘을 내다보며 생각에 잠겨 있었다. 잭은 그녀의 생각을 방해하고 싶지 않아 침대에 그대로 누워 그녀를 지켜보기만 했다. 그러다가 결국 자리에서 일어나 욕실로 들어갔다. 마치 아무 일도 없었던 것처럼 평소와 다름없는 생활을 하는 걸 보면 그 자신이 보아도 신기했다. 그는 휴가를 온 것처럼 호텔방에서 오줌을 누고 샤워를 하고 면도를 했다. 왜 좀 더 일찍 아이들을 만나러 오지 않았을까? 그는 목에 남아 있는 면도거품을 닦아 내고 욕실에서 나왔다. 에디는 그때까지 창가에 서 있었다. 이제 그녀는 고개를 숙이고 있었다. 잭은 다가가서 그녀의 뒤에 섰다. 그리고 그녀의 드러난 어깨에 양손을 얹었다. 그녀가 약간 몸을 틀었다.

"몇 시나 됐어요?"

그녀가 물었다.

"8시 15분."

"줄리아한테 전화해야죠."

"벌써 오래전에 깼을 거야."

"예."

그들은 그렇게 계속 서 있었다.

"제가 전화할게요."

에디가 말했다. 그녀의 휴대전화는 영국에서 작동이 되지 않아서 호텔 전화를 이용했다. 그녀는 처음에 실수로 엉뚱한 곳으로 전화를 걸었다. 그래서 다시 전화를 걸어야 했다.

"줄리아?"

그녀는 딸의 목소리라도 듣고 싶었다.

"예, 엄마."

줄리아는 무엇을 해야 할지 전혀 모르고 있었다.

"좀 일찍 찾아갈까 생각 중이야."

에디는 마음이 편치 않아 호텔방에 더 이상 머무를 수가 없었다.

"일찍 오실 수 있겠어요?"

줄리아는 외로웠다. 혼자서 무엇을 해야 하는지도 몰랐다.

"그래. 옷만 입고 택시 타고 가면 돼. 최대한 빨리 갈게."

에디는 상황에 어울리지 않게도 그 순간 행복감을 느꼈다. 줄리아가 자신을 간절히 필요로 하고 있었다. 에디는 수화기를 내려놓으면서 미소를 지었다. 그녀는 여행 가방이 있는 곳으로 급히 건너가서 장례식에서 입을 옷을 꺼냈다. 잭은 옷장으로 걸어가더니 자신의 검정 양복을 바라보며 서 있었다. 옷장에 걸려 있는 옷은 그것밖에 없었다. 그는 한동안 정신이 팔려 있었다. 옷장의 그림자 속에 걸려 있는 검은 양복을 보고 무슨 생각에 잠겨 있었다. 그러다가 제정신이 들었는지 양복을 집었다. 그는 자신이 이제 늙었다고 생각했다. 양복은 마치 테두리가 부드러운 쇠붙이로 되어 있는 것처럼 무거웠다. 그는 에디가 분주히 방을 오가는 것을 지켜보았다. 그녀는 머리를 빗고 귀걸이를 달았다. 그는 밖으로 나가고 싶지 않았다. 그는 양말을 들고 침대에 걸터앉았다. 에디가 미동도 없이 앉아 있는 그를 보고 말했다.

"뭐 해요? 빨리 준비해요. 애가 기다리고 있다니까요."

'아이들'이 아니라 '애'라는 소리에 그는 발렌티나가 죽었다는 사실을 실감했다. 슬픔이 뼈저리게 밀려왔다.

*

줄리아는 1층에 내려와 부모님을 기다리고 있었다. 그녀는 부모님이 정문을 통과해서 앞뜰에 나 있는 길을 따라 걸어오는 것을 조그만 창문으로 내다보았다. 6월의 화창한 날이었다. 햇살이 너무 맑아서 그런지 부모님은 딴 세상 사람들처럼 보였다. 두 사람을 지켜보고 있자니 줄리아는 어린 시절 동생과 가지고 놀던 어떤 동화책 속의 그림이 생각났다. 그녀의 엄마는 곰을 데리고 다니는 어린 소녀 같았다. 줄리아가 문을 열어 주자 바람이 건물 안으로 밀려들어

오면서 로버트한테 온 우편물이 바닥으로 떨어졌다. 그녀는 우편물을 그대로 두었다.

에디가 줄리아를 감싸 안으며 말했다.

"아직 옷을 안 갈아입었니?"

줄리아는 자신이 입고 있는 운동복을 내려다보았다.

"위층에서는 도저히 못 기다리겠더라고요. 이제 아파트가 좀 무섭기도 하고요."

"그럼 우리랑 같이 호텔에 있자꾸나."

에디가 말했다.

줄리아는 고개를 가로저었다.

"여기에 있어야 해요."

그녀는 발렌티나가 틀림없이 아파트에 머무르고 있다고 생각했다.

잭이 줄리아를 내려다보자 그녀는 그의 목을 두 팔로 감쌌다.

"올라가요."

그녀는 그렇게 말하고 앞장을 섰다.

아파트에 발을 들여놓고 나서 그들은 잠시 머뭇거렸다.

"아침은 먹었니?"

잭이 물었다. 그는 몹시 배가 고팠지만 딸의 장례식 날 아침 먹을 생각이나 하는 자신이 부끄러웠고 죄책감까지 들었다.

"아뇨."

줄리아가 들릴 듯 말 듯 말했다.

"집에 음식이 좀 있을 거예요. 아무 거나 드세요. 그동안 저는 옷을 갈아입을게요."

에디는 줄리아를 뒤따라갔다. 어제 런던에 도착했을 때만 해도 에디는 슬픔에 잠겨 제정신이 아니었고 시차 때문에 고생을 했다. 하지만 이제 줄리아가 그녀의 마음을 온통 차지하고 있었다. 오늘 아침에야 에디는 아파트를 찬찬히 둘러볼 수 있었다. 가구, 물건들, 벽에 걸린 그림, 창문으로 들어오는 햇살의 각도. 허공에도 엘스페스가 존재하고 있다는 느낌이 갑자기 들었다. 그들의 유년생활이 박물관에 고스란히 보존되어 있는 것 같았다. 에디는 몸을 떨었다. 그녀는 줄리아가 운동복을 벗는 동안 침실 문턱에 서 있었다. 줄리아는 보라색 드레스와 흰색 스타킹 그리고 검정색 에나멜 구두를 펼쳐 놓고 있었다. 그것은 발렌티나에게 입히기로 결정한 것과 같은 차림새였다.

"안 돼."

에디가 말했다.

"뭐가요?"

"발렌티나가 입고 있는 옷을 입으려고? 나는…… 차마 못 보겠다. 네가 다른 옷을 입었으면 좋겠어. 그렇게 해."

"그렇지만……."

"제발 내 말 들어. 너무 하는 거 아니니?"

줄리아는 엄마를 바라보다가 마음이 누그러졌다. 그녀는 속옷차림으로 드레스 룸으로 들어가서 옷걸이에 걸려 있는 옷을 침대 위로 던지기 시작했다.

엘스페스는 에디와 줄리아가 얘기를 나누는 소리를 들었다. 그녀는 서랍에서 나와 천천히 침실로 갔다. 그녀는 양손을 오므려 발렌티나를 귀한 보물이라도 되는 것처럼 감싸고 있었다. 어제 엘스페스는 모든 사람과 떨어져서 지냈다. 밤새도록 정신이 혼란스러운 상태로 자신의 행동을 옹호했다.

'에디를 절대 보지 않을 거야. 그녀는 충격으로 마음이 혼란스러울 테지. 에디를 보고 싶지 않아. 모두 내 탓이야. 하지만 런던으로 건너왔으니 그녀를 봐야 해. 에디가 사실을 알면 나를 절대 용서하지 않겠지. 바보, 겁쟁이. 나는 겁쟁이에다가 살인자야.'

발렌티나는 그녀의 기분을 감지한 것처럼 보이더니 차분해졌다. 엘스페스가 어두운 생각에 잠겨 있는 동안 먹구름 같은 흐릿한 기운이 발렌티나를 감쌌다. 이제 엘스페스는 마음을 다져먹고 침실 쪽으로 흘러갔다.

에디와 줄리아는 침대의 이쪽과 저쪽에 서서 잔뜩 쌓여 있는 옷가지를 뒤적이고 있었다.

'아, 저기 있군.'

엘스페스는 방문 앞에 서서 두 사람을 지켜보았다. 그녀의 손 안에 들어 있는 발렌티나는 환해지면서 심장처럼 요동을 치는 것 같았다.

'아, 무슨 일이 있었던 거야? 왜 저렇게 늙었지? 어쩌다가 이런 불행한 일이 너한테 일어났을까?'

그녀가 마지막으로 에디를 보았을 때는 1984년이었다. 그때 두 사람은 히드로 공항에서 서로를 포용한 채 흐느꼈다. 그들의 옆에는 쌍둥이 유모차가 놓여 있었다.

'21년이 지나 여기서 다시 만났구나. 그런데 너무 달라 보여. 하기야 그동안 나이도 많이 들었지. 그렇지만 분명히 다른 무슨 일이 있었어. 그게 뭐지? 무슨 일이 있었던 거야?'

엘스페스는 에디를 빤히 바라보며 생각했다.

'잭이 제대로 돌봐주지 않았구나. 너 혼자서 힘겹게 살았던 게 분명해. 나만큼 너를 사랑해 주는 사람은 아무도 없었지. 우리가 함께 지냈더라면…… 오, 엘스페스.'

그녀는 방의 한쪽 구석으로 살금살금 다가갔다. 줄리아가 갑자기 그녀를 향해 시선을 돌리더니 가만히 지켜보기만 했다.

'줄리아, 나를 볼 수 있는 거니? 아니면 발렌티나를 보는 거야?' 엘스페스는 창가에 앉아서 자신의 모습을 지우려고 애썼다. 발렌티나가 그녀의 손 안에서 몸을 비틀며 몸부림을 쳤다. 줄리아가 엘스페스가 앉은 곳으로 건너오더니 발렌티나를 향해 한 손을 내밀었다. 발렌티나는 줄리아가 자신을 만지는 동안 가만히 있었다. 줄리아는 눈을 감고 말했다.

"발렌티나?"

"뭐하는 거니?"

에디가 물었다. 줄리아는 창가에 서서 한손을 내밀고 있었다.

"줄리아?"

에디가 불렀다.

"발렌티나가 여기에 있어요!"

줄리아는 그렇게 말하고 나서 갑자기 울음을 터뜨렸다.

"뭐라고? 아냐, 줄리아…… 이리, 이쪽으로 와."

에디는 줄리아에게 다가가 그녀를 감싸 주었다. 잭이 문간에 니타났다. 엘스페스는 충격을 받았다. 그는 많이 늙어 있었다. 그리고 예전보다 더 부드러워 보였고 가정적으로 보였다. 에디는 줄리아의 어깨 너머로 잭을 바라보며 고개를 약간 흔들었다. 그러자 그는 물러갔다. 엘스페스는 잭이 아파트를 나가 계단을 내려가는 소리를 들었다. 그녀는 잭이 담배를 피우러 나간다고 생각했다. 그녀는 줄리아와 에디를 지켜보았다. 줄리아가 울음을 멈췄다. 그들을 서로를 감싸 안고 앞뒤로 가볍게 몸을 흔들었다. 엘스페스는 두 사람이 부러웠다. 다음 순간 그녀는 부끄러움을 느꼈다. 에디는 아이들의 엄마가 되어 있었다. 이제 진실 따위는 중요하지 않았다. 모든 것을 되돌리기에는 이제 너무 늦어 버렸다. 한때 중요해 보이던 것들이 지금은 우습고 하찮게 생각되었다.

'우리는 스스로가 굉장히 영리하다고 생각했어. 그런데 사실은 멍청했던 거야. 우리가 모든 일을 망쳐 놓은 거야.'

엘스페스는 자신이 모든 것을 원상태로 되돌릴 수 있는지 생각해 보았다. 발렌티나를 되살리고 쌍둥이 자매를 집으로 돌려보낸다면? 그녀는 발렌티나를 줄리아와 함께 미국으로 돌아가도록 만들 생각이었다. 그럴 수 있다면 어떤 희생도 치를 생각이었다.

'결국 모든 일이 아무런 쓸모없게 되어 버렸군.'

그녀는 비참한 기분으로 자리에서 일어나 방을 나왔다. 그녀는 간절한 열망 같은 것을 느꼈다. 다음 순간 그것이 자신의 열망이 아니라 발렌티나의 열망이라는 것을 깨달았다. 발렌티나는 줄리아와 에디와 함께 머물고 싶어 했다.

'미안하구나. 나는 저 두 사람을 도저히 더 이상 지켜볼 수가 없

어. 너는 나랑 같이 가야 해.'

엘스페스는 서재의 창가로 가서 발버둥을 치는 딸을 가슴에 꼭 갖다 대고 멍하니 밖을 내다보았다. 생각에 잠겨 있는 그녀의 눈에는 아무것도 들어오지 않았다.

누군가 문을 두드리는 소리에 로버트는 줄리아가 찾아온 것이라고 생각했다. 하지만 문을 열어 보니 잭이었다.

"이거 죄송합니다. 집에서 내쫓기는 바람에 어쩌면 이곳에서……."

로버트는 그가 혼자 있고 싶어 하지 않는다는 걸 깨달았다.

"예, 들어오세요."

문을 열어 주기 전까지 로버트는 자기 책상에 앉아 엄청난 양의 원고를 바라보고 있었다. 자신도 혼자 있는 게 무엇보다 싫었다. 그는 잭을 부엌으로 데려갔다.

"뭐라도 좀 드릴까요? 차도 있고 커피도 있습니다. 제임슨(아일랜드산 위스키—옮긴이)도 있고요."

"예, 마지막 걸로 하겠습니다."

로버트는 잔 두 개와 술병을 내놓았다.

"물을 드릴까요? 아니면 얼음을 드릴까요?"

"얼음은 놔두고 물만 주십시오. 감사합니다."

로버트는 유리 물병에 물을 조금 따라서 잭의 앞에 내려놓았다. 그들은 마주 보고 앉았다. 밝은 햇살 때문인지 텅 비어 썰렁했던 부엌이 이상하게도 생기가 흘러넘쳤다. 잭은 아파트 건물에 사는 사람들 가운데 음식을 가지고 있는 사람이 있기는 한지 궁금했다. 로버트는 그가 텅 빈 찬장을 쳐다보는 것을 눈치 채고 말했다.

"먹을거리가 없어서 이상한가요? 그동안 사실 입맛이 별로 없었습니다. 음식을 먹고 싶은 생각이 안 들더군요. 그렇지만 토스트는 만들어 드릴 수 있는데 만들어 드릴까요?"

"예, 그렇게 해 주시면 고맙겠습니다. 위층에는 음식이 아무것도 없더군요. 음식을 안 먹어서 그런지 딸아이가 무척 수척해 보였습니다."

로버트는 아무 대꾸도 하지 않고 자리에서 일어나 토스트를 만들기 시작했다. 그는 냉장고를 열고 마멀레이드와 마마이트(토스트에 바르는 일종의 건강 소스―옮긴이)를 꺼냈다. 그런 다음 식탁에 앉았다. 잭은 의자의 등받이에 몸을 기댔다. 자그마한 의자들은 비닐과 쇠붙이로 되어 있는 구식이었다. 로버트는 의자가 잭의 육중한 체구를 감당할 수 있을지 궁금했다. 그는 다시 일어나 칼과 포크 등을 가지러 갔다.

"개인적인 질문 하나 드려도 되겠습니까?"

잭이 말했다. 로버트는 애매하게 대답을 하고 자리에 앉았다.

"그러니까 선생님이 엘스페스의……"

잭은 결혼을 하지 않고 그냥 애인 사이로 지내는 사람을 영국에서는 어떻게 부르는지 몰랐다. 그냥 남자친구? 연인? 그도 아니면 특별한 낱말이 있을까?

"그렇습니다."

로버트는 잭이 무엇을 묻고 있는지 알아차렸다. 그때 갑자기 토스트가 기계에서 튀어 올라 두 사람은 깜짝 놀랐다. 로버트는 세 조각을 잭의 접시에 놓고 자신의 접시에는 한 조각만 담았다. 그는 접시를 잭에게 건넸다. 그들이 마멀레이드를 토스트에 바르는 동안 대화가 잠시 중단되었다. 잭이 토스트를 다 먹을 때까지 두 사람 모두 말이 없었다. 로버트는 손을 대지 않은 네 번째 조각을 그에게 건넸다. 잭은 로버트를 보고 세상일에 초연한 사람 같다고 생각했다. 로버트는 자리가 불편해서 속까지 거북할 지경이었다.

잭은 직접 위스키를 잔에 따른 다음 물을 조금 섞었다. 그러고 나서 말을 이었다.

"혹시 엘스페스가 자신과 에디 사이에 무슨 일이 있었는지 말하던가요?"

로버트는 고개를 가로저었다. 그가 예상한 말은 아니었다.

"살아 있을 때는 못 들었습니다. 엘스페스는 저한테 자신의 모든 기록을 남겼습니다. 그중에는 일기장도 있었죠. 그리고 편지가 한 통 있었는데 거기에 약간 설명이 되어 있더군요."

"아, 그래요? 제가 그 기록들을 살펴볼 수는 없겠죠? 편지라도 보고 싶은데 안 되겠죠?"

"흠. 엘스페스의 유언장을 보셨죠? 그녀는 여동생 부부가 자신의 기록을 절대 못 보게 해 달라고 밝혔습니다."

"음……."

잭은 남아 있는 토스트를 마저 먹었다. 로버트는 그를 지켜보았다.

"그럼 한 가지만 여쭙겠습니다. 다른 것들은 모두 알고 있습니다."

"그게 뭐죠?"

"왜 두 자매가 그런 짓을 했죠?"

로버트는 아무 말도 하지 않았다.

"저는 우리가 왜 어처구니없는 게임을 이처럼 오랫동안 하고 있는지 알고 싶습니다. 제가 아는 한 이 게임에서는 어느 누구도 속지 않았습니다. 하지만 무슨 이유인지 몰라도 우리 모두는 모르는 척 계속 연기를 해야 합니다."

"무엇을 모른다는 거죠?"

"자매가 자기들끼리 바꿔치기한 거 모르십니까?"

"그건 알고 있습니다. 하지만 엘스페스는 편지에서 당신이 눈치 못 챘다고 하던데요."

"내가 눈치를 챘다는 건 그녀도 알고 있었습니다. 임신을 하니까 체형이 확실히 변하더군요. 에디만 아무것도 모르고 있었지요. 제가 볼 때 그녀는 확실히 모르고 있었습니다. 혹시 엘스페스가 에디에게 해코지를 하려고 이런 괴상한 게임을 생각해 낸 건 아닐까요? 물론 선생님은 아무 말도 해 줄 수 없을 겁니다. 이해합니다. 그럼 이렇게 하면 어떨까요? 제가 이해하고 있는 상황을 말씀드리겠습니다. 제 얘기를 들으시고 이치에 맞거나 옳다고 생각되시면 눈썹을 약간 치켜뜨기만 하면 됩니다. 그렇게 해 볼까요?"

"좋습니다."

"예, 그럼 그렇게 해 보죠."

잭은 위스키를 한 모금 마셨다.

"저는 이 시간에는 술을 마시지 않습니다."

"그건 저도 마찬가집니다."

최근까지는 그랬다. 로버트는 위스키를 자기 잔에 조금 따랐다. 위스키의 역겨운 냄새 때문에 속이 뒤집어질 것 같았다. 그는 조심스럽게 술을 들이켰다. 아침에 맡는 네이팜 냄새가 좋았다.

"자, 그럼 시작하겠습니다. 때는 1983년으로 거슬러 올라갑니다. 에디와 엘스페스 노블린은 해머스미스에 있는 작은 아파트에서 살았습니다. 지저분한 동네였지만 두 자매의 어머니한테는 경제적 부담이 컸습니다. 그때 쌍둥이 자매는 옥스퍼드에서 내려와 있었고 저는 지금 근무하는 은행의 런던 지사에서 일하고 있었습니다. 그때 저는 우리 두 사람이 에디라고 알고 있는 여자와 약혼을 한 상태였습니다. 하지만 그 당시에 그녀는 엘스페스였죠. 혼란을 피하기 위해 두 자매가 현재 사용하고 있는 이름으로 부르겠습니다."

"좋습니다."

"엘스페스, 그러니까 선생님이 사귄 엘스페스는 저를 전혀 좋아하지 않았습니다. 물론 적대감을 눈에 띄게 표현하지는 않았습니다. 그녀는 영국 사람들이 흔히 하는 방식대로 행동했습니다. 그러니까 저에 대해 알고 싶지 않으니까 제게 아주 무관심하게 대한 거죠. 개인적인 감정이 있어서 그런 건 아닐 겁니다. 하지만 그녀는 앞으로 어떤 일이 벌어질지 알고 있었습니다. 제가 에디를 미국으로 데려갈 거라는 사실을 알고 있었던 거죠. 쌍둥이 자매의 문제가 선생님과 엘스페스의 관계에 얼마나 영향을 미쳤는지 저는 모릅니다만……."

"별로 영향을 미치지 않았습니다. 에디가 떠난 뒤로 엘스페스는 에디에 대해 거의 언급하지 않았습니다. 하지만 줄리아와 발렌티나는 다르죠. 느끼는 게 많았습니다."

로버트는 줄리아가 자기 부모님에게 자신과 발렌티나의 관계에 대해 어떻게 말했을지 궁금했다.

"아, 쌍둥이 말이 나왔으니 얘기를 좀 하죠. 어느 누구도 잃어버린 반쪽을 대체할 수 없습니다. 에디와 저는 발렌티나를 사랑했습니다. 하지만 줄리아는…… 어떻게 애가 그럴 수 있는지 모르겠는데……."

잭은 자기 손을 바라보았다. 로버트는 긴장감으로 숨을 쉬기조차 힘들었다.

"아무튼, 에디와 엘스페스는 이상한 행동을 하기 시작했습니다. 선생님은 그 둘이 같이 있는 모습을 못 보셨을 겁니다. 정말 많이 닮았습니다. 하지만 자기들이 생각했던 것만큼 닮은 건 아닙니다. 역할을 서로 바꿔 생활할 때는 항상 어쩔 수 없이 연기를 하더군요. 자신이 아닌 다른 사람이 되었으니 그럴 수밖에요. 저는 두 자매가 서로 역할을 바꿔 생활할 때 미세한 차이, 그러니까 연기의 흔적을 발견할 수 있었습니다. 아무튼 에디는 엘스페스인 척하기 시작했습니다. 다시 말해, 제 약혼녀는 자기 언니인 척하기 시작한 거죠. 그녀는 저를 정말 싫어했던 엘스페스라면 절대로 하지 않았을 방식으로 저를 유혹하기 시작했습니다.

"왜 그랬을까요?"

잭은 고개를 가로저었다.

"아내는 항상 자신감이 부족했습니다. 두 자매 가운데 약한 쪽이죠. 그렇지만 세월이 흐르면서 강한 쪽의 성격을 어느 정도 닮더군요. 저는 그녀가 저를 시험했다고 생각합니다. 내가 어떻게 하는지 보려고요."

"그래서 어떻게 했습니까?"

"미치겠더군요. 그러다가 큰 실수를 저지르고 말았습니다. 그들의 게임을 모른 척 받아들인 거죠."

"아."

"그때부터 일이 복잡하게 꼬이기 시작했습니다. 저는 결혼식 때 제 옆에 서 있던 여자가 에디였다고 99퍼센트 확신합니다. 제 아내 에디, 무슨 말인지 아시죠. 시카고 행 비행기에 오르는 순간 바꿔치기가 이루어졌죠."

로버트는 비행기에서 엘스페스가 잭의 옆자리에 앉아 있는 모습을 상상했다.

"엘스페스는 겁이 많아 비행기 타는 걸 끔찍하게 생각합니다."

"그건 두 자매 모두 똑같습니다. 지금 와서 생각하니 미친 생각 같지만 그 때문에 에디와 저는 아이들을 보러 오지 않았습니다. 아무튼 제가 돌아 버린 것은 바꿔치기 때문이 아닙니다."

로버트는 그가 구체적으로 설명을 할 것이라고 생각하고 잠자코 기다렸다.

"엘스페스가 남긴 기록에 해답이 틀림없이 들어 있을 겁니다. 그렇지 않고서야 왜 쌍둥이 딸들을 저희한테서 떼어 놓으려고 그렇게 발버둥을 쳤겠습니까?"

잭은 설명을 하지 않고 그렇게만 말했다.

"그렇지만 저는 이해를 못하겠군요. 선생님이 알고 싶은 게 정확히 뭡니까? 엘스페스는 임신을 했고 선생님은 아이들의 아빠였습니다. 엘스페스와 에디는 역할을 서로 바꾸면 모든 것이 해결될 거라고 믿은 것 같습니다."

로버트가 말했다.

"저는 엘스페스와 한 번도 자지 않았습니다."

잭이 말했다.

로버트는 머리가 터져 버릴 것 같았다.

"잠깐 기다리세요."

그렇게 말하고 나서 그는 자리에서 일어나 가정부 침실로 갔다. 그리고 엘스페스의 편지가 꽂혀 있는 일기장을 찾아냈다. 그는 일기장이 담긴 상자를 통째로 들고 부엌으로 돌아왔다. 그는 일기장을 하나 뽑아내어 내용을 훑어보다가 말했다.

"1983년 만우절에 적은 내용입니다."

그는 그렇게 말하면서 일기장을 잭에게 건넸다.

"나이츠브리지에서 열린 파티에 참석했다가 두 사람은 술에 취했습니다. 에디를 상대로 장난을 치려고 했나 봅니다."

잭은 일기장을 잡은 손을 쭉 내뻗은 상태로 읽었다.

"그녀는 제 이름을 언급하지 않았네요."

"자매는 일기장을 함께 적었습니다."

로버트가 대꾸했다. 그는 잭을 향해 몸을 기울이고 첫 번째 문장 바로 아래쪽을 손으로 가리켰다.

"이게 에디의 글입니다."

'젠장. 나는 아무것도 가질 수 없는 거야?'

거기에는 그렇게 적혀 있었다. 잭은 고개를 들고 혼란스러워하는 표정을 지었다.

"그들은 본래 상태로 되돌리려고 애썼습니다. 그렇게 하면 어떤 결과를 얻을지 모르고서 말입니다. 선생님에게 상처를 입히고 싶지는 않았을 겁니다."

"예. 나는 어쩌다 보니 두 여자 사이에 끼였을 뿐입니다."

그는 일기장을 식탁에 내려놓고 눈을 감고 입술을 굳게 다물었다. 로버트는 잭이 아이들의 아빠라는 사실을 정말 모른다는 걸 알고 깜짝 놀랐다. 발렌티나를 생각하자 로버트는 무력감과 분노를 느꼈다. 그는 아무 말도 할 수 없었다. 마침내 그는 다른 일기장을 가리키며 말했다.

"다른 일기장을 모두 읽어 보셔도 됩니다."

"아니, 그만 됐습니다. 알고 싶은 내용을 벌써 발견했는걸요."

잭은 자리에서 일어나 잠시 비틀거렸다. 그들은 서로의 얼굴을 쳐다보다가 시선을 돌렸다. 두 사람 모두 앞으로 어떻게 해야 할지 감을 잡지 못했다.

"로더데일 하우스에서 뵙겠습니다."

로버트가 말했다.

"예. 음…… 고맙습니다."

잭은 무거운 발걸음으로 아파트를 나섰다. 로버트는 느릿느릿 계단을 올라가는 그의 발소리를 들었다. 문이 열렸다가 닫히는 소리가 들려왔다. 로버트는 지갑과 열쇠를 들고 꽃을 사러 나갔다.

발렌티나의 장례식은 로더데일 하우스에서 거행되었다. 로더데일은 16세기에 영주의 저택이었는데 넬 귄(1650~1687, 영국의 인기 여배우로 찰스 2세의 총애를 받았으며 1670년에 잠깐 로더데일에서 살았다고 함—옮긴이)이 한때 살았던 곳이다. 이제 그곳은 화랑과 예식장 그리고 카페로 쓰인다. 장례식은 인물화와 요가 강의를 주로 하는 2층의 커다란 방에서 거행되었다. 목골조로 되어 있고 마무리 손질을 하지 않은 방이었다. 일을 하던 목수들이 잠시 휴식을 취하러 어디론가가 버린 것 같은 그런 방이었다. 가대에 올라가 있는 관은 방의 앞쪽에서 백장미로 뒤덮여 있었다. 방의 나머지 공간은 접이식 의자로 가득 채워졌다. 줄리아는 맨 앞줄에서 부모님 사이에 앉아 창밖을 물끄러미 내다보고 있었다. 그녀는 넬 귄이 로더데일 하우스에서 자신의 아기를 창문 밖으로 대롱대롱 매달았다는 이야기를 누군가로부터 들은 기억이 났다. 줄리아는 넬 귄이 왜 그런 짓을 했는지, 또 어떤 창문에서 그런 짓을 했는지 기억할 수 없었다.

관은 흰색의 강철로 단순하게 장식되었다. 세바스찬은 방을 휘젓고 다니면서 물병과 유리잔을 연단에 올려놓고 새로 도착한 화환을 관 앞에 세워 놓았다. 줄리아는 무척 노련하고 차분하게 장례를 준비하는 그를 보고 대저택의 집사 같다는 생각을 했다. 그녀는 아직까지 집사를 한 번도 만나 본 적이 없었다. 세바스찬은 그녀가 자기를 보고 무슨 생각을 하는지 알고 있다는 듯 그녀를 힐끗 쳐다보고는 잔잔한 미소를 지었다.

'아무래도 장례식 도중에 울음을 터뜨릴 것 같아. 한 번 울음이 터지면 걷잡을 수 없을 텐데 어쩌지?'

그녀는 생각했다. 어딘가로 숨어 버리고 싶었다. 세바스찬은 연단 옆에 화장지 한 상자를 갖다 놓았다. 직업상 이런 일을 항상 하는 것 같았다. 줄리아는 자신이나 자기가 아는 사람들에게 죽음이 닥칠 거라고는 한 번도 생각해 보지 않았다. 묘지에 묻혀 있는 모든 사람들이 그녀에게는 그저 비석, 이름 그리고 생몰 날짜로만 다가왔다. '사랑하는 엄마'나 '헌신적인 남편'과 같은 흔해빠진 문구들도 마찬가지였다. 엘스페스 이모의 영혼 따위는 모두 속임수 같았다. 그녀는 줄리아에게 전혀 실제적 존재로 느껴지지 않았다. 하지만 발렌티나는 앞에 놓인 관에 분명히 들어 있었다. 도저히 믿어지지 않았다.

줄리아는 동생의 영혼을 만나 보고 싶었다.

'발렌티나, 제발 이리 와서 두 팔로 나를 안아 봐. 너랑 한자리에 앉아 점치는 도구로 우리만의 얘기를 적어 보고 싶어. 만약 그렇게 할 수 없으면 나를 바라보기만 해. 나는 그것으로 족해. 어디에 있는 거니? 여기에는 없어. 그렇지? 하지만 네가 떠나 버린 사실이 믿어지지 않아. 너는 나의 수족과 같아. 네가 떨어져 나가면 나는 참을 수 없는 고통을 느낀단 말이야. 나는 계속 너를 찾고 있어. 멍청이가 되어 버린 느낌이야. 제발 내게로 와. 나를 찾아보란 말이야. 어디에 있는지 모르겠지만 빨리 돌아와. 나랑 함께 있어 줘. 두렵단 말이야.'

줄리아는 엄마를 바라보았다. 에디는 뻣뻣하게 앉아서 자그마한 핸드백을 손가락 마디가 하얘지도록 거머쥐고 있었다. 그녀 역시 두려워하는 것 같았다. 그녀의 아빠는 덩치에 비해 너무 작은 의자에 앉아 있었다. 그의 몸에서는 새 담배와 알코올 냄새가 났다. 줄리아가 그에게 몸을 기대자 그는 그녀의 손을 잡아 주었다.

사람들이 줄지어 들어와서 접이식 의자를 채워 나갔다. 줄리아는 뒤를 돌아보았지만 모두가 낯선 사람들이었다. 묘지에서 온 사람들도 있었다. 제시카와 제임스 부부는 유가족의 바로 뒤에 앉았다. 제시카가 줄리아의 어깨를 다독거려 주었다.

"안녕하세요."

그녀는 종 모양의 검은색 모자를 쓰고 있었다. 작은 모자에는 점이 촘촘하게 박힌 베일이 달려 있었다. 점은 그물에 걸려든 별처럼 보였다. 발렌티나가 살아 있었으면 무척 탐을 냈을 모자였다.

"예, 안녕하세요."

줄리아는 달리 대꾸할 말이 생각나지 않아 그렇게 말했다. 그녀는 짧게 미소를 지어 보이고 나서 몸을 돌려 다시 관을 바라보았다. 차라리 뒤쪽 자리에 앉았으면 나을 걸, 하고 생각했다.

사회를 보게 될 여자가 종이끼우개를 들고 방의 앞쪽에 서서 사람들이 자리에 앉는 모습을 지켜보고 있었다. 그녀는 어깨에 빨간색 숄을 걸치고 있었다. 줄리아는 어떤 식으로 장례가 진행되는지 궁금했다. 그녀의 가족은 종교적이지 않은 의식으로 장례를 치르고 싶다고 미리 얘기해 두었다. 로버트는 인도주의 협회를 통해 모든 것을 준비했다. 그는 줄리아에게 유가족을 대표해서 한마디 할 것인지 물어보았다. 그래서 지금 그녀의 손가방에는 몇 번이나 지우고 고친 연설문이 들어 있다. 처음에 연설문은 완전히 엉망진창이었다. 부적절한 표현도 많았고 거짓에 가까운 내용도 있었다. 마틴은 연설문을 그녀에게 읽어 주고 문구를 적당히 수정해 주었다. 그렇지만 아직도 줄리아가 표현하고 싶어 하는 내용과는 거리가 멀었다. 줄리아는 어차피 발렌티나가 듣지도 못할 내용일 텐데 상관없다고 생각했다.

빨간색 숄을 걸친 사회자가 말을 시작했다. 그녀는 일단 참석자들을 환영하면서 위로가 될 수 있는 말을 몇 마디 했다. 그러고 나서 발렌티나를 알고 지낸 사람들에게 그녀에 대해 잠깐 얘기해 달라고 부탁했다.

로버트가 먼저 연단에 섰다. 그는 사람들을 둘러보았다. 방은 절반쯤 채워져 있었다. 유가족은 불과 일이 미터 떨어진 거리에 앉아서 슬픔을 억누르며 그를 쳐다보고 있었다. 그는 마음속으로 발렌티나에게 용서를 빌었다. 목청을 가다듬고 안경을 고쳐 썼다. 처음에 그의 목소리는 지나치게 부드러웠고 다음 순간에는 너무 컸다. 로버트는 지금 이 순간 차라리 다른 곳에서 다른 일을 하고 있었으면, 하고 바랐다.

"아더 윌리엄 에드거 오쇼네시의 시를 읽겠습니다."

그는 그렇게 말하고 나서 종이를 똑바로 들고 시를 읽기 시작했다.

새로운 사랑을 위해 또 다른 정원을 만들었네.
죽은 장미를 버려 두고 그 위에 새 장미를 심었네.
왜 나의 여름은 시작되지 않았을까?
왜 내 가슴은 빨리 뛰지 않았을까?
나의 옛 사랑이 다가와 정원을 짓밟네.

그녀는 늙은이처럼 피곤한 미소를 지으며 들어갔네.

잠시 주변을 둘러보더니 추위로 몸을 떨었네.
그녀의 스치는 손길은 모든 것에게 죽음이었고
스쳐지나가는 눈길은 곧 파멸이었네.
그녀는 하얀 장미의 꽃잎이 떨어지게 했고
붉은 장미를 하얗게 바꾸어 버렸네.

시는 좀 더 남아 있었지만 로버트는 읽지 않았다. 그는 의자에 앉아 있는 사람들을 바라보고 나서 다시 시를 읽으려다가 마음을 바꾸었는지 갑자기 자리에 앉았다. 사람들은 그가 낭송한 시를 듣고 나서 어리둥절한 표정을 지었다. 뒤쪽에서 웅성거리는 소리도 들렸다. 제시카는 시가 분위기에 전혀 어울리지 않는다고 생각했다. 그것은 엘스페스를 비난하는 시였다. 로버트는 시를 읽을 것이 아니라 발렌티나에 관해 무슨 말을 했어야 했다. 에디와 잭은 자기들 앞에 놓인 하얀색 관만 바라보고 있었다. 잭은 로버트가 도대체 무슨 뜻으로 그런 시를 읽었는지 궁금했다.

줄리아는 화가 났지만 억누르려고 애썼다. 그녀는 연단으로 걸어갔다. 누군가 그녀의 팔다리를 원격조종하고 있는 것 같았다. 그녀는 연설문을 펼쳐 놓고 그것을 보지도 않고 말을 하기 시작했다.

"우리는 고향에서 멀리 떨어진 곳에 있습니다…… 우리와 알고 지낸 지 얼마 되지 않은데도 불구하고 이렇게 찾아와 주셔서 감사드립니다."

그다음에 무슨 말을 하려고 했는지 잠시 기억을 더듬었다.

"발렌티나는 제 쌍둥이 동생입니다. 우리가 헤어지게 될 줄은 정말 꿈에도 몰랐습니다. 그럴 계획도 없었습니다. 우리는 영원히 함께 지내려고 했습니다. 우리가 어릴 적에 부모님은 링컨 공원 동물원으로 우리를 데려간 적이 있었습니다. 아실지 모르겠지만 그곳은 시카고 한복판에 있는 대형 동물원입니다. 에뮤(호주산의 날지 못하는 큰 새―옮긴이)나 기린 같은 동물들을 둘러보면서 고층건물을 볼 수 있는 곳입니다. 그곳에서 우리는 호랑이를 구경했는데, 호랑이는 거짓 풍경 속에서 생활하고 있었습니다. 어디에서 들여온 호랑이인지 모르겠지만 사람들은 녀석이 중국이나 본래 서식지에 있다고 착각하길 원했던 것 같습니다. 그 호랑이를 사랑하게 된 발렌티나는 녀석을 하염없이 바라보기만 했습니다. 그러자 녀석이 다가와서 그녀를 빤히 바라보는 겁니다. 둘은 그렇게 서로를 빤히 바라보며 서 있었습니다. 그러다가 결국 녀석은 고개를 끄덕이더니 가 버렸습니다. 그때 발렌티나가 그러더군요. 자기는 죽으면 호랑이가 되겠다고. 그래서 저는 그녀가 지금쯤 호랑이가 되어 있지 않을까 추측해 봅니다. 하지만 동물원을 워낙 싫어해서 동물원에 들어가 있지는 않을 겁니다."

줄리아는 숨을 깊이 들이마셨다. 울음이 나올 것 같았지만 절대 울지 않겠다고 다짐했다.

"그것은 우리가 여덟 살 때 일입니다. 그리고 최근에 우리는 사후 세계에 대해 이전까지와는 다르게 생각하게 되었습니다."

로버트는 그 소리에 가슴이 덜컥 내려앉았다. 줄리아는 말을 이었다.

"저는 발렌티나가 죽음에 대해 정확히 어떻게 생각하고 있었는지 모르겠습니다. 우리가 이곳으로 이사를 온 뒤로 동생은 죽음이라는 문제에 약간 흥분하는 것 같았습니다. 하지만 그건 아마도 공동묘지 옆에서 살고 있어서 그랬을 겁니다. 우리는 스물한 살밖에 안 되었기 때문에 죽음의 문제는 우리와 직접적인 관련이 없는 것처럼 보였습니다."

줄리아는 지금껏 방의 뒤쪽에 있는 꽃들을 보고 말을 하다가 이제는 자기 엄마를 바라보았다.

"죽음을 원한 건 아니었겠지만 어쨌든 그녀는 공동묘지의 아름다움에 매력을 느꼈습니다. 어차피 이렇게 된 마당에 저는 그녀가 묘지에 묻히게 되어 행복해할 거라고 생각합니다."

달리 무슨 말을 할 수 있겠는가? 줄리아는 발렌티나 없이 앞으로 어떻게 살아갈지 암담하기만 했다. 자신의 반쪽이었던 그녀가 떠나 버렸다. 줄리아는 따라 죽고 싶었다.

"아무튼 이렇게 찾아와 주셔서 다시 한 번 감사드립니다."

줄리아는 말을 마치고 자리에 앉았다. 손님들 사이에서 중얼거리는 소리가 들려왔다. 로버트는 세바스찬을 바라보았다. 표정을 보아하니 세바스찬은 연설들이 조금 특이하다고 생각하는 것 같았다. 사회자는 몇 마디를 하고 나서 사람들에게 워터로우 공원을 가로질러 묘지로 오라고 당부하면서 참석해 준 데 대해 다시금 고맙다는 인사를 전했다. 관을 메는 사람들이 관을 들고 밖으로 나갔다. 사람들은 가족들이 관을 뒤따라 나갈 줄 알고 자리에 앉아서 기다렸다. 그런데 유가족이 미동도 하지 않자 자기들끼리 낮은 소리로 수군거리더니 모두 자리에서 일어나 삼삼오오 떼지어 나갔다. 가족들은 방이 텅 빌 때까지 앉아 있었다. 로버트는 층계참에 서서 그들을 기다렸다. 결국 세바스찬이 에디에게 팔을 내밀었다. 세바스찬은 그녀가 묘지까지 따라가서 매장 장면을 지켜볼 수 있을지 궁금했다.

"물 좀 드시겠습니까?"

그가 물었다.

"아니, 됐어요."

잭과 줄리아가 자리에서 일어섰다. 에디는 세 사람을 올려다보았다. 그녀는 몸을 움직일 수 없을 것 같았다. 줄리아가 몸을 기울여 그녀의 귀에 대고 속삭였다.

"여기에 계셔도 돼요. 제가 곁에 있어 줄게요."

에디는 고개를 절레절레 흔들었다. 그녀는 주변의 모든 것을 차단하고 싶었다. 그녀는 아직도 로버트가 읽어 준 시의 구절 가운데 정원을 짓밟았다는 부분을 생각하고 있었다. 자신이 그런 정원에 혼자 있는 상상을 했다. 꽃들은 모두 죽고 밤이 내리고 있었다. 발렌티나와 엘스페스가 그곳에 묻혀 있었다. 에디는 그렇게 미동도 없이 앉아 있고 다른 사람들이 방해하지 않으면 죽은 두 사람이 자신에게 하는 소리를 들을 수 있을 거라고 생각했다. 그녀는 그런 환상을 떨쳐 버릴 수가 없었다. 잭이 손을 뻗어 에디를 의자에서 일으켜 세웠다. 그리고 그녀를 품에 안았다. 그녀는 흐느껴 울기 시작했다. 세바스찬은 밖으로 나가 층계참에 있는 로버트에게 다가갔다. 그들은 에디가 흐느끼는 소리를 들었다. 줄리아가 방에서 나와 그들을 스쳐 지나갔다. 그녀는 두 사람에게 고맙다는 말도 하지 않고 아래층으로 내려가 버렸다.

로버트는 자신과 엘스페스 그리고 발렌티나, 그렇게 세 사람이 계획한 끔찍한 일을 곰곰이 생각해 보았다. 에디의 눈물은 그의 초연함, 그냥 하루를 무심하게 보내려는 그의 결심, 자신이 예의바른 사람이라는 생각을 모두 허물어 버리는 용매였다. 그는 자신이 극악무도한 사람이라는 사실을 뒤늦게야 깨달았다. 이제 그가 할 수 있는 거라고는 계획을 끝까지 실행하는 것밖에 없었다. 하지만 그 계획은 의도가 좋지 않았고 사악하고 이기적이었다.

"안 돼. 난 할 수 없어."

그가 말했다.

"뭐라고?"

곁에 서 있던 세바스찬이 물었다.

"아무것도 아니야."

로버트가 말했다.

제시카는 강한 기시감을 느꼈다. 다시 한 번 그들 모두는 노블린 가문의 가족 묘실을 둘러싸고 서 있었다. 엘스페스를 매장할 때는 겨울이었는데 지금은 여름이었다. 영구차 옆에는 나이젤이 서 있고 매장 팀이 대기하고 있었다. 로버트는 필과 세바스찬 옆에서 망연자실한 표정을 짓고 있었다. 오늘은 목사가 없었다. 대신 인도주의 협회에서 나온 여자가 몇 마디를 했다. 발렌티나의 관은 가족 묘실의 바닥에 놓여졌다. 이제 그것은 엘스페스의 관 바로 아래쪽의 공간으로 들어갈 준비가 되어 있었다. 가족들은 서로를 부둥켜 안았다. 줄리아와 그녀의 아버지가 사실상 에디를 부축하고 있었다. 에디는 온

몸에 힘이 빠져 땅바닥에 주저앉기 일보 직전이었다. 세바스찬이 능숙한 손놀림으로 접이식 의자 몇 개를 펼쳤다. 가족들은 가족 묘실의 문에서 시선을 잠시도 떼지 못한 채 의자에 주저앉았다. 제시카는 젊은 나이에 목숨을 잃은 발렌티나에 대한 안타까움을 느끼면서 로버트를 바라보았다. 그녀는 이른 새벽에 묘지로 들어온 그를 붙잡고 난 뒤로 한 번도 그와 얘기를 나누지 않았다.

"저러다가 아무래도 기절할 것 같아요."

그녀는 남편 제임스에게 속삭였다. 얼굴이 완전히 창백해진 로버트는 쉬지 않고 땀을 흘리고 있었다. 제임스는 고개를 끄덕였다. 그는 제시카를 부축할 필요가 있다고 생각했는지 그녀의 팔을 붙잡았다.

모든 절차가 끝났다. 나이젤은 가족 묘실의 문을 닫았다. 사람들은 오솔길을 내려가기 시작했다. 로더데일 하우스에는 커피와 간단한 음식 그리고 음료가 준비되어 있었다. 잭 풀이 나이젤과 얘기를 나누는 동안 줄리아와 에디는 잠자코 기다렸다. 로버트는 혼자서 오솔길을 내려왔다. 뒤에서 제시카가 그를 불렀다.

그는 몸을 돌리고 잠시 머뭇거리다가 그녀에게 다가갔다.

"로버트, 정말 안 됐어요."

제시카가 말했다.

그는 고개를 흔들었다.

"제 탓입니다."

"아닐세. 그건 아니야. 이런 일은 누구한테나 일어날 수 있어. 운이 아주 안 좋았던 거지."

제임스가 말했다.

"모두 제 탓입니다."

로버트는 같은 말을 반복했다.

"너무 자책하지 마세요."

제시카가 말했다. 그녀는 불안해지기 시작했다. 로버트가 자신들을 바라보는 눈빛이 왠지 이상했다. 그녀는 로버트가 엘스페스를 잃은 충격으로 점점 마음의 안정을 잃어 간다고 생각하던 참이었다. 그런데 이제는 정말 한계에 이른 것 같았다. 그가 읽어 준 시에서도 그런 느낌을 받을 수 있었다.

"같이 내려가요."

그녀가 말했다. 그들은 이집트 거리를 지나 회랑 쪽으로 천천히 걸어 내려갔다.

로더데일 하우스에서는 발렌티나와 안면이 있는 사람들이 대화를 거의 주도했다. 에디와 잭은 아파트로 돌아갔다. 에디는 집에 들어가자마자 침대에 드러누웠다. 줄리아는 하이게이트 공동묘지의 친구들이라는 모임의 젊은 사람들에 둘러싸여 아무 말도 하지 않고 앉아서 어찌할 바를 모르고 있었다. 필은 차와 샌드위치를 그녀에게 갖다 주고 근처에서 맴돌았다. 그는 사람들의 시중을 들고 있었다. 로버트가 그녀에게 건너왔다.

"집까지 바래다 줄까요? 아니면 세바스찬이 차로 태워다 줄 수도 있습니다."

그가 말했다.

"좋아요."

그녀가 말했다. 로버트는 그녀의 안색을 살피고 나서 아무래도 차로 태워다 주는 게 낫겠다고 생각했다. 그녀는 무기력해진 상태였다. 그녀는 멍한 표정을 짓고 있었고 질문을 제대로 이해하지 못하는 것처럼 보였다. 그는 자원봉사자들에 둘러싸여 있는 그녀를 데리고 길가로 나왔다. 그리고 세바스찬이 차를 가져오는 동안 길가에서 기다렸다.

"엘스페스 이모가 유령이 되기까지 얼마나 걸렸죠?"

줄리아가 그를 쳐다보지도 않고 물었다.

"내 생각에는 목숨을 잃는 순간 곧바로 유령이 된 것 같습니다. 한동안 안개 같은 상태로 있었다고 하더군요."

"오늘 아침에 발렌티나가 침실에 있었다고 생각해요."

줄리아가 고개를 흔들었다.

"왠지 그런 느낌이 들었어요."

"엘스페스와 같이 있었다고요?"

로버트가 물었다.

"모르겠어요. 저는 이모를 볼 수 없어요."

"나도 보지 못합니다."

차가 도착했다. 그들은 차에 올라타고 말없이 언덕을 올라갔다.

그날 오후는 다른 날보다 훨씬 더 길게 느껴졌다. 로버트는 책상에 앉아서 생각도 하지 않고 움직이지도 않았다. 술을 마시고 싶었지만 취해서 일을 망칠까 봐 두려웠다. 그래서 가만히 책상에 앉아서 아무것도 하지 않았다. 에디는 쌍둥이 자매의 침대에서 잠들어 있었다. 잭은 창문의 커튼을 거의 닫고 창가에 앉아 아내의 코고는 소리를 들으며 『노인과 바다』를 읽고 있었다. 줄리아는 도저히 집 안에 붙어 있을 수 없을 것 같았다. 그녀는 뒤뜰로 나가 벤치에 앉 았다. 그리고 두 무릎을 끌어올려 턱을 무릎에 괴고 두 팔로 자기 몸을 감쌌다. 마틴은 창문 근처에 서는 연습을 하고 있었다. 그는 줄 리아를 보고 망설이다가 창문을 두드리며 올라오라는 손짓을 했다. 그녀는 벤치에서 얼른 일어나 비상계단으로 달려갔다. 그는 그녀의 쿵쿵거리는 발소리를 듣고 그녀가 도착할 무렵 뒷문을 열었다. 줄리 아는 말없이 그의 집으로 들어가서 부엌 의자에 앉았다.

"식사는 했어요?"

그가 물었다. 그녀는 고개를 가로저었다. 그는 치즈 샌드위치를 만들기 시작했다. 그리고 우유를 한 잔 따라서 그녀의 앞에 내려놓 았다. 그런 다음 스토브를 켜고 언 치즈 샌드위치를 그 안에 넣었다.

"스토브를 쓰시네요."

줄리아가 말했다.

"괜찮을 것 같다는 생각이 들었어요. 가스 회사에 연락해서 다시 연결했습니다."

"잘하셨어요. 이제 많이 좋아지셨어요."

그녀가 미소를 지었다.

"비타민 덕분이죠."

마틴은 주머니를 뒤지더니 라이터와 담배를 찾고는 담배를 한 개 비 뽑아 불을 붙였다. 그런 다음 맞은편 의자에 앉았다.

"심정이 어때요? 참, 장례식에 못 가 봐서 미안해요."

"오실 거라고 예상도 하지 않았어요."

"로버트가 참석할 건지 묻더군요. 밖으로 나가 층계참에 서 보았는데 더 이상은 내려갈 수 없었어요."

"음…… 괜찮아요."

줄리아는 층계참에서 신문지에 둘러싸여 혼자 아래층으로 내려가려고 애쓰는 마틴의 모습을 상상해 보았다.

마틴은 어떻게 하면 줄리아를 설득해서 그날 밤 자기와 함께 있도록 만들 수 있을지 하루 종일 생각했다. 그는 여러 종류의 대화를 머릿속에 생각해 두고 있었다. 하지만 막상 그녀를 앞에 두고 보니 자기도 모르게 단도직입적으로 묻고 말았다.

"오늘 밤에 뭐 해요?"

줄리아는 어깨를 으쓱했다.

"아마 루즈 레스토랑에 가서 엄마아빠와 저녁을 먹을 거예요. 그 다음에는 잘 모르겠어요. 부모님은 저녁을 먹고 호텔로 돌아가시겠죠."

"부모님을 따라가야 하는 것 아닌가요?"

줄리아는 단호하게 고개를 저었다. 어린아이도 아닌데 그럴 필요 없다는 뜻이었다.

"그럼 여기서 나랑 함께 있을래요? 혼자 있으면 안 될 것 같아서요."

마틴이 말했다.

줄리아는 아파트에 숨어서 돌아다니는 엘스페스 이모를 생각해 보더니 말했다.

"예, 좋아요."

그녀는 우유를 홀짝였다. 타이머에서 소리가 울리기까지 두 사람 모두 아무 말도 하지 않았다. 마틴은 구워진 치즈 샌드위치를 오븐에서 조심스럽게 꺼내 접시에 담아 줄리아의 앞에 내려놓았다. 그녀는 샌드위치와 우유를 바라보고 자신을 돌봐주는 사람이 곁에 있다는 사실이 참 신기했다. 마틴은 그녀가 음식을 먹을 수 있도록 담배를 비벼서 껐다. 그녀가 음식을 다 먹자 그는 접시를 치우며 말했다.

"우리 십자말풀이 할래요?"

"아저씨랑요? 너무 실력 차가 나서 싫어요."

"그럼 카드놀이 할까요?"

줄리아는 망설였다.

"오늘 같은 날에 게임을 한다는 게 좀…… 동생을 봐서라도 해서는 안 될 것 같아요."

마틴은 그녀에게 담배를 권했다. 그녀는 한 개비를 뽑아서 불을 붙였다.

"놀이는 상상력으로 만들어진 것이기 때문에 어떤 특정한 일과 군이 결부시킬 필요는 없다고 생각해요. 어쨌든 알았어요. 그럼 놀이는 관두고 다른 걸 해 보면 어떨까요? 우리 나름대로 추도식을 갖는 겁니다. 동생 일은 나도 안타깝게 생각하니까요. 발렌티나에 대해 얘기 좀 해 줄래요?"

처음에 그는 그녀가 대꾸를 하지 않을 거라고 생각했다. 그녀는 얼굴을 찌푸리며 담배의 끝부분을 바라보았다. 하지만 다음 순간,

더듬거리며 발렌티나에 대해 말하기 시작했다. 줄리아한테서 들은 이야기로 그는 지금은 그녀의 마음속에서 살고 있을 발렌티나의 모습을 그려 나가기 시작했다. 줄리아는 몇 시간 동안이나 발렌티나에 대해 얘기했다. 그러는 동안 오후는 어느새 저녁이 되었다. 마틴은 며칠 전에 아주 잠깐 만났던 발렌티나를 진심으로 애도했다.

제시카가 로버트의 열쇠를 가져가 버렸기 때문에 그는 엘스페스의 열쇠를 가지고 다녔다. 뒤뜰 담장문을 여는 열쇠는 엘스페스의 식기실에 아주 오랫동안 사용되지 않은 채 걸려 있었다. 그는 일주일 전에 엘스페스의 책상에서 노블린 가족 묘실의 열쇠를 가져갔다. 지금 그의 외투 주머니에는 그 두 개의 열쇠가 쌍둥이 자매의 아파트 열쇠와 함께 들어 있다. 로버트는 창가에 서서 앞뜰을 내다보며 어둠이 내리기를 기다리고 있었다.

줄리아와 그녀의 부모가 길을 따라가더니 정문을 빠져나갔다. 저녁을 먹으러 가는 것 같았다. 로버트는 이제 시간이 다가왔다고 생각했다. 지금 실행하지 않으면 두 번 다시 기회를 얻지 못할 것 같았다.

그는 뒷문으로 나간 다음 문을 열어 두었다. 로버트는 뒤뜰을 가로질러 가면서 신문지가 붙어 있는 마틴의 창문쪽을 올려다보았다. 창문에 붙어 있던 신문지 몇 장이 떨어져 나간 것을 확인하고 이상하게 생각했다. 마틴의 서재에는 불이 켜져 있었다. 다른 방들은 모두 캄캄했다. 로버트는 녹색 문으로 빠져나간 다음 문을 빠끔히 열어 두었다.

가장 빨리 노블린 가족 묘실에 가는 방법은 레바논 서클과 이집트 거리를 통과하는 것이다. 그는 좀 더 빨리 가기 위해 손전등을 이용했다. 하늘에는 반달이 떠 있었지만 나무가 울창해서 길은 칠흑같이 어두웠다. 그는 손전등을 끄고 귀를 기울였다. 묘지가 주는 안온함을 알고 있기에 두렵지는 않았다. 들리는 거라고는 여느 때와 다름없는 밤의 소음들밖에 없었다. 이따금 언덕을 오르내리는 차량들의 소리와 몇몇 곤충들의 울음소리. 그것들마저도 밤의 냉기 속에서 아주 희미했다. 로버트는 길에서 나와 노블린 가족 묘실로 올라갔다.

열쇠가 말을 잘 듣지 않았다. 자물쇠에 기름을 칠해 둘 걸 그랬다고 생각했다. 어떻게 해서 열쇠를 돌리고 문을 열었다. 그런 다음 자그마한 방에 발을 들여놓고 수술용 장갑을 손에 꼈다. 혹시 누가 지나갈지도 몰라 문을 끌어당겨서 거의 닫아 두었다. 사람들을 만나게 되더라도 자기보다는 그들이 더 두려워서 벌벌 떨 것 같았다. 그는 발렌티나의 관 옆에 무릎을 꿇고 앉았다. 『이상한 나라의 앨리스』에서 흰 토끼의 집에 있는 굴뚝 밖으로 엄청나게 커 버린 팔을 내밀고 있는 앨리스처럼, 자그마한 공간을 침입한 자신의 몸이 거대하게 느껴졌다. 관은 안쪽으로 깊게 밀어놓았기 때문에 작업을 하려면 밖으로 끌어내야 했다. 예의고 뭐고 갖출 여유가 없었다. 주머니에서 드라이버를 꺼내 뚜껑에 붙어 있는 나사를 풀기 시작했다. 엄청나게 오랜 시간이 걸리는 것 같았다. 간신히 뚜껑을 들어 올렸을 때는 땀이 비오듯 쏟아지고 있었다. 절인 오이가 담긴 커다란 병을 열었을 때처럼 뚜껑을 열 때 귀에 거슬리는 소리가 났다.

발렌티나의 몸은 하얀 비단으로 감싸여 있었다. 그녀는 편안해 보였다. 로버트는 양팔을 관 속으로 넣어 그녀의 몸을 들어올렸다. 거의 무게가 나가지 않았다. 세바스찬이 그녀의 몸 밑에 숨겨 둔 얼음 덩어리 때문에 몸이 약간 젖어 있었다. 아주 차가웠지만 발렌티나의 몸은 나긋나긋했다. 세바스찬은 약속을 지켜 주었다. 발렌티나의 몸에서는 썩는 냄새가 전혀 나지 않았다. 로버트는 그녀를 어디에 두어야 할지 몰랐다. 그는 어정쩡하게 서 있다가 몸을 돌려 그녀를 바닥에 내려놓았다. 그러고 나서 관에 있는 얼음을 꺼내어 덤불 속으로 던져 버렸다. 그는 나사들을 관에 집어넣고 뚜껑을 닫았다. 그리고 텅 빈 관을 본래의 자리로 밀어넣었다. 드라이버와 손전등을 챙기고 나서 혹시라도 자신이 침입한 흔적이 남아 있는지 둘러보았다. 아무런 흔적도 보이지 않았다. 외투를 벗어서 바닥에 내려놓은 후 발렌티나의 몸을 외투 위로 옮기고 외투로 그녀의 몸을 감쌌다. 이제 그녀는 보이지 않았다.

외투 주머니에 열쇠가 들어 있다는 사실이 기억나서 열쇠를 빼내어 셔츠 주머니에 넣었다. 그런 다음 발렌티나를 들어올려서 꼭 끌어안았다. 그녀의 머리가 그의 어깨에 닿았다. 한 손으로 문을 여는 동안 다른 팔로는 그녀의 몸통을 끌어안았다. 발렌티나의 몸이 문에 부딪히지 않도록 아주 조심스럽게 문을 빠져나왔다. 그러고 나서 다시 문을 잠그고 손전등을 끈 다음 어두운 길을 걸어 내려오기 시작했다.

일은 이상할 정도로 수월했다. 그는 지금까지 사체 절도가 상당한 체력을 요하는 일이라고 생각했다. 물론 땅까지 파야 한다면 그럴지도 모른다. 그리고 사체를 훔치는 사람들은 초롱과 삽 같은 것을 가지고 다녔다. 로버트는 홀가분한 기분이었다. 생각 같아서는 껄껄 웃고 싶었다. 그게 아니면 휘파람이라도 불고 싶었다. 아직 일을 모두 마친 것은 아니기 때문에 집에 도착하면 술이나 한잔 해야겠다고 생각했다. 이집트 거리로 들어섰다. 어둠 속에서 걸음을 옮길 때마다 발렌티나의 몸이 심하게 흔들리는 것을 느낄 수 있었다. 그는 걷는 속도를 줄이면서 그녀를 좀 더 꼭 껴안았다.

레바논 서클에 도착해서 계단 꼭대기까지 올라갔을 때 누가 숨을 쉬는 소리가 들린 것 같았다. 그는 숨을 멈추고 그 자리에 얼어붙은 듯 가만히 서 있었다. 아무 소리도 들리지 않았다.

마침내 지하묘지에 도착했다. 그는 녹색 문으로 와서 문을 살며시 밀었다. 뜰은 텅 비어 있었다. 마틴의 서재에는 아직도 불이 켜져 있었다. 시간도 전혀 흐르지 않았고 아무 일도 일어나지 않은 것 같았다. 쌍둥이 자매의 침실에도 불빛이 보였다. 방에는 커튼이 드리워져 있었다. 로버트는 뜰로 들어가서 문을 잠그고 이끼로 뒤덮인 길을 가로질러 갔다. 아파트로 들어갔을 때 그의 몸에서는 비오듯 땀이 쏟아지고 있었다.

'내가 도대체 무엇을 하는 거지?'

이런 생각을 하면서 부엌 식탁에 발렌티나를 내려놓았다. 그런 후 냉장고로 가서 보드카를 꺼냈다. 그는 병째 나발을 불려다가 식기장에서 잔을 꺼내 보드카를 조금 따르고 단숨에 들이켰다. 그리고 부엌 유리창에 비친 자신의 모습을 바라보았다. 뒤로 자신의 외투로 감싼 발렌티나의 몸이 보였다. 그녀의 몸은 미라처럼 탁자에 눕혀져 있었다. 마치 박물관에 있는 진열품 같았다. 다시 술을 따라서 절반쯤 마셨다. 그러고 나서 뒷문을 잠갔다.

'자, 이제 가 볼까.'

로버트는 발렌티나를 자기 침대에 조심스럽게 내려놓았다. 처음에는 침대의 머리판과 발렌티나가 평행이 되도록 가로로 내려놓았다. 그러자 그녀의 두 발이 침대 밖으로 삐죽 튀어나왔다. 그는 그녀를 동여맨 외투를 풀어서 침대 옆에 있는 의자 위로 집어던졌다. 그녀의 앙증맞은 검정 구두는 두 발에 신겨 있지 않고 방바닥 위에 둥둥 떠 있는 것처럼 보였다. 로버트는 그 모습이 마음에 들지 않아 얼굴을 찌푸렸다. 그는 두 팔로 그녀를 조심스럽게 안아서 다시 침대에 내려놓았다. 이번에는 평소에 잠을 자는 자세였다. 그녀의 드레스를 반듯하게 펴 준 후에 두 팔을 양옆에 반듯하게 내려놓았다. 그리고 그녀의 손가락을 마사지했다. 발렌티나의 머리는 목에 뼈가 없는 것처럼 베개 위에서 축 늘어졌다. 로버트는 목이 부러진 것처럼 보이지 않도록 두 손으로 그녀의 얼굴을 잡고 반듯하게 돌려 주었다. 그런 다음 그녀의 눈썹을 쓰다듬었다.

방은 추웠다. 6월 들어서 밤만 되면 날씨가 쌀쌀했다. 그날 아침 침실에 꽃을 가득 채워 두었다. 그는 꽃집에서 백합과 장미 중에서 어떤 꽃을 선택해야 할지 몰라 망설였다. 그러다 결국 분홍색 장미를 사기로 마음먹었다. 백합 냄새를 맡으면 항상 메슥거렸기 때문이다. 발렌티나도 언젠가 분홍색 장미가 좋다는 말을 했었다. 꽃병과 낡은 깡통 그리고 오래전에 엘스페스한테 빌린 단지에 장미를 꽂아 두었다. 침대 양쪽과 창턱, 방열기 덮개 위에도 장미를 놓아두었다.

장미는 발레화나 여자들의 가운과 같은 분홍색이었다. 침실의 냉기 속에서 꽃들은 몸을 떨고 있는 것처럼 보였다. 꽃잎은 말린 상태라 냄새도 나지 않았다. 로버트는 해크니에 있는 노점상으로부터 양초 한 봉지를 사 가지고 왔다. 양초 하나하나에는 성인이 그려져 있었다. 양초를 파는 여자는 초를 끝까지 다 태워야 기도 내용이 이루어진다고 설명했다. 로버트는 그녀의 말이 사실이기를 바랐다. 양초들이 장미꽃 옆에서 타들어 가고 있었다.

로버트는 발렌티나의 옆자리에 앉아서 그녀를 지켜보았다. 그녀의 상태가 너무나 완벽해서 그는 놀랐다. 그는 고양이의 목숨을 되살렸다는 발렌티나의 얘기를 떠올리려고 애를 썼다. 그녀의 눈 밑에는 시커멓게 그늘이 져 있었다. 어떤 부위는 약간 푸르스름하고 또 어떤 부위는 너무 불그스름했지만 그녀는 의과대학이나 시체 안치소의 시신들과는 확실히 달랐다. 그런 곳에 있는 시체들은 부풀어 오르고 진물이 나고 변색이 되어 악취까지 풍겼지만 그녀는 그것들에 비하면 멀쩡해 보였다. 시체 안치소의 시신들은 저절로 변한다. 즉 그것들은 최대한 빠르게 자신들을 인식할 수 없는 존재, 더 이상 인간으로 오해받지 않는 존재로 변형시키려고 애를 쓴다. 하지만 발렌티나는 살아 있었을 때의 모습을 아직까지 지니고 있었다. 그는 그 사실에 감사했다.

그는 발렌티나에게 말을 걸어야 하는지 궁금했다. 방에서 그녀와 함께 있으면서 아무 말도 하지 않고 있으려니 왠지 부자연스러웠다. 그녀의 머리카락은 뒤엉켜 있었다. 마음을 다른 곳으로 돌리기 위해 로버트는 그녀의 머리를 빗기기 시작했다. 두피에 손상이 가지 않도록 아주 조심스럽게 빗질을 해서 엉킨 머리카락을 풀어 주었다. 머리카락은 치실처럼 하얗고 매끈매끈했다. 빗질을 거듭할수록 머리카락은 매끈하고 부드러운 본래 모습을 드러냈다. 처음에는 두 손이 떨렸지만 나중에는 빗질에 완전히 몰두하게 되었고 윤이 잘잘 흐르는 그녀의 머리에 절로 감탄하게 되었다. 영원히 그렇게 앉아서 그녀의 머리카락만 빗겨 줄 수 있다면 이 세상에서 더 이상 바랄 게 없겠다는 생각이 들었다. 빗에 걸린 머리카락이 약간 당기는 느낌은 호흡 같았다. 로버트는 그것도 모르고 자신의 숨결에 맞추어 그녀의 머리카락을 빗었다. 마치 그렇게 하면 자신의 폐에서 나온 숨을 그녀의 머리카락에 전달할 수 있다는 듯이, 또 그녀의 머리카락이 숨 쉬는 일을 대신 떠맡고 있다는 듯이.

그는 마침내 동작을 멈추었다. 그녀의 머리카락은 이제 완벽했다. 거기서 조금만 더 빗으면 오히려 망칠 것 같았다. 로버트는 미동도 없이 앉아서 귀를 기울였다. 창밖에서는 바람이 일고 있었다. 가까운 곳에서 개 짖는 소리가 들려왔다. 하지만 발렌티나는 잠잠했다. 로버트는 손목시계를 들여다보았다. 아직 11시 22분.

전화가 한 번 울렸다.

줄리아는 피곤했다. 저녁을 먹으면서 에디와 잭은 장례식과 22년 전의 런던 모습에 대해 이야기를 나누었다. 그들은 줄리아와 함께 계속 런던에 머물지, 아니면 레이크 포레스트로 그녀를 데려갈지 의논 중이었다. 딸의 의견도 중요했지만 줄리아가 지금 당장 결정하기에는 너무 부담스러운 문제라는 사실을 그들은 깨달았다. 두 사람은 줄리아가 스테이크와 감자튀김을 다 먹기도 전에 채어갈 것처럼 그녀를 뚫어지게 바라보았다. 그러다가 조심스럽게 발렌티나 이야기를 꺼냈다. 발렌티나를 과거의 인물로 언급하는 일은 아직 세 사람 모두에게 어려웠다. 그래서 발렌티나에 대해 말할 때는 에둘러서 말했다.

부모님을 택시에 태워 보내고 아파트로 돌아왔을 때 줄리아는 너무나 피곤해서 계단을 기어 오르고 싶은 심정이었다. 그렇지만 그날 밤에 마틴과 함께 있기로 약속한 사실이 기억났다.

마틴의 서재로 들어갔을 때 그는 컴퓨터 앞에 앉아 있었지만 화면은 캄캄했다. 그는 감사 기도를 드리듯 양손의 깍지를 끼고 고개를 숙이고 있었다.

"아저씨?"

그가 정신을 차렸다.

"아, 왔군요. 좀 졸리네요."

"저도 마찬가지예요. 안녕히 주무시라고 인사나 하려고요. 저도 자야겠어요."

"아, 아직 자지 말고 좀 기다려요."

마틴이 손을 내밀었다. 그녀는 긴장을 풀고 그에게 다가갔다.

"난 내일…… 여기를 떠날지도 모릅니다."

그가 말했다.

"떠난다고요?"

그녀는 그의 말을 이해하기 힘들었다.

"어떻게 떠날 수 있죠? 저는…… 기다려 줄 수 없나요?"

마틴은 한숨을 쉬었다.

"모르겠어요. 기다린다고 일이 해결될까요? 어쩌면 내일은 너무 이른지도 모르겠어요. 줄리아를 놀라게 하고 싶지는 않은데."

줄리아는 허리를 굽혀 두 팔로 그의 목을 감쌌다. 충동적으로 한 행동이었다. 마틴은 테오가 어렸을 적에 종종 하던 방식대로 반응했다. 그는 줄리아를 끌어당겨 자기 무릎 위에 올렸다. 그녀는 머리를 그의 어깨에 기댔다. 그들은 그런 자세로 한참 동안 있었다. 줄리아가 "그리울 거예요."라고 말했을 때 마틴은 그녀가 잠꼬대를 하고 있는지도 모른다고 생각했다.

"나도 당신이 그리울 것 같아요."

그는 그렇게 말하면서 그녀의 머리카락을 쓰다듬었다.

"하지만 너무 슬퍼하지 말아요. 가더라도 오래 있지는 않을 테니까. 아니면 줄리아가 암스테르담으로 놀러 와도 되고."

"달라질 거예요. 이제 모든 게 달라질 거예요."

그녀가 말했다.

"무엇을 할 생각입니까?"

"모르겠어요. 사람들은 혼자서 무엇을 하죠?"

"나랑 같이 가요."

그가 말했다.

줄리아는 혼자 미소를 지었다.

"어림없는 소리예요. 아저씨는 부인한테 가는 거잖아요. 저는 필요가 없죠."

"필요가 없다고요?"

줄리아가 얼굴을 들자 그가 키스를 했다. 두 사람의 키스는 점점 더 깊어졌다. 그는 갑자기 그녀를 떼어 내고 헉헉거렸다. 그러더니 자신의 허리띠를 풀려는 그녀의 손을 떼어 냈다.

"이러면 안 될 것 같아요."

그가 말했다.

"미안해요."

"아뇨. 내 말은…… 그러니까…… 줄리아, 아나프라닐의 부작용 가운데 하나가……."

"아아."

"그래서 내가 그 약을 안 먹으려는 거예요."

"그러니까 약이 정조대 역할을 하는군요."

그녀는 깔깔거리며 웃기 시작했다.

"말괄량이 아가씨군요."

"부인이 저에 대해서는 걱정 안 해도 되겠어요."

"좀 더 넓은 의미에서 집사람은 내 걱정을 할 필요가 없죠. 그렇지만 줄리아, 당신은 나처럼 나이 든 사람과 사귀면 안 돼요. 내가 서른 살만 젊었다면 또 모르겠지만."

마틴은 제법 진지하게 말했다.

"그렇지만, 아저씨……."

"세월이 지나면 내 말을 이해할 수 있을 겁니다."

그는 의자에서 일어서려고 했다. 그녀는 그의 무릎에서 미끄러져 내려왔다.

"갑시다. 자장가를 불러 줄 테니까."

그는 그녀의 손을 잡고 자기 침실 쪽으로 데려갔다.

"아, 잠깐. 확인할 게 있어요."

그는 휴대전화를 꺼내어 단축 번호 2번을 눌렀다. 그리고 발신음이 한 번 울리자 전화를 끊어 버렸다. 11시 22분이었다.

줄리아는 호기심 어린 눈빛으로 그를 처다보았다.

"뭐 하시는 거예요?"

"행운을 비는 겁니다. 따라와요."

로버트는 열쇠들이 아직 자기 주머니에 들어 있는지 확인했다. 그는 열쇠 두 개를 화장대 위에 놓아두고 쌍둥이 자매의 아파트 열쇠를 몸에 지니고 있었다. 그는 발렌티나를 안고 침대에서 들어올렸다. 두 사람의 모습이 거울에 비쳤다. 그것은 공포영화의 한 장면 같았다. 아래쪽에서는 촛불이 흔들리고 어두운 그림자가 그의 얼굴에 드리워져 있었다. 발렌티나의 머리는 뒤로 젖혀진 채 목은 위를 향하고 축 늘어진 팔다리는 달랑거리고 있었다. 그는 자신이 괴물 같다는 생각을 했다. 자신이 처한 상황이 어처구니없게 느껴졌다. 다음 순간 이루 말할 수 없을 정도로 수치심을 느꼈다.

그는 최대한 조용히 아파트를 가로질러 갔다. 발렌티나의 한쪽 발이 벽에 부딪혔다. 로버트는 몸을 움찔했다. 다음 순간 그는 발렌티나의 영혼이 몸으로 다시 들어가게 되면 고통을 느낄 수 있을지 궁금했다. 그는 현관문을 빼꼼히 열고 귀를 기울였다. 차량들의 소리와 바람에 창문이 덜컥거리는 소리가 들려왔다. 그는 발렌티나를 안고 문을 조심스럽게 빠져나와 위층으로 올라갔다. 쌍둥이 자매의 아파트 앞에서 발렌티나를 고쳐 안아야 했다. 그는 세탁소에서 찾아온 양복처럼 발렌티나를 어깨 위로 둘러업은 채, 열쇠를 손에 쥐고 문을 더듬거렸다. 열쇠로 문을 열려고 애쓰다가 실패한 후에야 문이 처음부터 잠겨 있지 않았다는 사실을 깨달았다.

그는 발렌티나를 어두컴컴한 거실로 옮겼다. 어둠이 눈에 익자 그녀를 조심스럽게 소파에 내려놓았다.

"엘스페스? 발렌티나?"

그가 조용히 불러 보았지만 아무런 응답도 없었다. 그는 손목시계의 불빛과 달빛 속에서 발렌티나의 몸을 빤히 바라보며 앉아 있었다.

엘스페스는 그곳에 있었다. 그녀는 손 안에서 발렌티나가 미친 듯이 꿈틀거리는 것을 느꼈다.

'달아나려고 이러는 걸까?'

그녀는 두려워서 손을 펼칠 수가 없었다. 손을 벌리게 되면 발렌티나가 흩어지거나 사납게 몸부림을 칠 것 같았다.

'가만히 있어. 착하지. 생각 좀 해 보자꾸나.'

그녀는 결정을 더 이상 미룰 수가 없었다.

로버트는 발렌티나의 가슴을 바라보았다. 그는 그녀가 숨을 쉬는지 지켜보고 있었다. 엘스페스가 그녀의 몸 옆에 무릎을 꿇고 앉았다. 차갑고 미동도 없는 그녀의 몸은 매력적이었다. 엘스페스는 손안에 있는 발렌티나가 잠잠해지는 것을 느꼈다. 그녀는 로버트가 발렌티나의 바로 곁에 앉아 있는 것을 느꼈다. 겁에 질린 표정이 애처로워 보였다. 그녀는 늘어진 몸을 바라보았다. 엘스페스는 결정을 내리고 손을 폈다.

하얀 안개 같은 것이 발렌티나의 몸 위로 모여들었다. 엘스페스는 허공을 떠도는 그것이 어떻게 하는지 지켜보며 잠자코 기다렸다. 로버트의 눈에는 아무것도 보이지 않았다. 하지만 공기가 갑자기 싸늘해졌다. 그는, 영혼들이 그곳에 있다는 것을 알 수 있었다.

'발렌티나, 숨을 쉬어.'

그는 속으로 말했다.

하지만 아무 일도 일어나지 않았다.

잠시 뒤에 그는 발렌티나의 몸에서 변화가 일어나는 것을 알 수 있었다. 무언가가 존재하고 있었다. 액체가 콸콸 흐르는 소리가 희미하게 들리는 것 같았다. 무언가가 멀리서 다가오고 있다는 느낌이 들었다.

발렌티나의 입이 벌어지더니 천식 환자처럼 거칠게 숨을 들이마셨다. 그러고 나서 한동안 숨을 참고 있다가 내쉬었다. 그녀의 몸은 다시 헉헉거리며 숨을 들이마시기 시작했다. 몸이 좌우로 크게 흔들렸다. 로버트는 그녀의 몸을 붙잡았다. 그녀의 몸은 심한 진동을 일으키다가 숨을 멈추었다. 그러다가 또 갑자기 고통스럽게 헉헉거리기 시작했다. 로버트는 발렌티나의 두 손을 몸통의 이쪽과 저쪽에 꼭 갖다 붙였다. 그리고 그녀의 옆에서 무릎을 꿇고 온몸으로 그녀를 붙잡았다. 소파는 미끄러웠다. 그는 그녀가 바닥으로 떨어지지 않도록 하려고 애를 썼다. 전기 같은 무언가가 그녀의 몸을 고문했다. 손발이 오그라들고 머리가 앞뒤로 거칠게 한 번 요동쳤다.

"으으윽!"

그녀가 울부짖었다.

"쉬, 조용히……."

그는 그녀가 갓난아기라도 되는 것처럼 말했다. 그녀는 발버둥을
치다가 눈을 번쩍 떴다. 로버트는 완전히 초점을 잃은 그녀의 눈을
보고 움찔했다. 그것은 동물의 눈빛조차도 못 되었다. 뇌에 손상을
입은 사람의 눈빛이었다. 그녀의 눈동자는 아무것도 보지 않고 있었
다. 그녀의 두 눈이 다시 감겼다. 숨소리도 잦아들었다. 그는 그녀의
가슴에 손을 얹어 보았다. 가슴이 뛰고 있었다. 그는 두려웠다.

"엘스페스?"

로버트는 거실을 향해 속삭였다. 아무런 응답도 없었다.

"이제 데려가도 돼요?"

이번에도 응답이 없었다.

그때 어둠 속에서 날카로운 목소리가 그의 이름을 불렀다.

"발렌티나, 나 여기 있어요."

그녀는 아무 말도 하지 않았다. 그는 그녀의 머리카락을 쓰다듬
었다.

"이제 아래층으로 데려갈게요."

그녀는 계속 눈을 감고 너무 졸려 말을 할 수 없는 아이처럼 어
설프게 고개를 끄덕였다. 그는 그녀를 소파에서 들어올렸다. 그녀는
두 팔을 그의 목에 두르려고 했지만 그럴 수가 없었다. 그는 그녀를
층계참으로 데려갔다. 그녀는 이제 본래의 체중을 회복했다. 몸 상태
는 살아 있었을 때와 같았다.

아파트로 내려와서 그는 그녀를 다시 침대에 눕혔다. 그녀는 한

숨을 쉬고 나서 눈을 뜨고는 그를 바라보았다. 로버트는 그녀를 내려다보며 서 있었다. 그녀는 이제 거의 정상인처럼 보였다. 그녀는 피로에 지쳐 몸이 축 늘어져 있었다. 하지만 표정은 어딘가 달라져 있었다. 그는 그게 무엇인지 알 수 없었다. 그녀는 손을 내밀더니 손바닥을 위로 폈다. 팔을 들기조차 힘들었는지 손이 떨리고 있었다. 그는 그녀의 손을 잡아 주었다. 손이 상당히 싸늘했다. 그녀는 그의 손을 약간 끌어당겼다. 자기 옆에 누우라는 뜻이었다.

"잠깐만, 발렌티나."

그는 휴대전화를 꺼내 마틴의 단축 번호를 눌렀다. 발신음이 한 번 울리자 곧바로 전화를 끊었다. 그러고 나서 전화기와 안경을 침대 옆 탁자에 올려놓았다. 그는 신발을 벗고 침대를 돌아가서 발렌티나의 옆에 앉았다. 그녀는 그를 올려다보며 수줍게 미소를 지었다. 그녀의 얼굴 곳곳으로 미소가 퍼져 나갔다. 보라색 드레스와 하얀색 스타킹 차림의 그녀는 너무나 정상적으로 보였다. 피가 한곳에 모여 피부가 새빨갛게 보이는 곳도 있었는데 점차 분홍빛으로 변하고 있었다. 푸르스름한 피부는 혈색이 돌기 시작했다. 그는 손가락으로 그녀의 뺨을 건드려 보았다. 부드럽고 나긋나긋했다.

"어땠어요?"

발렌티나는 외롭고 춥고 미칠 정도로 초조했다.

"보고 싶었어요."

그녀가 갈라진 목소리로 말했다. 그녀는 복화술사의 인형 같은 소리를 냈다. 고장 난 기계처럼 높고 귀에 거슬리는 목소리였다.

"나도 보고 싶었어요."

그녀가 다시 손을 내밀었다. 그가 옆자리에 드러눕자 그녀는 그를 향해 얼굴을 돌렸다. 로버트는 그녀를 두 팔로 감쌌다. 그녀는 몸을 떨고 있었다. 그때 그는 그녀가 울고 있다는 것을 깨달았다. 그녀의 울음소리는 지극히 정상적이었다. 그의 두 팔에 안겨 훌쩍이는 소녀는 너무나 현실적이었다. 눈물을 흘리는 이유를 군이 물어볼 필요는 없었다. 그냥 위로해 주는 게 그의 할 일이었다. 그는 생각을 멈추고 그녀의 귀에 키스를 했다. 그녀는 간혹 딸꾹질을 해 가며 한참 동안 울었다. 그는 화장지를 그녀에게 건넸다. 그녀는 화장지로 콧물과 눈물을 찍어 내고 나서 침대 옆으로 던져 버렸다.

"이제 괜찮아요?"

"예."

그녀는 그의 셔츠 단추를 풀려고 애썼지만 아직 손가락이 제대로 말을 듣지 않았다. 그는 그녀의 손을 감싸 쥐고 말했다.

"진심이에요?"

그녀는 고개를 끄덕였다.

"우리는 아직……."

"아니, 괜찮아요."

"발렌티나……."

그녀는 작게 고양이 소리를 냈다.

그는 자기 옷의 단추를 풀었다. 그런 다음 그녀의 옷을 벗겼다. 그녀는 도와주려고 애썼지만 너무 힘이 없었다. 그녀는 그가 지퍼를 열고 보라색 드레스를 벗기도록 내버려 두었다. 그는 속옷을 벗기고 나서 하얀색 레이스 브래지어를 조심스럽게 벗겨 냈다. 그녀의 몸에는 레이스와 브래지어의 끈 그리고 옷의 주름 부분이 남긴 흔적이 있었다. 그녀는 반쯤 눈을 감고 누워서 그가 옷을 벗는 동안 기다렸다. 양초 하나가 불안하게 흔들렸다.

"추워요?"

"예."

두 사람은 담요와 시트를 조심스럽게 벗기고 그 속으로 들어간 다음 그것들을 끌어당겨 덮었다.

"음…… 이제 따뜻하네요."

그녀가 말했다. 그는 그녀의 몸이 너무 싸늘해서 깜짝 놀랐다. 그는 두 손으로 그녀의 허벅지를 쓰다듬었다. 양쪽 허벅지는 세인즈베리 매장에서 파는 냉동육 같았다.

로버트는 그녀의 입술에 키스를 할 수 있을지 확신이 서지 않았다. 그녀의 입에서는 역겨운 냄새가 났다. 상한 음식이나 묘지의 사무실에 있는 난방장치에서 나는 죽은 고슴도치의 냄새 같았다. 그는 입술 대신 젖가슴에 키스했다. 몸의 어떤 부위는 다른 곳보다 더 생기가 있었다. 그것을 보면 그녀의 영혼이 아직 몸 전체로 퍼져 나가지 않은 것 같았다. 발렌티나의 젖가슴은 손보다 더 생기가 있었다. 그녀의 두 손은 어설프게 만든 로봇 같았다. 그는 그녀의 손을 따뜻하고 생기 있게 만들 요량으로 자기 손으로 부지런히 비벼 보았지만 별로 소용이 없었다.

무언가가 잘못된 것 같았다. 그녀를 바짝 끌어당겼다. 그녀의 몸은 너무나 작고 가냘파서 임종 직전의 엘스페스가 떠올랐다. 그녀는 간신히 그 자리에 버티고 있는 듯 보였다. 잘못하면 본래의 상태로 되돌아가 버릴 수도 있을 것 같아 불안했다.

"기분이 어때요?"

그가 다시 물었다.

"너무 추워요. 그리고 피곤해요."

그녀가 말했다.

"좀 자고 싶어요?"

"아뇨."

"나는 여기에 앉아서 당신이 괜찮은지 지켜볼게요."

그는 그녀의 목과 얼굴을 손으로 쓰다듬었다. 그녀는 묻는 표정
으로 그를 바라보았다. 무언가가 달라져 있었다. 그녀의 목소리와 눈
빛이 왠지 낯설었다. 그녀는 굴복하고 고개를 끄덕였다. 로버트는 침
대에서 내려와 촛불을 모두 껐다. 그는 거실에 불을 켜고 그녀를 지
켜볼 수 있도록 방문을 빠끔히 열어 두었다. 그런 다음 침대로 다시
기어올라 갔다. 그녀는 몸을 바르르 떨고 있었다. 그는 그녀와 몸을
붙이고 누운 채, 꺼 버린 초에서 피어오르는 연기가 거실에서 들어
오는 불빛 속으로 흩어지는 모습을 지켜보았다.

"로버트, 사랑해요."

그녀가 속삭이듯 말했다. 그의 기억의 복도에서 문들이 왈칵 열
리는 순간 그는 진실을 어렴풋이 깨달았다.

"나도 사랑해요."

그가 말했다.

그녀는 뻣뻣한 손을 그의 얼굴에 대고 그를 바라보다가 집게손가
락을 뻗었다. 그러고 나서 손가락 끝으로 그의 코를 위에서 아래로

부드럽게 쓸어내렸다. 손가락은 그의 인중과 입술을 지나 턱까지 내려갔다.

"……엘스페스."

그녀는 미소를 짓고 나서 눈을 감고 느긋한 표정을 지었다.

로버트는 어둠 속에서 그녀와 함께 누워 있었다. 그는 세 사람이 치밀한 계획을 세워 저지른 행동을 머리에 떠올리고 공포에 휩싸였다.

마틴은 베개를 괴고 앉아서 담배를 피웠다. 줄리아는 그와 몸을 붙이고 누워 있었다.

"노래 불러 줘요."

그녀가 명령하듯이 말했다. 마틴은 침대 옆 탁자에 놓인 재떨이에 담배를 비벼서 끄고 네덜란드어로 노래를 부르기 시작했다.

"그게 무슨 뜻이에요?"

그녀가 물었다.

"음……. '잘 자라, 아가야. 잘 자거라. 밖에는 새하얀 새끼양이 돌아다니고 있단다. 작고 하얀 발을 가진 새끼양이 달콤한 우유를 마신단다.' 뭐 그런 뜻이에요."

"좋네요."

그녀는 그렇게 말하고 나서 곧바로 잠에 빠져들었다.

출발

줄리아는 새벽 전에 잠에서 깨어났다. 마틴은 조금 떨어진 자리에서 몸을 말고 잠들어 있었다. 그녀는 조용히 자리에서 일어나 욕실로 들어가 옷을 입었다. 그런 다음 아파트를 빠져나와 아래층으로 내려갔다. 그녀는 옷을 벗고 잠옷으로 갈아입었다. 그러고 나서 자신의 침대로 들어가 천장을 멍하니 쳐다보았다. 어느 정도 시간이 지난 뒤에 자리에서 일어나 샤워를 했다.

아침이 되자, 엘스페스는 로버트의 침대에서 일어났다. 손을 뻗어 보았지만 그는 그곳에 없었다. 대신 아침을 먹으러 가는데 곧 돌아오겠다는 내용의 쪽지가 남겨져 있었다.

엘스페스는 시트의 부드러운 느낌을 즐기며 그대로 누워 있었다. 자신의 베개에 남아 있는 로버트의 냄새가 양초와 장미 냄새와 뒤섞였다. 작은 새들이 지저귀는 소리도 들려왔다. 이제 육체를 갖게 되었다는 느낌이 생생했다.

모든 곳이 쑤셨지만 개의치 않았다. 관절에 통증이 느껴졌다. 피는 둔하게 흐르고 있었다. 폐에 블라망쥬(젤라틴 따위에 우유나 향료를 섞어 만든 푸딩—옮긴이)가 가득 들어찬 것처럼 숨쉬기가 힘들었다.

'그래도 뭐 어때? 이렇게 살아 있는데!'

이런 생각을 하면서 침대에서 일어나 앉으려고 애쓰다가 이부자리에 몸이 엉키고 말았다. 팔다리를 움직여 보려고 애썼지만 생각만큼 몸이 말을 듣지 않았다. 엘스페스는 갑자기 웃음을 터뜨렸다. 웃음소리가 거칠고 날카로웠다. 그녀는 얼른 웃음을 그치고 자리에서 일어나 침대의 가장자리에 매달려 몇 발짝을 간신히 걸었다. 침대의 발치 쪽으로 갔을 때 그녀는 이리저리 불안하게 흔들리는 몸으로 버티고 서서 거울에 비친 자기 모습을 물끄러미 들여다보았다.

'오, 이런……'

그곳에는 발렌티나가 있었다.

'그래. 당연하지. 무엇을 기대했단 말인가?'

그녀는 위층에서 혼자 추위에 떨고 있을 발렌티나를 생각했다. 발렌티나에게는 너무나 미안했다. 그녀는 자신의 느낌을 구분할 수 없었다. 승리감과 죄책감이 한데 뒤섞여 구별하기 어려운 감정이었다. 자신의 본래 모습이 아닌 몸을 유심히 바라보았다. 거울에 비친 발렌티나의 몸은 이제 그녀 자신이 입게 될 아주 인상적인 의상이었다. 몸은 싱싱했지만 자세나 움직임은 늙은 여자와 다를 바 없었다. 등은 굽었고 몸은 이리저리 비틀거리면서 조심스러웠다.

'내가 이런 모습으로 살 수 있을까?'

그녀는 심장이 뛰는지 확인해 보려고 심장이 있다고 생각되는 부위에 손을 얹었다. 아무런 느낌이 없었다. 손을 조금 오른쪽으로 움직이자 느리게 심장이 뛰는 게 느껴졌다.

'오, 발렌티나.'

엘스페스는 침대에서 벗어났다. 그녀는 목욕을 할 생각으로 욕실로 비틀거리며 들어갔다. 그녀는 천천히 몸을 낮춰 욕조 바닥에 앉고 나서 손을 뻗어 힘들게 수도꼭지를 틀었다.

'영혼이 되고 나서 처음 며칠 동안 느꼈던 그 기분이야. 나는 더욱 강해질 거야. 이제 연습만 하면 돼.'

욕조 속으로 물이 콸콸 쏟아졌다. 욕조의 마개가 손에 닿지 않았다. 물은 소용돌이를 치다가 배수구 속으로 빨려 들어갔다. 결국 그녀는 수도꼭지를 잠그고 차가운 타일 바닥에 앉아 로버트가 돌아오기를 기다렸다.

아침을 먹고 나서 마틴은 여행가방을 꾸렸다. 가방에는 많은 물건을 집어넣지 않았다. 마레이케가 내쫓으면 얼마 있지 못하고 돌아와야 할 것이기 때문이다. 또 어쩌면 암스테르담까지 가지 못할 수도 있었다. 그래서 힘들게 불필요한 옷까지 챙겨갈 필요가 없었다. 마레이케가 받아 주기만 하면 돌아오지 않고 그곳에 눌러앉을 수도 있었다. 어쩌면 마레이케한테 벌써 다른 남자가 생겼는지도 모른다. 그럴 경우에는 혼자 집으로 돌아오느니 차라리 프린센그라흐트(암스테르담 시내 한복판의 유명한 운하—옮긴이)에 몸을 던지는 편이 나을 것이다. 그는 간단하게 짐을 꾸렸다.

그는 아파트를 돌아다니며 모든 전등을 끄고 컴퓨터의 전원도 껐다. 자신의 아파트가 무척 낯설어 보였다. 몇 년 동안 한 번도 보지 못한 아파트 같았다. 마치 꿈속에서 자신의 낯선 아파트를 보는 것 같았다. 줄리아가 신문지를 떼어 낸 창문으로 햇살이 쏟아져 들어오고 있었다. 마틴이 양손을 내밀자 햇살이 그의 두 손바닥을 가득 채웠다.

떠날 시간이 되었을 때, 그는 현관에 서서 한 손으로는 문 손잡이를 잡고 다른 손으로는 여행가방의 손잡이를 움켜쥐었다. 모든 것이 완벽했다. 계단만 내려가면. 계단에는 여러 번 나가 보았지만 지금껏 아무런 사고도 일어나지 않았다. 굳이 숫자를 헤아릴 필요는 없었다. 그렇지만 장갑은 몇 개 가져가는 것이 좋겠다고 생각했다. 다시 안으로 들어가 수술용 고무장갑 한 묶음을 발견하고 재킷 주머니에 쑤셔 넣었다. 그러고 나서 문을 열고 층계참으로 나섰다.

'그래. 이제 아파트를 벗어났어.'

마틴은 자신의 몸을 점검했다. 가슴이 좀 답답했지만 괜찮았다. 현관문을 잠갔다. 그때까지도 몸에 아무런 문제가 없었다. 가방을 질질 끌면서 무거운 발걸음으로 계단을 내려가기 시작했다. 2층의 층계참에 이르렀을 때, 걸음을 멈추고 자신의 손가락에 입을 맞춘 다음 엘스페스의 이름 바로 위에 손을 가져다 댔다. 그러고 나서 계속 계단을 내려갔다.

1층까지 내려왔을 때 그는 로버트의 현관문을 똑똑 두드렸다. 로버트가 현관문으로 걸어와 걸음을 멈추고 숨을 내쉬는 소리가 들렸다.

"나예요."

마틴이 부드러운 목소리로 말했다. 문이 빠끔히 열렸다. 로버트는 마틴을 아래위로 훑어보았다. 마틴은 긴장이 되었다. 문이 열리면서 로버트가 들어오라는 손짓을 했다. 마틴이 여행가방을 끌고 안으로 들어오자 로버트가 문을 닫았다.

마틴은 로버트의 변한 모습을 보고 깜짝 놀랐다. 변화를 설명하기는 힘들었지만 그는 확연히 달라져 있었다. 마치 몇 달 동안 아팠던 사람처럼 눈은 움푹 들어갔고 눈 밑에는 그늘이 짙게 드리워져 있었다. 그리고 어디가 아픈 사람처럼 등을 구부정하게 하고 서 있었다.

"괜찮아요?"

마틴이 물었다.

"예."

로버트는 그렇게 말하고 나서 미소를 지었다. 미소조차 기괴한 느낌을 주었다. 로버트는 목청을 가다듬었다.

"지난 이틀 동안 몇 가지 기적을 경험했지만 마틴의 변화가 가장 놀라운데요. 어디 가시는 길입니까?"

"암스테르담이요. 그런데 정말 괜찮은 겁니까?"

"저는 괜찮아요. 아무 문제도 없습니다. 마틴이 가고 있다는 걸 마레이케가 알고 있나요?"

"아뇨. 하지만 예전에 나를 초대한 적이 있어요."

"마틴이 택시와 기차, 버스까지 타고 온 걸 알게 되면 마레이케가 얼마나 놀랄까요. 어떤 표정을 지을지 보고 싶군요. 아마 놀라서 기절할 겁니다."

그렇게 말하고 나서 로버트는 다시 미소를 지었다. 마틴은 당장 떠나고 싶은 마음이 간절했다. 그렇지만 떠나기 전에 로버트에게 한 가지 물어볼 게 있었다.

"로버트, 내가 그녀를 찾아가면 안 되는 이유가 있을까요? 무슨 소식이라도 들었는가 싶어서 물어보는 거예요. 혹시 집사람한테 남자라도……."

"아닙니다. 아직 없는 것 같습니다."

로버트는 단호하게 말했다.

"그렇다면 이제……."

마틴은 머뭇거렸다.

"너무 심각하게 생각하지 마십시오."

마틴은 손을 내밀었다. 로버트는 그의 손을 잡고 가볍게 흔들다가 마틴이 움찔하는 것을 보고 자신의 실수를 깨달았다.

"집사람의 주소가……?"

마틴이 요구했다.

"아, 미안합니다. 여기 있습니다."

로버트는 커다란 봉투 하나를 마틴에게 건넸다.

마틴은 봉투를 열고 주소를 읽었다.

"내가 예상했던 지점과 비슷하군요. 그렇지 않습니까?"

"불과 두 블록 떨어져 있습니다. 대단하십니다."

마틴은 자기가 떠나기를 그가 기다리고 있다는 느낌을 받았다.

"그럼 이만 가 보겠습니다. 고맙습니다."

"고맙긴요."

마틴은 돌아서서 나오다가 말했다.

"참, 일은 잘됐습니까?"

"무슨 일 말입니까?"

"강령회. 죽고 사는 문제 말입니다."

마틴은 문 손잡이를 잡으려다가 줄리아에 대해 생각했다.

"일이 좀 틀어졌지만 결과는…… 흥미로웠습니다. 그런데 줄리아를 위층에 어떻게 붙들어 둘 수 있었죠?"

"포장용 테이프와 내 카리스마 덕분이죠."

마틴은 현관문을 열고 복도로 나갔다.

"시간 나면 전화 주세요. 어떻게 됐는지 알고 싶으니까요."

로버트는 문을 닫으며 조금 전보다 더 자연스럽게 미소를 지었다.

마틴은 시계를 힐끗 내려다보았다. 서둘러야 했다. 마음이 다급해지자 그는 복도를 가로질러 망설이지도 않고 건물의 출입문을 빠져나갔다. 앞뜰에 난 길을 절반쯤 걸어가다가 뒤를 돌아보았다. 줄리아가 2층 거실 창문으로 그를 지켜보고 있었다. 그가 손을 흔들자 그녀도 손을 흔들어 주었다. 그러다가 1층집 거실을 힐끗 쳐다보았다. 어두컴컴한 거실에 앉아 있는 누군가가 그의 눈에 얼핏 들어왔다.

'줄리아? 아니, 그럴 리가 없어. 참 이상하네.'

그는 고개를 흔들고 나서 다시 줄리아를 쳐다보며 미소를 지었다.

그녀는 마틴이 돌아서서 가방을 끌고 정문을 빠져나가는 모습을 지켜보았다. 줄리아는 마틴이 무엇을 보고 그렇게 놀랐는지 궁금했다.

엘스페스는 마틴이 정문 밖으로 사라지는 것을 지켜보았다. 그녀는 마음속으로 친구에게 잘 가라는 인사를 했다. 로버트가 방으로 들어오는 소리가 들렸다. 그가 다가와서 그녀의 뒤에 섰다.

"마틴이 떠났어요."

그가 조용히 말했다.

"정말 대단한 사람이에요. 무척 두려웠을 텐데."

"차분해 보였어요. 줄리아가 꾸준히 약을 먹인 덕분이죠."

"아. 제발 약효가 오래 지속되어서 마레이케의 집까지 찾아갈 수 있었으면 좋겠어요."

"마틴은 당신 장례식에도 참석했어요."

"그래요? 고마워라. 정말 용감하네요."

"아주 용감한 사람이죠."

"로버트, 왜 흥미롭다고 했어요?"

그녀가 물었다.

"예?"

"마틴한테 결과가 흥미롭다고 했잖아요. 되살아난 사람이 내가 아니라 발렌티나였으면 좋겠어요?"

"당신을 얻기 위해 발렌티나가 희생한 것을 정당화할 수는 없을 것 같아요."

엘스페스는 힘들게 몸을 돌려 그를 바라보았다.

"간밤에 정확히 무슨 일이 일어났다고 생각해요?"

그는 그녀와 가까운 거리에 서 있었지만 그녀를 건드리지는 않았다. 로버트는 그녀를 내려다보고 망설이다가 대답했다.

"나는 당신이 발렌티나의 몸으로 들어오기 전까지는 아무것도 볼 수 없었어요. 내가 아는 사실이라고는 당신은 여기에 있고 발렌티나는 없다는 것뿐입니다. 내가 어떻게 생각해야 하죠?"

"그 애는 자기 몸으로 들어갈 수 없었어요. 충분히 강하지 못했으니까요. 발렌티나가 죽은 후 처음 몇 분 동안이라면 내가 그 애 영혼을 다시 몸으로 밀어 넣을 수 있었을 거예요. 아니면 그 애도 나처럼 아주 강한 영혼이 되었어야 해요. 하지만 몸은 고사하고 칫솔 하나를 움직이는 데도 난 몇 달이나 걸렸어요."

그녀는 손바닥을 가슴에 갖다 댔다.

"처음에는 정신을 집중해서 무엇이든 밀어 보려고 애써야 해요. 숨을 쉬는 법을 모르는 폐를 가지고 숨을 쉬어야 하고요. 피도 움직이게 만들어야 해요. 자신을 몸 안에 가두고 몸 자체가 되어야 해요. 발렌티나는 단지 일종의 안개에 불과했어요. 그 애는 자기 몸 위에서 머물다…… 이내 흩어져 버렸죠. 그래서 이렇게 된 이상 내가 대신 들어가야겠다고 생각한 것뿐이에요."

"발렌티나가 그 사실을 알고 있었을까요? 돌아오지 않겠다고 마음을 먹었을까요?"

"모르겠어요. 나도 그 단계는 잘 기억이 안 나요."

"그렇지만 모든 것이 속임수였어요. 발렌티나는 어차피 자기 몸으로 들어올 수 없었어요. 왜 그녀한테 그 사실을 이야기하지 않았어요?"

"내가 어떻게 알 수 있었겠어요? 우리는 과학자가 아니에요. 어쩌다 보니 이런 일을 꾸미게 된 거예요. 발렌티나는 어떤 방법으로든 자살을 했을 거예요."

"그렇지 않아요. 그녀는 그냥 여기서 달아났을지도 모릅니다. 그녀가 원한 건 단지 줄리아에게서 벗어나는 것이었어요. 죽기를 원한 게 아니라고요."

"발렌티나는 당신을 사랑하고 있었어요. 당신의 이상형이 되려고 애쓰고 있었단 말이에요. 그런데 당신은 유령과 사랑에 빠져 있었죠. 이제 당신이 사랑한 유령은 되살아났고 발렌티나는 유령이 되어 버렸어요. 이제 어쩔 거예요?"

"모르겠어요. 나는 도무지…… 엘스페스, 지금 이 순간 나는 이 계획에 가담했던 나 자신이 원망스럽습니다."

"그럼 나를 떠나 당신의 새로운 영혼을 찾아 나설 건가요?"

그는 그녀에게서 돌아섰다. 그들은 줄리아가 혹시 듣게 될까 싶어 아주 조용조용 이야기를 나누었다. 그러다 보니 로버트는 엘스페스가 더욱 두려워졌다. 그는 어두운 거실에서 속삭이며 벌이는 언쟁이 갑자기 어처구니없게 느껴졌다.

"당신은 내가 돌아와 주기를 바랐잖아요. 그렇게 말했잖아요."

그는 아무 대답도 할 수 없었다.

줄리아는 로버트의 현관문 앞에 서 있었다. 그녀는 그가 집에 있다는 걸 알고 있었다. 문 안은 고요했다. 그녀는 문을 두드리지 않고

'팬쇼'라고 적혀 있는 자그마한 카드를 물끄러미 바라보았다. 그녀는 마틴이 무엇을 보고 놀랐는지 궁금했다. 자신이 로버트의 집을 찾아온 제법 그럴듯한 구실을 생각해 내려고 애썼지만 아무런 핑계도 떠올릴 수 없었다. 어쨌든 그녀는 문을 똑똑 두드렸다.

거실에서 엘스페스와 로버트는 잠잠해져서 귀를 기울였다. 엘스페스가 그를 올려다보았다. 그가 그녀 쪽으로 허리를 굽히자 그녀는 그의 귀에 대고 속삭였다.

"난 뒷문으로 나갈 테니까 무슨 일로 찾아왔는지 알아보세요."

로버트는 그녀가 구두를 벗는 것을 도와주고 뒷문까지 그녀를 부축해 주었다. 그녀는 비상계단에 앉아서 신발을 손에 들고 힘겹게 숨을 쉬고 있었다.

로버트는 아주 천천히 걸었다. 그는 잠시 현관문 앞에 서 있다가 문을 열어 주었다. 줄리아가 밖에 서 있었다. 그녀는 피곤하고 정신이 나간 사람처럼 보였다. 드레스는 한쪽으로 삐뚤어졌고 단추는 엉뚱한 구멍에 채워져 있었으며 참회하는 사람처럼 두 손을 가슴 앞에 마주 쥐고 있었다.

"안녕, 줄리아."

로버트는 그녀를 볼 면목이 없었다. 그녀의 여동생을 죽였다는 생각에 심한 죄책감을 느꼈다.

"예."

그녀는 로버트가 상당히 당황하고 있다고 생각했다. 마치 정신이 혼미한 사람처럼 보였다.

"좀 어때요?"

로버트는 발렌티나를 죽일 의도는 없었는데 그녀가 우기는 바람에 이런 결과가 벌어지고 말았다고 속으로 말했다.

"잠깐 들어가도 돼요?"

그녀는 로버트가 무엇을 감추려 하는지 궁금했다.

"음…… 좋아요. 들어와요."

일은 그녀가 예상하던 방향으로 굴러가지 않았다.

줄리아는 현관에 발을 들여놓았다. 그녀는 몇 발짝 걸어가다가 돌아서며 물었다.

"집을 한번 둘러봐도 될까요?"

"왜요?"

그녀는 아무런 대꾸도 하지 않고 거실로 달려 들어갔다. 그리고 잠시 주변을 둘러본 다음 식당으로 달려갔다. 잠시 뒤에 식당에서 나온 그녀는 복도를 지나 그의 침실로 들어갔다. 숨이 차서 헐떡거리면서 양초와 장미, 타들어 간 성냥 그리고 헝클어진 이부자리를 유심히 바라보았다. 그러다가 욕실로 들어가더니 손에 빗을 들고 나왔다. 심해 생물의 무지갯빛 덩굴손 같은 은색 머리카락 몇 가닥이 빗에 감겨 있었다.

"이건 발렌티나의 머리카락이에요."

"그래요."

"동생은 어디 있죠?"

"줄리아……."

"나도 알아요. 하지만…… 무언가 잘못됐어요."

줄리아는 무엇이 잘못되었는지 설명해 줄 수 있는 단서를 찾으려고 몸을 돌렸다.

"동생이 죽었다는 느낌이 안 들어요."

"알아요."

로버트가 고개를 끄덕였다.

"동생은 분명히 여기에 있어요."

"아니에요. 줄리아……. 도저히 믿을 수 없겠지만 발렌티나는 떠났어요."

"아니에요."

그녀는 다시 아파트를 샅샅이 뒤지기 시작했다. 로버트는 그녀를 뒤따라갔다.

"아침 좀 먹을래요? 달걀도 있고 오렌지주스도 있어요."

그녀는 들은 척도 하지 않고 속도만이 자기가 가진 의문에 대답을 줄 수 있다는 듯이 이 방 저 방을 빠르게 휘젓고 다녔다. 식당에서 그녀는 그를 향해 돌아섰다.

"당신 잘못이에요. 당신이 동생을 죽였다고요."

그렇지 않아도 그런 생각을 하고 있던 그는 아무 대답도 하지 못했다. 그는 두 손을 옆구리에 갖다 대고 서서 그녀의 심판을 받아들일 준비가 되어 있었다.

"당신은…… 우리 이모를 죽였고 발렌티나까지 죽였어요."

그는 그녀가 최대한 상처를 입히려고 애쓰고 있다는 것을 알 수 있었다.

"엘스페스는 백혈병으로 죽었어요. 발렌티나는 천식을 앓고 있었고요."

그가 말했다. 본질을 교묘하게 회피하는 말이 아닐 수 없었다. 모두 부질없는 짓이었다.

"하지만…… 난 모르겠어요. 동생은 왜 죽었죠?"

"나도 몰라요, 줄리아."

그녀는 그를 빤히 쳐다보았다. 그녀의 눈빛은 그가 좀 더 말을 해주기를 원하는 것 같았다. 그러다가 그녀는 갑자기 달려 나갔다. 로버트는 현관문이 쾅 하고 닫히고 나서 계단을 달려 올라가는 소리를 들었다.

그는 참기 힘든 고통을 겪었다. 묘지를 거닐면서 참담한 기분을 떨쳐 버리고 싶었다. 하지만 엘스페스가 비상계단에 앉아 있었다. 그는 그녀를 데리러 뒷문으로 갔다. 문을 열었을 때, 그녀는 계단 발치에 비참한 몰골로 앉아 있었다. 그녀는 뼈도 없는 것처럼 보였다. 그는 그녀를 두 팔로 안아 올려 한마디 말도 없이 집으로 데리고 들어왔다. 침대에 그녀를 눕히고 나서 그 옆에 앉아 다른 곳을 쳐다보며 말했다.

"여기를 떠나야겠어요."

"그래요. 당신이 원하는 곳이면 어디든 좋아요."

엘스페스는 마음이 놓였다.

그는 방을 나갔다. 그녀는 그가 전화를 거는 소리를 들었다. 어디로 가려고 저럴까?

"제임스? 지금 그쪽으로 가도 될까요? 사람을 데려갈 겁니다…… 도착해서 설명드리죠…… 아니, 사정이 좀 그렇게 됐습니다…… 예, 고맙습니다. 곧바로 가겠습니다."

마틴은 집에서 이번 여행을 수도 없이 상상했다. 그의 머릿속에서 여행의 일부는 상당히 구체적이고 현실적이었지만 나머지 부분은 모호하게 남아 있었다. 비행기를 타고 가는 건 상상도 할 수 없었다. 그는 9천 미터 상공에서 꼼짝없이 앉아 있는 걸 자신이 견딜 수 없다는 걸 알고 있었다. 가슴이 터져 버릴 것이다. 그는 기차를 타고 가기로 마음먹었다.

먼저 소형택시를 타야 했다. 거기에는 상당한 용기와 자기 설득이 필요했다. 택시 운전사는 인내심을 가지고 기다려 주다가 결국 그를 위해 문을 열어 주었다. 마틴은 택시 안으로 몸을 들이밀었다가 빼내기를 몇 번이고 반복하다가 마침내 자리에 앉았다. 그는 운전사가 문을 닫도록 내버려 두었다. 마틴은 한동안 눈을 감고 앉아 있다가 충분히 마음이 안정되었을 때 눈을 뜨고 창밖을 바라보았다. 창밖으로는 낯선 세상이 펼쳐져 있었다. 새로운 건물들과 차들이 신기해 보였다. 이상하게 생긴 차들이 아주 많았다. 차량들의 광고사진을 본 적이 있는데 눈앞에서 그런 차들이 달리고 있었다. 도요타의 검정색 프리우스 차량이 갑자기 택시 앞으로 끼어들었다. 다음 신호등에서 운전사들끼리 욕설을 주고받았다. 마틴은 다시 눈을 감았다.

워털루 역에 내리는 순간, 그는 무척 당황했다. 역은 마지막으로 가 보았을 때와는 완전히 달라져 있었다. 그는 한 시간 일찍 도착했다. 앞을 똑바로 바라보고 역전 광장을 아주 천천히 가로질러 가면서 발걸음을 세웠다. 사람들이 그를 스치고 지나갔다. 불안한 마음의 한가운데에는 흥분이라는 진짜 감정이 들어 있다는 것을 인식할 수 있었다. 지금 세상으로 다시 나왔다는 사실에 그는 흥분하고 기

뺨에 젖어 있었다. 마레이케가 자기를 보면 무슨 말을 할지, 또 얼마나 자기를 자랑스럽게 여길지 생각해 보았다.

'여보, 조금만 기다려. 내가 달려갈게.'

마틴은 그렇게 생각하면서 역을 감싸고 있는 선선하고 퀴퀴한 공기 속에서 몸을 떨었다. 자기도 모르는 사이에 그는 키스를 기대하는 사람처럼 눈을 감고 고개를 앞으로 기울였다. 그는 마레이케의 포옹을 상상하면서 열차시간표 앞에 섰다.

그는 유로스타의 일등석 승차권을 샀다. 행운을 믿고 편도로 끊었다. 대합실에서는 다른 여행객들과 멀찍이 떨어져서 기다렸다. 드디어 고속열차에 올라타고 객차의 한쪽 끝으로 걸어가서 자리에 앉았다. 고속열차는 그가 기억하는 열차들보다 더 조용하고 깨끗했다. 마틴은 고개를 숙이고 손을 마주 쥐고는 소리 없이 숫자를 세기 시작했다. 다섯 시간이나 걸리는 여행이었다. 페리를 타지 않아도 되어 다행이었다. 열차는 선로 위를 곧장 달려갈 것이다. 그것은 하늘을 날지도, 바다 위를 미끄러지지도 않을 것이다. 그는 가만히 앉아 있기만 하면 되었다. 브뤼셀에서 다른 열차로 갈아타고 다시 한 번 택시를 타면 그만이었다. 그 정도면 충분히 해 볼 만한 여행이었다.

제시카가 현관문을 열었을 때 로버트는 몸집이 자그마한 누군가를 꼭 껴안고 서 있었다. 처음에는 부상 입은 아이처럼 보였다. 로버트는 그 사람이 당장에 주저앉기라도 할 것처럼 겨드랑이 밑으로 팔을 넣어 부축했다. 따뜻한 날씨였지만 그가 부축하고 있는 사람은 스카프를 두르고 있었다. 로버트는 고개를 숙여 체구가 자그마한 그 사람을 가렸다. 그러다가 천천히 얼굴을 들어 슬픔이 가득한 표정으로 제시카를 바라보았다.

"로버트? 무슨 일이에요? 누구죠?"

"죄송합니다. 여기 말고 달리 갈 곳이 없어서요. 여사님이라면 저희를 도와줄지도 모른다고 생각했습니다."

그가 안고 있는 사람이 고개를 돌렸다. 제시카는 그 사람의 얼굴을 보았다. 처음에는 줄리아라고 생각했지만 곧 자신의 판단이 틀렸다는 것을 깨달았다.

"혹시 에디?"

"제시카."

그 사람은 그렇게 말하고 나서 몸을 똑바로 세우고 혼자 힘으로 서려고 애썼다. 그 모습은 마치 갓 태어난 망아지가 비틀거리며 일어서는 모습 같았다.

"엘스페스입니다."

로버트가 말했다.

제시카는 손을 내밀고 문설주에 몸을 기대고 섰다. 그 순간 그녀는 예전에는 불가능하다고 여겼던 일이 이해되지는 않지만 받아들여지는 아주 보기 드문 경우를 경험했다.

"로버트! 대체 무슨 짓을 한 거예요?"

그녀가 소리쳤다. 안에서 제임스의 목소리가 들려왔다.

"여보, 무슨 일이야?"

그녀는 잠시 뜸을 들이다가 남편의 말에 대꾸했다.

"아무것도 아니에요."

그녀는 두렵고 미심쩍은 표정으로 두 사람을 빤히 바라보았다.

"저희는 그만 가 보는 게 나을 것 같네요. 죄송합니다. 심려를 끼쳐드릴 생각은……."

로버트가 말했다.

"그런데 어떻게 이런 일이 가능한 거죠?"

"저도 모르겠습니다."

로버트가 말했다. 자신이 엄청난 실수를 저질렀다는 사실을 새삼 깨달았다.

"죄송합니다. 어떻게 하면 좋을지 충분히 생각해 보고 나서 다시 오겠습니다. 부탁인데…… 이 일을 줄리아나 그녀의 부모님한테는 알리지 말아 주십시오. 그 사람들한테는 알리지 않는 편이 나을 것 같네요."

그는 엘스페스를 부축해서 가려고 돌아섰다.

"잠깐만요, 로버트."

제시카가 불렀지만 그는 벌써 떠나가고 있었다. 엘스페스는 그의 목에 두 팔을 둘렀다. 제임스가 문으로 다가왔을 때, 두 사람은 이미 울타리에 가려 보이지 않는 인도 쪽으로 들어선 상태였다.

"무슨 일이지?"

그가 말했다.

"들어오세요. 말씀드릴 게 있어요."

제시카가 말했다.

마틴은 열차에 앉아 있었다. 창밖으로 세상이 빠르게 스치고 지나갔다.

'모든 게 예전 그대로야. 지붕, 굴뚝, 낙서, 회사 건물들 그리고 자전거를 타는 사람들……. 곧 양떼가 보이겠지. 그리고 시골의 탁 트인 하늘도. 한때는 외면과 내면, 두 가지 현실이 있다고 생각했어. 하지만 그것은 어딘가 빈약한 생각이야. 난 이제 어젯밤의 내가 아니야. 마레이케의 집에 도착할 무렵에는 그녀가 차 버린 남편이 아닌 다른 사람이 되어 있을 거야. 우리는 어떤 모습으로 다시 만나게 될까? 새로운 현실에 어떻게 적응을 해야 하지? 다가서려고 하면 현실은 자꾸만 멀어진단 말이야.'

마틴은 줄리아가 주머니에 넣어 준 비타민 통을 감싸 쥐었다. 그는 꿈에 부풀어 있었다. 모든 것이 아름다워 보였다. 눈을 감았다.

'이제 미래가 다가오고 있어. 다시 시작하는 거야.'

브뤼셀의 기차역에서 햄 샌드위치와 선글라스를 샀다. 마음이 불안했는데 선글라스를 끼니 안정이 되었다. 그는 가게의 거울에 비친 자기 모습을 바라보았다. 영락없이 제임스 본드 같았다. 탈리스(파리에서 브뤼셀, 암스테르담, 오스텐드, 나무르 구간을 도심에서 도심까지 운행하는 고속 열차─옮긴이)는 유로스타보다 더 붐볐지만 그의 옆자리에는 아무도 앉지 않았다. 세 시간을 더 달려야 했다. 그는 샌드위치를 먹기 시작했다.

택시는 마틴을 마레이케의 집 앞에 내려놓았다. 그는 좁고 구불구불한 거리에 서서 예전에 그곳에 와 본 적이 있는지 기억을 더듬었다. 와 본 적이 없는 곳이었다. 계단을 올라가 현관문 앞에 섰다.

그리고 조심스럽게 초인종을 눌렀다. 그녀는 집에 없었다.

마틴은 당황했다. 그녀가 응답을 하지 않으면 어떻게 할지에 대해서는 생각해 보지 않은 것이다. 자기 생각대로 일이 풀려 나갈 거라고 기대했다. 집 밖에서 기다려야 할 줄은 꿈에도 생각해 본 적이 없었다. 그는 문 손잡이를 잡고 돌려 보았다. 가슴이 빠르게 뛰었다.

'이러면 안 돼. 긴장하지 말고 천천히 숨을 쉬자.'

그는 여행 가방 위에 앉아서 뛰는 가슴을 진정시켰다.

마레이케는 자전거를 타고 골목으로 들어서고 있었다. 그녀는 다른 곳에 정신이 팔린 채 가방에 손을 넣고 열쇠를 찾았다. 처음에는 자신의 현관문 앞에서 숨을 헉헉거리는 남자를 보지 못했다. 그녀가 집 가까이 다가오자 그는 자리에서 얼른 일어서며 그녀를 불렀다.

"마레이케!"

"마틴…… 당신이 어떻게……!"

그녀는 자전거를 얼른 건물 앞에 세워 두고 그를 향해 돌아섰다.

"어떻게 여기까지 찾아왔어요?"

그는 그녀를 향해 두 팔을 벌렸다. 두 사람은 입을 맞추었다. 지나가는 사람들의 시선을 느끼며 마틴은 마레이케를 포옹했다. 결국 그녀를 되찾은 것이다.

"들어가요."

"응. 나중에 바람 쐬러 갈까?"

"그래요."

마레이케가 미소를 지으며 말했다.

일기의 마지막

에디와 잭은 런던에서 2주일간 머물렀다. 날마다 그들은 아침식사 전에 아파트로 와서 줄리아와 함께 자신들의 옛 친구들을 만나러 가거나 에디의 어린 시절과 잭이 은행에 근무하던 시절 그리고 자신들의 연애 시절의 추억이 녹아 있는 런던시내를 구경했다. 줄리아는 하루하루 바쁘게 생활하는 것이 좋았다. 비록 의도적인 노력이긴 했지만 슬픔을 치유하는 데에는 그런 생활이 효과가 있었다. 그녀는 자기 아빠가 엄마를 간혹 혼란스러운 표정으로 쳐다보는 것을 눈치 챘다. 잭은 자신이 기억하는 이야기와 전혀 다른 이야기를 들은 것처럼 혼란스러운 표정을 짓곤 했다.

어느 날 에디와 잭이 도착했을 때, 로버트는 밖으로 나가 앞뜰에서 그들을 맞았다.

"에디, 할 이야기가 있어요. 잠깐만 시간을 내주세요."

그가 말했다.

"나는 먼저 위층에 올라가 있을게."

잭이 말했다.

에디는 로버트를 뒤따라 그의 아파트로 들어갔다. 버려진 것 같은 느낌이 드는 아파트였다. 가구는 거의 없었다. 깨끗하기는 했다. 아파트에서 물건들을 빼낸 것을 알아차릴 수 있었다.

"이사를 가시려고요?"

그녀가 물었다.

"예. 물건들을 조금씩 옮기는 중입니다. 여기서 혼자서는 도저히 살 수 없을 것 같아서요."

그는 가정부 방으로 그녀를 데려갔다. 그곳에는 여러 개의 상자들밖에 없었다. 상자마다 책자와 사진 그리고 잡다한 서류가 가득 들어 있었다.

"엘스페스가 제게 남긴 물건들입니다. 한 번 보시겠습니까?"

에디는 움직이지 않았다. 그녀는 방어를 하듯 팔짱을 끼고 서서 상자들을 바라보았다.

"저것들을 읽어 보셨어요?"

그녀가 물었다.

"몇 개는 읽었습니다. 저보다는 당신한테 더 의미가 있을지도 모른다고 생각했습니다."

"저는 읽고 싶지 않네요."

에디는 그렇게 말하고 나서 그를 바라보았다.

"저를 위해 모두 불태워 주시겠어요?"

"불태워 달라고요?"

"만약 제게 남겼다면 모두 불태워 버렸을 거예요. 가구들까지 몽땅이요. 엘스페스는 우리가 어렸을 때 사용한 침대를 아직도 가지고 있더군요. 침실에서 그것을 보았을 때 제 눈을 믿을 수가 없었어요."

"예쁜 침대입니다. 저는 언제나 마음에 들었는데요."

로버트가 말했다.

"저를 위해 이것들을 불태워 주세요."

에디가 다시 부탁을 했다.

"알겠습니다."

"고마워요."

그녀는 미소를 지었다. 로버트는 그녀가 미소 짓는 모습을 예전에는 보지 못했다. 미소 짓는 모습까지 엘스페스를 빼닮아 그를 고통스럽게 했다. 그는 돌아선 그녀를 따라 나왔다.

"줄리아는 계속 여기에서 지내는 겁니까?"

현관에서 그가 물었다.

"예. 집으로 돌아가고 싶어 할 거라고 생각했는데 안 가려고 하네요. 아파트를 떠나 버리면 발렌티나를 버린다는 느낌이 드나 봐요. 언제부터 그랬는지 몰라도 쓸데없는 미신에 사로잡혀 있는 것 같더라고요."

에디는 얼굴을 찌푸리며 말했다.

"저는 이해할 수 있습니다."

로버트가 말했다. 에디는 잠시 뜸을 들이다가 말했다.

"정말 친절히 대해 주셔서 고마워요. 엘스페스와 발렌티나가 왜 로버트 씨를 좋아했는지 이제야 알 것 같네요."

로버트는 고개를 흔들었다.

"송구스럽습니다."

"송구스럽긴요."

에디가 말했다.

나중에 풀 가족이 떠난 뒤에 로버트는 상자들을 뒤뜰로 끌어내 하나도 남기지 않고 모두 불태웠다. 이튿날 아침, 에디는 이끼 위에 불탄 자국이 있는 것을 보고는 기뻤다.

7월 중순의 어느 흐린 날, 잭과 에디는 시카고행 비행기에 나란히 앉아서 비행기가 이륙하기를 기다렸다. 에디는 비행기에 탑승하기 전에 술을 두 잔이나 마셨지만 별로 도움이 되지 않았다. 등과 겨드랑이, 이마에서는 땀이 흘러내리고 있었다. 그녀는 손을 내미는 잭의 손을 꼭 잡았다.

"진정해."

그가 말했다.

"제가 너무 바보 같죠."

그녀는 고개를 가로저었다.

"아니야, 엘스페스."

잭은 예상되는 위험을 무릅쓰고 한마디 던졌다.

비행기가 움직이기 시작했다. 그녀는 자신의 이름을 듣고 너무 놀라 입을 벌리고 그를 바라볼 뿐이었다. 비행기가 런던 상공으로 치솟았을 때에도 그녀는 두렵다는 생각을 할 수 없었다.

"언제부터 알고 있었던 거예요?"

하늘로 올라가던 비행기가 지상과 수평을 이루었을 때 그녀가 물었다.

"오래전에."

그가 말했다.

"난 당신이 나를 떠날 거라고 생각……"

"절대 떠나지 않아."

그가 말했다.

"미안해요. 정말 미안해요."

그녀는 울기 시작했다. 지금껏 한 번도 그렇게 울어 본 적이 없었는데 딸꾹질까지 해 가며 볼썽사납게 울었다. 도저히 울음을 주체할 수가 없었다. 잭은 그녀를 지켜보기만 할 뿐 어떻게 해야 할지를 몰랐다. 승무원이 급히 자그마한 화장지를 가져다주었다.

"어머, 창피해라. 구경거리가 되고 말았네요."

에디가 마침내 말했다.

"괜찮아. 이 비행기에는 미국 사람들이 대부분이야. 아무도 우리한테 신경 안 써. 저 봐. 모두 영화를 보느라 정신이 없군."

잭은 그렇게 말하고 나서 두 사람 사이에 놓인 팔걸이를 걷어 올렸다. 에디는 그에게 몸을 기댔다. 실컷 울고 나니 공허한 느낌이 들었지만 이상하게도 마음은 후련했다.

회생

줄리아는 늦잠을 잤다. 간밤의 악몽으로 머리가 혼란스러웠다. 에디와 잭은 이틀 전에 마지못해 레이크 포레스트로 돌아갔다. 부모님을 떠나보내고 나니 한결 마음이 홀가분했지만 지금의 아파트는 너무나 고요했다. 아파트 단지에 자기 혼자만 있는 것 같았다. 일요일이었기 때문에 그녀는 어제 입었던 옷을 꿰입었다. 사실 그것은 그저께도 그리고 그끄저께도 입었던 옷이다. 그녀는 「옵저버」 지를 사러 버스정류소 근처에 있는 구멍가게로 갔다. 신문을 사서 돌아왔을 때, 커다란 오토바이 한 대가 아파트 입구를 턱 가로막고 있었다. 그녀는 짜증이 묻어나는 표정으로 오토바이를 돌아서 걸어갔다. 누군가 자신을 지켜보고 있다는 사실도 모른 채 정문을 통과해서 아파트 건물로 들어섰다.

차를 끓이고 나서 초콜릿 비스킷 봉지를 뜯었다. 그런 다음 차에 우유를 조금 붓고 소반에다 먹을 것들과 담배를 올려서 식당으로 가져갔다. 고양이의 영혼이 신문지에 올라가 몸을 말고 있었다. 고양이는 한쪽 눈은 감고 다른 쪽 눈은 뜨고 있었다. 줄리아는 소반을 식탁에 내려놓고 고양이의 영혼을 향해 손을 뻗었다. 그런 다음 신문을 식탁에서 들어올려 읽을 것과 읽지 않을 것을 분리했다. 고양이는 화난 표정으로 한쪽 다리를 허공으로 내뻗고 자신의 아랫도리를 혀로 핥기 시작했다. 녀석은 첼로 연주자를 닮았다. 하지만 줄리아는 고양이를 볼 수 없었다.

줄리아는 신문을 펼쳐 놓고 비스킷을 먹었다. 그녀는 엘스페스 이모가 어디에서 무엇을 하고 있는지 갑자기 궁금해졌다. 몇 주 동안 이모의 흔적을 발견할 수 없었다. 간혹 싸늘한 공기와 맞닥뜨렸고 백열전구가 불안하게 깜빡거리는 것을 보기는 했다. 줄리아는 신문을 읽고 나서 접지 않고 그냥 내버려 두었다. 동생도 없는데 자질구레한 것까지 신경 쓰고 싶지 않았다. 이제 동생은 신문을 읽지 않을 것이고 언니의 이기적인 행동에 짜증을 부리는 일도 없을 것이다. 줄리아는 담배에 불을 붙였다. 고양이가 얼굴을 찌푸리더니 식탁에서 폴짝 뛰어내렸다.

어느 정도 시간이 지나 그녀가 신문을 모두 읽고 담배를 네 개비째 피우고 있을 때 무슨 소리가 들려왔다. 그것은 발소리와 너무나 흡사했다. 그녀는 고개를 뒤로 젖히고 소리가 들려오는 천장을 올려다보았다. 마틴이 돌아온 걸까? 줄리아는 차 찌꺼기에 담배를 비벼서 끄고 식당에서 달려 나가 곧장 이층으로 올라갔다.

마틴의 아파트 문이 빠끔히 열려 있었다. 줄리아의 가슴이 방망

이질을 했다. 그녀는 아파트 안으로 발을 들여놓았다.

현관에 서서 귀를 기울였다. 아파트 안은 고요했다. 줄리아는 창문 밖에서 새가 지저귀는 소리를 들었다. 어둠 속에서 상자와 플라스틱 용기들은 여전히 먼지를 뒤집어쓰고 있었다. 줄리아는 마틴을 불러야 할지 잠시 생각했다. 그 순간 소리의 주인공이 마틴이 아닐 수도 있다는 생각이 들었다. 어떻게 해야 할지 몰라 그 자리에 잠시 서 있었다. 동생과 함께 아파트로 이사 온 날이 생각났다. 그날 밤, 마틴의 집에서 흘러내린 물 때문에 자매는 잠을 깼다. 항의를 하러 올라갔을 때 마틴은 침실 바닥을 북북 문지르고 있었다. 그때가 겨울이었으니 참 오래전의 일이다. 지금은 여름이다. 줄리아는 천천히 소리 없이 걸어가서 마틴의 방들을 하나하나 둘러보았다. 아파트 안은 쥐 죽은 듯이 고요했다. 대부분의 창문은 아직도 신문지로 가려져 있었다. 신문지를 떼어 낸 창문으로는 맑은 햇살이 쏟아져 들어오고 있었다. 떼어 낸 신문지들은 그녀가 놓아둔 곳에 그대로 있었다. 줄리아는 거실과 식당으로 살금살금 걸어갔다. 부엌의 조리대 위에는 누가 그랬는지 몰라도 맥주 뚜껑과 병따개가 놓여 있었다. 줄리아는 마틴이 오전에 술을 마시는 것을 본 기억이 없었다. 하지만 그때가 아직도 오전시간인지 궁금했다. 너무 늦게 잠자리에서 일어났기 때문이다.

복도를 가로질러 가서 마틴의 서재를 들여다보았다. 키가 크고 몸매가 각을 이룬 젊은 남자가 마틴의 책상 앞에 서서 손에 신문을 들고 읽고 있었다. 그 인상적인 모습은 베르메르의 그림을 연상시켰다. 청년은 그녀에게 등을 보이고 있었는데 청바지와 검정색 티셔츠 차림에 오토바이 부츠를 신고 있었다. 머리카락은 길고 검었다. 그는 신문을 읽으면서 한숨을 내쉬었고 이따금씩 손가락으로 머리를 쓸어내렸다. 줄리아가 마레이케를 한 번이라도 만나 보았다면 청년의 한숨짓는 모습과 몸짓을 보고 그가 누구인지 알아볼 수 있었을 것이다. 그녀는 그가 누구인지 전혀 감을 잡을 수 없었다. 그때 청년이 몸을 돌렸고 그들의 시선이 마주쳤다. 그녀는 그를 보고 깜짝 놀랐다.

"아!"

줄리아는 자기도 모르게 탄성을 내뱉었다. 청년도 놀라기는 마찬가지였다. 두 사람은 잠시 동안 서로의 얼굴을 빤히 바라보았다.

"미안해요."

줄리아가 말했다.

"누구시죠?"

청년도 동시에 말했다.

"저는 줄리아 풀이라고 해요. 아래층에 사는 사람인데 발소리가 들리기에……."

청년은 호기심 어린 눈빛으로 그녀를 바라보았다. 줄리아는 그가 무엇을 그렇게 바라보는지 깨달았다. 그는 씻지도 않고 초라한 옷을 입고 있는 아가씨, 바짝 마른 몸매에 실오라기 같은 머리카락을 가진 자신을 바라보고 있었다.

"누구시죠?"

이번에는 줄리아가 물었다.

"저는 테오 웰즈라고 합니다. 이 집 주인 아들이죠. 보름이 넘도록 아버지한테서 아무런 연락도 못 받았어요. 어머니한테서도 연락이 없더군요. 평소에 전화로 이야기를 많이 하시는 분들인데…… 전화를 해도 받지를 않더라고요. 그래서 집에 와 보니 아버지가 안 계시네요. 밖에는 절대로 나가지 않는 분인데 이상하지 않습니까? 도무지…… 이해가 되지 않아요."

줄리아가 미소를 지으며 말했다.

"부인을 찾으러 암스테르담으로 가셨어요."

테오는 고개를 가로저었다.

"자발적으로 아파트를 나섰다고요? 아버지가 버스나 기차를 탔단 말입니까? 어림도 없어요. 마지막으로 아버지를 뵈었을 때는 욕실에서도 안 나오려고 하셔서 구슬리느라 애를 먹었습니다."

"많이 좋아지셨어요. 약을 드시면서 상태가 점차 좋아지더군요. 부인을 찾는다며 네덜란드로 간 게 맞아요."

테오는 마틴의 책상에 앉았다. 줄리아는 그가 마틴을 무척 닮았다는 사실을 알 수 있었다. 두 사람이 다른 거라고는 아들이 좀 더 젊고, 등이 덜 굽었다는 것 그리고 움직임이 좀 더 크다는 것뿐이었다. 얼굴과 손은 마틴을 빼닮았다. 청년을 보고 그녀는 유전자의 경이로움을 느꼈다. 유전자라는 것은 항상 신기하다고 생각하던 중이었다. 그녀는 테오와 마틴이 성격이나 그 밖의 면에서도 닮았는지 궁금했다.

"아버지는 우울증 치료제를 복용하는 걸 무척 싫어하셨어요. 부작용을 두려워하셨거든요. 어머니와 제가 여러 번 설득을 해 봤지만 항상 거부하시더군요."

테오는 두 손으로 자기 얼굴을 덮었다. 그의 몸짓은 마틴과 흡사했다. 줄리아는 사람들도 어떤 사람을 볼 때마다 다른 사람을 머리에 떠올리는지 궁금했다. 발렌티나는 사람들이 자기를 보고 언니를 떠올리거나 하면 무척 싫어했다. 줄리아는 테오의 모습에서 마틴을 보았다. 그러자 흥분이 되었다.

"아저씨는 약인지 모르고 드셨어요. 제가 속인 거죠."

그녀는 자신의 행위를 테오가 긍정적으로 받아들일지 알 수 없었다. 그는 생각에 빠져 있었다.

"오토바이를 타고 오신 거예요?"

"예? 아, 예."

"한 번 타 봐도 돼요?"

테오가 빙그레 웃었다.

"몇 살이나 되었는데요?"

"먹을 만큼 먹었어요."

줄리아는 얼굴을 붉혔다. 그녀는 테오가 자기를 열두 살짜리 계집애로 여기는가 싶었다.

"우리는 비슷한 또래일 걸요."

그는 놀랐는지 눈썹을 치켜떴다.

"정말이에요."

그녀가 말했다.

"그럼 증명해 보세요."

테오가 말했다.

"여기서 잠깐 기다려요. 저를 버리고 가면 안 돼요."

"그런 걱정은 말아요. 몇 가지 챙겨 갈 물건이 있으니까요. 찾을 수 있을지 모르겠지만."

테오는 그렇게 말하고 나서 상자들을 훑어보았다.

줄리아는 아래층으로 후다닥 달려 내려갔다. 그녀는 샤워를 한다음 엘스페스의 옷장으로 직행했다. 무슨 옷을 입어야 할지 고민이었다.

'발렌티나라면 무슨 옷을 입을까? 아냐, 내가 입을 옷인데 내가 골라야지.'

잠시 생각한 뒤에 그녀는 청바지와 분홍색 티셔츠 차림으로 나왔다. 그리고 초콜릿 색깔의 굽이 높은 가죽부츠를 신었다. 엘스페스가 남긴 물건이었다. 립스틱을 바르고 헤어드라이어로 머리를 말린 다음 위층으로 올라갔다.

테오는 상자들 옆에서 무릎을 꿇고 있었다.

"돌아 버리겠군."

그가 말했다.

"물건을 찾기가 쉽지 않을 거예요."

줄리아의 말소리에 그는 몸을 돌려 그녀를 바라보았다.

"인정합니다. 오토바이 타고 싶어요? 여분의 헬멧은 있어요."

"좋아요. 가요."

줄리아가 말했다.

방문

처음에 발렌티나는 존재 자체가 거의 없었고 아는 것도 별로 없었다. 차갑기만 했다. 그녀는 아파트 안을 목적 없이 돌아다니며 어떤 기대감을 가지고 기다렸다.

아파트 안에서 시간은 아주 더디게 흘렀다. 발렌티나는 처음에 아무것도 주의를 기울이지 않았지만 몇 달이 지나는 동안 자신은 죽었고 엘스페스는 떠나 버렸으며, 자신은 이제 줄리아와 영원히 함께 지내게 되었다는 사실을 이해하기 시작했다. 자신에게 일어났을지도 모르는 일을 이해하기 시작했을 때 시간은 속도가 느려졌다. 아파트의 공기가 유리로 변해 버린 것 같은 느낌이었다.

이제 고양이는 영원한 동료가 되었다. 그들은 햇살이 비치는 곳을 쫓아다니며 양탄자 위에서 함께 뒹굴며 며칠을 보냈다. 저녁이면 줄리아와 함께 텔레비전을 시청했고 줄리아가 잠을 자는 밤 시간 동안에는 창가에 앉아 달빛에 젖은 공동묘지를 내다보았다. 그것은 끝이 없는 꿈이었다. 꿈에서는 아무 일도 일어나지 않고 마음대로 날아다닐 수 있었다. 줄리아는 그녀를 주시하며 기다리고 있는 것 같았다. 줄리아는 중얼거리듯이 그녀의 이름을 불러 보기도 하고 발렌티나가 있는 방향을 바라보기도 했다. 그럴 때면 발렌티나는 다른 방으로 가 버렸다. 그녀는 자신이 그곳에 있다는 사실을 줄리아가 모르길 바랐다. 발렌티나는 수치심을 느꼈다.

여름이 끝나고 가을이 다가왔다. 차가운 비가 내리는 어느 저녁이었다. 발렌티나는 로버트가 앞뜰에 난 길을 따라 걸어오는 것을 보았다. 뜰에는 집을 판다는 표지판이 서 있었다. 마틴과 마레이케는 아파트를 팔려고 내놓았다. 줄리아는 위층에 있었다. 그녀는 테오가 이사를 가려고 상자에 담긴 물건들을 꺼내 다른 상자에 옮겨 담는 것을 도와주고 있었다.

로버트가 아파트 건물 안으로 들어섰다. 엘스페스의 이름이 적힌 자그마한 카드가 아직도 현관문에 붙어 있었다. 그것을 보자 그의 가슴속에 슬픔이 밀려들었다. 그는 아래층에서 진흙이 묻은 신발을 벗고 소리도 내지 않은 채 현관을 지나 거실로 들어갔다. 피아노 옆에 있는 전등을 켠 후 그는 주변을 둘러보았다.

"발렌티나?"

그녀는 창가에 서서 그가 어떻게 하는지 지켜보았다.

"발렌티나…… 미안해요. 나는 몰랐어요."

그녀는 지난 몇 달 동안 그를 간절히 보고 싶었다. 이제 그가 아파트로 돌아왔지만 그녀는 실망했다.

로버트는 거실 한복판에 서서 손을 늘어뜨린 채 귀를 기울이듯 고개를 기울이고 있었다. 아무것도 움직이지 않았다. 차가운 존재도 없었고 텅 빈 공간만 있었다.

"발렌티나?"

그녀는 로버트가 자기를 정말 사랑하기는 했는지 궁금했다.

기다리다가 결국 포기했는지 그가 돌아서서 아파트를 나갔다. 그녀는 그가 아파트 정문을 빠져나가는 것을 지켜보았다.

'로버트, 어디로 가는 거예요? 누가 기다리고 있는 거죠?'

그녀는 혼자서 생각했다.

만남, 도피, 발각

줄리아는 진열창의 물건들을 구경하면서 롱 에이커 거리를 걷고 있었다. 햇살이 맑은 1월의 어느 토요일이었다. 그날 아침에 잠에서 깨어났을 때 그녀는 사람들이 많은 곳으로 가 보고 싶은 욕구를 느꼈다. 테오에게 줄 선물이 있는지, 또 주말에 그를 만나러 갈 때 입을 만한 귀여운 옷이 있는지 보려고 이 가게 저 가게를 기웃거렸다. 어제 입었던 청바지와 스웨터 위에 엘스페스의 외투를 걸쳤다. 예전보다 몸이 더 마른 것 같은 느낌이 들었다. 정확히 말하면 이제는 옷을 입는 게 아니라 마른 몸에 옷을 걸친다고 해야 맞을 것이다. 그녀는 털이 달린 부츠를 신고 우주비행사처럼 걸었다. 그녀는 닐스 야드 거리에 있는 자그마한 가게로 들어갔다. 가게 안에는 분홍색 물건들이 많았다. 목이 긴 운동화, 목도리, 비닐로 만든 미니스커트까지 모두 분홍색이었다. 온통 발렌티나가 좋아할 만한 물건들이었다. 줄리아는 자신과 발렌티나가 솜털로 뒤덮인 앙고라 스웨터에다 형광빛이 나는 녹색 망사 스타킹을 입고 있는 모습을 상상했다. 그녀는 거울 앞에서 스웨터를 가슴 위에 대어 보다가 거울에 비친 자신의 모습에 혐오감을 느꼈다. 거울 속에서 밖을 내다보고 있는 여자는 독감에 걸린 발렌티나처럼 보였다. 줄리아는 돌아서서 스웨터를 본래 있던 자리에 갖다 놓았다.

다시 거리로 나와 지나쳐 버린 샌드위치 가게에 대해 생각하며 자신이 어느 방향에서 걸어왔는지 기억해 내려고 애썼다. 그때 어떤 여자가 그녀를 스치고 지나갔다. 여자한테서 풍기는 냄새가 인상적이어서 줄리아는 자기도 모르게 그 여자의 뒷모습을 쳐다보았다. 라벤더 비누, 땀 그리고 베이비파우더가 한데 뒤섞인 냄새였다. 여자는 관광객들을 요리조리 피하면서 빠르게 걸어가고 있었다. 그녀는 조금의 망설임도 없는, 거의 본능에 가까운 걸음으로 신문을 파는 노점상과 거리공연자를 돌아서 지나갔다. 그녀가 걸음을 옮길 때마다 동그랗게 말린 짙은 밤색 머리카락이 찰랑거리며 춤을 추었다. 선홍색 드레스를 입고 있는 그녀는 어깨에 털로 만든 작은 망토를 걸치고 있었다. 줄리아는 그 여자를 뒤따라가기 시작했다.

여자를 따라가는 동안 점점 더 흥분이 되었다.

'셜록 홈즈는 등을 가릴 수는 없다고 말했지. 아니, 피터 윔지 경 (여류추리소설 작가 도로시 세이어즈의 작품에 나오는 명탐정—옮긴이)이 그런 말을 했던가? 아무튼, 저 여자의 등은 꼭 발렌티나를 닮았단 말이야. 물론 걷는 모습은 다르지만.'

발렌티나라면 그렇게 똑바른 자세로 성큼성큼 걷지 않았을 것이다. 아가씨는 한참 걸어가다가 지도가게인 스탠포드로 쏙 들어가 버렸다. 줄리아도 가게로 따라 들어갔다.

"저기, 이스트 서섹스의 지도를 찾고 있는데요?"

여자는 저음으로 낭랑하게 말했다. 그녀의 목소리에서는 상류 지식인의 티가 났다.

"도로지도나 육지측량부에서 나온 지도를 찾으시는 건가요?"

점원이 물었다.

"육지측량도로 주세요."

여자가 점원을 따라 아래층으로 내려가는 동안 줄리아는 호주에 관한 책자들이 잔뜩 꽂혀 있는 탁자에서 얼쩡거렸다. 몇 분 뒤에 여자가 쇼핑백을 하나 들고 계단을 올라왔다. 줄리아는 그녀의 얼굴을 제대로 볼 수 있었다. 발렌티나를 닮았지만 발렌티나는 아니었다. 생김새가 많이 비슷하긴 했지만 표정은 전혀 달랐다. 여자는 검은색 립스틱과 아이라이너를 사용했고 몸집도 더 컸다. 눈은 갈색이었고 얼굴에는 발렌티나와는 비교도 할 수 없는 자신감이 깃들어 있었다. 몸 전체에서 자신감이 흘러넘쳤다.

여자는 문에 손을 대고 금방이라도 밖으로 나갈 기세였다. 줄리아는 절대로 그녀를 놓칠 수 없었다.

"저기, 실례합니다."

줄리아가 말했다. 여자는 걸음을 멈추고 뒤를 돌아보고는 낯선 여자가 자기한테 말을 붙였다는 사실을 깨달았다. 그 순간 줄리아는 그녀가 임신 중이라는 사실을 깨달았다. 두 사람의 시선이 마주쳤다. 그녀는 깜짝 놀랐을까? 두려워하는 것일까? 아니면 낯선 여자가 자기 팔을 붙잡는 것을 보고 놀랐을까?

"왜 그러시죠?"

여자가 말했다. 줄리아는 마치 그 여자의 얼굴을 잡아먹을 듯이 뚫어지게 바라보았다. 줄리아는 여자의 화장을 모두 지워 버리고 옷을 벗겨 익숙한 검은 점이나 우두 자국이 있는지 확인해 보고 싶었다.

"팔이 아파요."

여자가 큰 소리로 말했다. 그것은 발렌티나의 목소리였다. 그 순간 가게 안이 갑자기 고요해졌다. 줄리아는 뒤에서 나는 무거운 발소리를 들었다. 그녀는 그제야 여자의 팔을 놓아 주었다. 여자는 문을 왈칵 열어젖히고 거리로 나서더니 빠르게 걸어갔다. 줄리아는 뒤따라 나와서 여자가 인파 속으로 사라지는 모습을 지켜보았다.

엘스페스는 뛰지 않으려고 무진장 애썼다. 숨을 헐떡이면서도 걷는 속도를 줄이려고 애썼다. 뒤는 돌아보지 않았다. 스타벅스가 눈에 들어왔다. 그녀는 그곳으로 들어가 자리를 잡고 앉았다. 쿵쾅거리는 가슴을 진정시키고 나서 화장실로 들어가 얼굴에 물을 끼얹고 화장을 고쳤다. 거울에 비친 자기 모습을 유심히 관찰했다. 시험은 통과하지 못했다. 얼굴이 변하긴 했지만 아직도 충분하지 않았다. 줄리아는 두꺼운 화장 밑에 숨겨진 여동생의 얼굴을 보았다. 줄리아가 알아차렸을까? 만약 알았다면 왜 뒤쫓아오지 않았을까? 왜 그토록 애매한 표정을 지었을까? 엘스페스는 줄리아의 얼굴을 머리에 떠올려 보았다. 너무 마르고 피곤해 보였다. 엘스페스는 세면대에 몸을 기대고 두 팔로 세면대를 짚었다. 그리고 고개를 숙여 턱을 가슴에 댔다. 두 팔 사이에서 배가 빨간 풍선처럼 부풀어 올랐다. 엘스 페스는 울기 시작했다. 울음을 멈출 수가 없었다. 어깨에 두른 자그 마한 털 망토가 눈물에 젖었다.

마침내 화장실에서 나왔을 때, 여자 세 명이 줄을 서서 기다리고 있다가 지나가는 그녀를 짜증스러운 표정으로 노려보았다. 엘스페 스는 남아 있는 심부름은 건너뛰기로 마음먹었다. 그녀는 지하철역 으로 들어가서 20분 뒤에 킹스 크로스 세인트 팬크라스 역에서 내 렸다. 그녀가 작은 아파트의 문 앞에 서서 열쇠를 더듬거리며 찾고 있을 때 로버트가 문을 열었다.

"어디에 있었어요? 걱정을 많이 했어요."

그가 말했다.

"로버트, 아무래도 런던을 떠나야 할 것 같아요. 줄리아를 봤 어요."

"줄리아가 당신을 알아봤어요?"

"확신하는 것 같지는 않았어요. 혼란스러운 표정을 지었는데 얼 마나 겁이 났는지 몰라요. 여길 떠나야 해요."

그들은 지저분한 부엌에 있었다. 엘스페스는 식탁에 팔꿈치를 댄 채 두 손으로 머리를 괴고 있었고 로버트는 부엌을 서성거렸다. 부엌 은 너무 작아서 사방으로 겨우 서너 걸음만 걸을 수 있었다. 서성거 리는 로버트의 모습을 보자 그녀는 불안해져서 줄리아를 떠올렸다.

"제발 한곳에 좀 가만히 있어요."

그녀의 말에 로버트는 자리에 앉았다.

"어디로 가야 하죠?"

그가 물었다.

"미국이나 호주, 아니면 파리."

"엘스페스, 당신은 유효한 여권도 없잖아요. 우리는 국제선 비행기에 오를 수 없다고요."

"그럼 이스트 서섹스는 어때요?"

"왜 하필 서섹스로 가려고 하는 거예요?"

로버트가 물었다.

"아름다운 곳이잖아요. 루이스에서 살면서 일요일 오후마다 다운즈를 걸어볼 수도 있고요. 괜찮지 않아요?"

"거기에는 아는 사람이 아무도 없는데."

"바로 그거예요. 그러니까 완벽한 곳이죠."

로버트는 서성거리지 말라는 엘스페스의 당부도 그새 잊었는지 자리에서 일어나 서성거리기 시작했다.

"솔직히 고백을 하는 게 나을지도 몰라요. 고백을 하고 나면 내 아파트에서 살 수 있고 결국에는 모든 게 다시 정상으로 돌아갈 겁니다."

엘스페스는 그를 바라보기만 했다. 그녀는 로버트가 말도 안 되는 소리를 하고 있다고 생각했다.

"그러면 안 되겠네요."

잠시 뒤에 로버트가 말했다.

"자그마한 오두막집이라도 얻어야죠. 당신은 논문도 마쳐야 하잖아요."

"공동묘지를 갈 수도 없는데 논문은 무슨 수로 마친단 말이에요?"

그가 소리를 버럭 질렀다.

"왜 공동묘지를 못 가죠?"

엘스페스가 조용히 물었다. 그녀는 태아가 발로 차는 것을 느꼈다.

"제시카가 당신을 봤어요. 내가 제시카한테 무슨 말을 할 수 있겠어요?"

그의 말에 엘스페스는 얼굴을 찌푸렸다.

"최대한 솔직하게 말하세요. 그러면 알아서 판단하겠죠. 거짓말을 할 필요는 없어요. 몇 가지만 밝히지 마세요."

로버트는 자신을 쳐다보는 그녀의 얼굴, 아니 발렌티나의 얼굴을 내려다보며 서 있었다. 자기는 생각도 해 보지 않은 일을 그녀는 치밀하게 계획해 오고 있었다는 생각을 했다.

"서섹스로 갈 생각은 언제부터 했죠?"

그가 물었다.

"아, 그거요? 아주 어렸을 때부터요. 부모님은 우리를 글라인드본(1931년, 부유한 오페라 애호가 존 크리스티가 서섹스 주의 광대한 저택 안에 사비로 건설한 소극장—옮긴이)에 데려가곤 하셨어요. 우리는 기발한 의상을 입은 사람들과 루이스 역에서 내렸죠. 난 항상 그곳 시골에서 살고 싶었어요. 사실은 오페라 극장에서 살고 싶었답니다. 그런 일은 가능하지 않겠지만."

"아, 모르겠어요."

로버트는 흥분해서 말했다.

"죽은 상태에서도 돌아올 수 있잖아요. 당신은 어디든 원하는 곳에서 살 수 있을 것 같아요."

"당신 아파트에서는 살 수 없잖아요."

"그렇죠."

"그럼 좋아요. 이스트 서섹스에 가서 우선 둘러보기나 할래요? 부동산 중개인과 함께 말이에요."

"그래요, 그럼."

로버트가 말했다. 그는 식탁에 있는 열쇠와 자신의 재킷을 집어들었다.

"어디 가려고요?"

"밖에 좀 나가 보려고요."

그는 재킷을 입으며 그녀를 돌아보았다. 그녀는 그가 예전에 본 기억이 없는 우아한 표정을 짓고 있었다.

"도서관에 갑니다. 책을 몇 권 주문했거든요."

그는 부드러운 목소리로 말했다.

"나중에 볼 수 있는 거죠?"

그녀는 확신이 서지 않는 듯이 말했다.

"예."

햇볕이 내리쬐는 유스턴 로드를 걸어가면서 로버트는 제시카에게 얘기를 해야겠다고 생각했다. 도서관에 들어서면서 런던을 떠나는 일은 상상도 할 수 없다고 생각했다. 그는 물건들을 사물함에 넣어 두고 이층으로 올라갔다.

'이제 어떻게 해야 하지?'

자리에 앉아 책상등이 작동할 때까지 기다리는 동안 해답이 머리에 떠올랐다. 너무나 명쾌한 해답을 얻고 나서 그는 웃음을 터뜨렸다.

로버트와 제시카는 그녀의 사무실에서 문을 닫고 자리에 앉았다. 근무시간이 끝나 묘지 직원들은 모두 집으로 돌아가고 없었다. 그는 그녀에게 가능한 한 모든 사실을 털어놓으려고 애썼다. 그녀의 앞에서 지금까지 보았던 것들, 지금까지 겪었던 일을 남김없이 설명하려고 애썼다. 제시카는 무표정한 얼굴로 얘기를 듣고만 있었다. 그녀는 손가락을 뾰족탑 모양으로 세운 채 앞으로 몸을 기울이고 진지한 눈빛으로 그를 바라보았다. 얘기를 마치고 나서 그는 잠자코 있었다. 제시카는 손을 뻗어 책상등에 붙어 있는 자그마한 고리를 끌어당겼다. 전등의 노란 불빛은 그들이 앉아 있는 거리까지는 미치지 않았다. 그는 그녀가 말을 할 때까지 기다렸다.

"애처로운 사연이네요. 너무 불행한 일이에요. 하지만 당신은 바라던 것을 얻었다고 할 수 있겠네요."

"그게 가장 혹독한 처벌입니다. 저는 할 수만 있다면 모든 것을 처음 상태로 되돌리고 싶어요."

"이해는 해요. 그렇지만 그건 불가능한 일이잖아요."

"예. 불가능하죠. 그만 가 봐야겠습니다. 우리는 내일 떠납니다. 꾸려야 할 짐이 남아 있어서요."

두 사람은 자리에서 일어났다.

"돌아올 거죠?"

"그러고 싶습니다."

그는 머리 위의 전등을 켜고 그녀를 따라 천천히 계단을 내려갔다. 묘지의 정문에 이르렀을 때 그녀가 말했다.

"잘 가요, 로버트."

그는 그녀의 양쪽 볼에 키스를 하고 나서 정문을 빠져나가 인도를 따라 걸어갔다. 그녀는 이렇게 로버트가 떠나는구나, 하고 생각했다. 제시카는 그가 시야에서 사라질 때까지 지켜보았다. 그런 다음 정문을 잠그고 어두운 안뜰에 서서 바람소리에 귀를 기울였다. 그녀는 인간의 어리석음에 새삼 놀랐다.

결말

이른 봄날이었다. 발렌티나는 창가에 앉아 하이게이트 공동묘지를 건너다 보았다. 아침햇살이 비스듬하게 쏟아져 들어오고 있었다. 햇살은 그녀의 몸을 통과해서 청색의 낡은 양탄자 위로 쏟아져 내렸다. 새로운 잎이 돋아나는 나뭇가지들 사이를 새들이 오르내리고 있었다. 성 미가엘 교회의 주차장에서 차량이 자갈 위를 굴러가는 소리가 들렸다. 오늘 바깥세상은 맑고 화창하고 소란스러웠다. 발렌티나는 햇살에 몸을 데우고 있었다. 고양이가 그녀의 무릎 위로 폴짝 뛰어올랐다. 그녀는 녀석의 하얀 머리를 쓰다듬으며 비둘기들이 줄리어스 비어의 무덤 꼭대기에 둥지를 짓는 모습을 지켜보았다.

줄리아는 잠들어 있었다. 그녀는 최대한 침대를 넓게 쓰려고 작정한 사람처럼 이제 대자로 뻗어서 잠을 잤다. 입이 벌어져 있었다. 발렌티나는 고양이를 안고 자리에서 일어나 침대쪽으로 건너갔다.

그녀는 줄리아를 지켜보며 서 있다가 자신의 손가락을 줄리아의 입에 넣었다. 줄리아는 깨어나지 않았다. 발렌티나는 창가의 의자로 돌아가서 자리에 앉았다.

한 시간 뒤에 줄리아가 잠에서 깨어났을 때, 발렌티나는 그 자리에 없었다. 줄리아는 샤워를 하고 옷을 갈아입었다. 그리고 혼자서 커피를 마셨다. 건물이 너무 고요해서 오히려 신경이 쓰였다. 로버트는 이사를 갔고 위층 아파트는 아직 팔리지 않고 비어 있었다. 아직 상자들이 절반쯤 남아 있어서 그럴 것이다. 줄리아는 개라도 한 마리 키워야겠다고 생각했다. 런던에서는 개를 어디에서 구할 수 있는지 궁금했다. 영국 사람들은 동물들을 광적으로 좋아했다. 길 잃은 동물들을 가두어 두는 울타리로 가서 그냥 한 마리를 집어 오면 안 될 것 같았다. 어쩌면 동물을 키우는 데도 승인을 받아야 할지 모른다. 그녀는 개를 입양한 사람들이 크고 조용한 아파트 건물에서 고아처럼 사는 자신을 보게 되면 어떻게 생각할지 상상해 보았다.

'나도 고양이를 백 마리나 키우는 여자들처럼 살아 볼까? 고양이들은 떼를 지어 아파트를 휘젓고 다닐 거야. 녀석들을 모두 마틴의 아파트에 가둬 두면 고양이 디즈니랜드가 되겠지? 아파트에 갇혀 있으면 녀석들은 아마 미쳐 버릴 거야.'

줄리아는 식탁에 커피잔을 내려놓고 앉았다. 식탁 위에는 볼펜과 종이가 흩어져 있었다. 종이에는 발렌티나의 글자들로 뒤덮여 있었다. 개를 입양하는 사람들은 그녀가 제정신이 아니라고 생각할 것이다. 그녀는 종이들을 모으기 시작했다. 부엌으로 성큼성큼 걸어 들어가서 종이를 쓰레기통에 버렸다. 줄리아가 식당으로 돌아왔을 때, 발렌티나는 고양이를 어깨에 올린 채 프랑스식 두 짝 유리창 옆에 서 있었다. 줄리아는 한숨을 내쉬었다.

"종이들을 그냥 두고 볼 수 없었어. 이상해 보이잖아."

그녀가 말했다.

발렌티나는 언니의 말을 무시하고 웨이터에게 계산서를 가져오라고 할 때 항상 하던 몸짓, 즉 손바닥에 무언가를 쓰는 시늉을 했다.

"알았어."

줄리아가 말했다. 그녀는 동생의 지시에 곧장 따르지 않는다는 점을 보여 주려고 일부러 식어 버린 커피를 한 모금 홀짝였다. 발렌티나는 자기 의자 옆에서 인내심을 가지고 서 있었다. 줄리아는 자리에 앉아 종이 묶음에서 종이 한 장을 떼어 내고 볼펜을 들어 종이 위에 세웠다.

"시작해."

그녀가 말했다.

발렌티나가 몸을 앞으로 기울이자 고양이는 식탁 위로 뛰어내려 종이 위에 섰다. 발렌티나는 녀석을 옆으로 제쳐 두고 줄리아의 손에 자신의 손을 넣었다.

내가 알아냈어.

"무엇을 알아냈단 말이야?"

여기를 벗어나는 방법.

"그래? 알았어. 어떻게 벗어나는데?"

줄리아는 체념한 듯한 표정으로 발렌티나를 올려다보았다.

몸이 필요해. 입을 벌리고 밖으로 나가.

"밖으로 나가서 입을 벌리라고?"

발렌티나는 고개를 가로저었다.

입을 벌렸다가 다물고 밖으로 나가라고.

줄리아는 치과의사에게 보이듯 입을 벌렸다가 꼭 다물고 나서 창문을 손가락으로 가리켰다.

"됐어?"

발렌티나는 고개를 끄덕였다.

"지금?"

발렌티나가 다시 고개를 끄덕였다.

"신발을 신고 올게."

발렌티나는 고양이를 안아 들고 현관에서 줄리아를 기다렸다. 그녀는 거울에 비친 자기 모습을 얼핏 보았다고 생각했지만 확신하지는 못했다.

줄리아는 엘스페스가 가장 좋아하는 카디건과 진주색 단추가 붙은 파란색 캐시미어 옷을 입고 나타났다. 발렌티나는 한참 동안 그녀를 바라보다가 줄리아 쪽으로 몸을 기울여 입술에 키스했다. 줄리아에게 그것은 동생이 해 주었던 모든 키스의 영혼처럼 느껴졌다. 미소를 짓는 그녀의 눈에 눈물이 고였다.

"지금 나가면 돼?"

줄리아가 다시 묻자 발렌티나가 고개를 끄덕였다.

줄리아는 입을 한껏 벌리고 눈을 감았다. 그녀는 자기 입이 짙은 연기 같은 것으로 가득 채워지는 느낌을 받았다. 그녀는 눈을 뜨고 구역질을 하지 않으려고 애썼다. 어떻게 숨을 쉬어야 할지 궁금했다. 입 안에 있는 것이 점점 굳어지고 있었다. 줄리아는 목구멍에 걸려 있는 존재를 느끼고 기침을 하면서 헉헉거렸다. 그것은 한입 크기의 커다란 털 뭉치 같았다. 그녀는 입을 다물었다. 줄리아는 숨을 들이마시려고 애썼다. 다음 순간 그것은 좀 더 작아지고 좀 더 무거워지면서 혀와 입천장 사이에 딱 들어맞았다. 주변에는 다소나마 공간이 생겼다. 쇠붙이 맛이 났고 약간이지만 계속해서 움직였다. 그것은 마치 흥분한 아이가 꼼짝 않고 있으려고 애쓰는 것 같았다. 줄리아는 현관을 둘러보았다. 발렌티나와 고양이는 사라지고 없었다.

'이제 나가볼까?'

줄리아는 문턱을 넘어서서 층계참으로 나갔다. 발렌티나와 고양이는 아직도 그녀의 입에 들어 있었다. 줄리아는 계단을 달려 내려가서 아파트 건물의 출입구를 빠져나갔다. 이상한 덩어리는 아직도 그녀의 혓바닥 위에서 떨고 있었다. 그녀는 건물의 측면을 따라 달려가서 뒤뜰로 들어갔다. 그리고 담장에 붙어 있는 문으로 가서 열쇠로 문을 열고 묘지에 발을 들여놓고 나서야 입을 벌렸다.

발렌티나는 허공으로 날아올랐다. 그녀는 잠시 허공에 매달려 있다가 정원용 호스가 만들어 낸 무지개처럼 아침의 산들바람 속에서 몸을 펼쳤다. 고양이는 그녀와 뒤섞여 있었다. 줄리아가 지켜보는 동안 그들은 분리되어 각자의 몸이 되는 것처럼 보였다.

발렌티나는 산들바람이 자신의 몸을 움직이고 늘리고 고양이로부터 떼어 놓는 것을 느꼈다. 처음에는 보거나 들을 수 없었지만 다음 순간 그 모든 것이 가능했다. 줄리아는 가슴 위로 팔짱을 끼고 서서 쓸쓸한 미소를 지으며 발렌티나를 올려다보았다.

"잘 가, 발렌티나. 잘 가, 고양아."

줄리아가 말했다. 그녀의 얼굴에서 눈물이 흘러내렸다.

'잘 있어, 언니.'

고양이가 발렌티나의 품에서 벗어나려고 발버둥을 쳤다. 녀석은 지하묘지의 지붕에서 풀쩍 뛰어내리더니 공동묘지로 달려 들어갔다. 발렌티나는 돌아서서 녀석을 따라갔다.

그녀의 감각들은 문과 창문처럼 활짝 열려 있었다. 모든 것이 말을 하고 그녀에게 노래를 부르고 있었다. 풀, 나무, 돌, 곤충, 토끼, 여우, 그 모두가 하던 동작을 멈추고 영혼이 빠르게 스치고 지나가는 것을 지켜보았다. 집에서 멀리 떠나 있던 그녀가 승리를 거두고 돌아온 것처럼 모두가 그녀를 향해 소리를 질렀다. 그녀는 비석과 덤불을 뚫고 지나가면서 그것들의 밀도와 냉기를 마음껏 즐겼다. 고양이는 레바논 삼나무 아래에서 그녀를 기다리고 있었다. 발렌티나는 녀석을 따라잡았다. 그들은 함께 이집트 거리 위로 날아올라 중앙 오솔길로 내려왔다. 다른 영혼들이 있었는지 모르겠지만 발렌티나는 그들을 보지 못했다. 그녀를 반겨 주는 것은 자연이었다. 무덤 위의 천사들은 그냥 돌덩어리에 불과했다. 발렌티나는 사물의 속은 물론이고 그 뒤쪽까지 훤히 볼 수 있었다. 그녀는 여러 개의 관이 쌓여 있는 수갱식 분묘를 보았다. 관 속에서 갈망하는 자세와 기원하는 몸짓을 하고 있는 시체들도 보았다. 시체들은 이미 오래전에 뼈다귀와 먼지로 변해 있었다. 발렌티나는 본능적으로 자신의 몸을 찾고 싶은 욕구를 느꼈다. 그들은 이제 더욱 빠른 속도로 날고 있었다. 돌과 풀, 그리고 나무가 흐릿하게 빠른 속도로 비껴 지나갔다. 그들은 마침내 어떤 장소에 도착했다. 돌로 만든 자그마한 가족 묘실이었다. 거기에는 '노블린'이라고 적혀 있었다. 작은 철문은 발렌티나에게 아무런 장애도 되지 않았다. 안쪽의 고요한 공간에는 엘스페스의 관과 시신 그리고 그녀의 부모와 조부모의 관과 시신이 있었다. 그녀는 자신의 관을 보고 그것을 건드리기도 전에 비어 있다는 것을 알았다.

'그래, 내 생각이 옳았어.'

그녀는 고양이가 얼굴을 하얀 관에 열심히 비벼 대는 것을 보았다. 발렌티나는 로버트가 예전에 그랬던 것처럼 니스를 칠한 엘스페스의 목관에 두 손을 얹었다.

'이제 어떻게 하지?'

그녀는 고양이를 안아 들고 밖으로 나갔다. 무엇을 해야 할지 몰라 그냥 오솔길에 서 있었다.

어린 소녀 하나가 오솔길을 올라오고 있었다. 그녀는 콧노래를 흥얼거리며 발걸음에 맞춰 끈이 달린 모자를 빙빙 돌리고 있었다. 그녀는 19세기 후반에 유행하던 라벤더색 드레스를 입고 있었다.

"안녕하세요. 가시는 거예요?"

소녀가 발렌티나를 보고 공손하게 말했다.

"어디를 간다는 거니?"

발렌티나가 말했다.

"까마귀를 모으고 있잖아요. 이제 우리는 하늘을 날 수 있을 거예요."

소녀가 말했다.

"왜 까마귀가 필요하지? 너는 혼자 힘으로 날 수 없는 거니?"

"그건 다르죠. 예전에 한 번도 안 해 보셨어요?"

"나는 여기에 새로 들어왔어."

발렌티나가 말했다.

"아, 그렇구나."

소녀는 걷기 시작했다. 발렌티나는 그녀와 나란히 걸었다.

"저기, 미국분이세요? 고양이는 어디서 났어요? 여기에는 고양이를 가진 사람이 아무도 없어요. 살아 있었을 때 저는 메이지라는 고양이를 키웠는데 지금 이곳에는 없어요."

발렌티나는 소녀를 따라 비국교도들의 무덤이 있는 곳으로 갔다. 그곳에는 많은 영혼들이 삼삼오오 모여서 얘기를 나누고 있었다. 최근에 벤 나무들 사이로 그곳 하늘이 훤히 보였다. 무덤 사이에는 그루터기들이 여기저기 있었다. 영혼들은 발렌티나를 힐끗 쳐다보고 나서 고개를 돌렸다. 그녀는 자신을 소개해야 할지 궁금했다. 어린 소녀는 그새 어딘가로 가 버렸는지 보이지 않았다. 잠시 뒤에 소녀는 엄청나게 뚱뚱한 남자를 끌고 돌아왔다. 남자는 여우사냥을 나가는 사람처럼 차려입고 있었다.

"이분이 우리 아빠세요."

소녀가 말했다.

"환영합니다. 우리 모임에 가입하고 싶은가요?"

남자가 발렌티나에게 말했다.

발렌티나는 머뭇거렸다. 영혼들의 키를 보고 그녀는 불안했다.

'그렇지만 뭐 어때? 나는 죽었어. 이제 내게 상처를 입힐 수 있는 건 아무것도 없어. 내가 원하는 것은 무엇이든 할 수 있어.'

그녀는 그렇게 생각했다.

"좋아요. 가입하죠."

그녀가 말했다.

"잘 생각하셨습니다."

남자가 말했다. 그가 한쪽 팔을 들자 거대한 까마귀 한 마리가 어디선가 날아와 그들 앞에 풀썩 떨어졌다. 까마귀는 까악까악 소리를 내면서 뽐내며 걸어 다녔다. 발렌타나는 그 모습을 지켜보면서 마치 손을 들어 택시를 잡는 것 같다고 생각했다. 곧이어 수백 마리의 까마귀가 몰려와 주변을 서성거렸다. 영혼들은 적당한 크기가 될 때까지 줄어들더니 까마귀에 올라탔다. 발렌타나는 그들을 흉내 내서 한쪽 팔로는 까마귀의 목을 두르고, 다른 팔로는 고양이를 꼭 안았다. 그리고 자신의 두 무릎으로 까마귀의 몸을 감쌌다.

이제 엄청나게 많은 까마귀가 일제히 하늘로 날아올라 하이게이트 공동묘지를 벗어났다. 영혼들의 검은 드레스와 수의가 날개처럼 하늘에서 펄럭거렸다. 그들은 워터로우 공원을 지나 황야를 가로질러 가기 위해 빙빙 돌았다. 그들은 템스 강에 도착해서 동쪽으로 흘러가는 강물을 따라가다가 국회의사당, 웨스트민스터 다리, 임뱅크먼트, 런던 브리지, 런던탑 등을 지났다. 발렌타나는 자기가 타고 있는 까마귀를 꼭 붙들었다. 고양이가 그녀의 귀에 대고 가르랑거리는 소리를 냈다. 그녀는 정말 행복하다고 생각했다. 햇빛이 영혼들의 몸을 그대로 통과했다. 강물 위에는 까마귀들의 그림자만 시커멓게 찍혀 있었다.

발렌티나가 시야에서 사라지고 나서 줄리아는 새들의 노랫소리에 귀를 기울이며 잠시 문간에 서 있었다. 그러다가 녹색 문을 닫았다. 그녀는 아파트로 돌아가서 다시 커피를 끓였다. 창가에 앉아서 나무들이 바람에 이리저리 흔들리고 있는 묘지를 지켜보았다. 하얀 비석들이 나무 이파리 사이로 얼핏얼핏 보였다. 그녀는 아파트에 감도는 고요와 윙윙거리는 냉장고 소리 그리고 낡은 라디오 겸용 시계의 초침 소리에 귀를 기울였다. 줄리아는 무슨 일이 있어도 개를 한 마리 키워야겠다고 생각했다. 그녀는 곳곳에 쌓여 있는 먼지를 털어내며 오후시간을 보냈다. 저녁을 먹고 나서는 전화로 테오와 얘기를 나눴다. 줄리아는 만족스러운 기분으로 혼자 잠자리에 들었고 꿈도 꾸지 않고 잤다.

오두막집 주변의 들판은 눈이 부실 정도로 푸르렀고 서섹스의 하늘은 너무 새파래서 눈이 아플 지경이었다. 엘스페스는 초저녁에 아기를 데리고 산책을 나갔다. 아기는 자주 칭얼거렸다. 무엇으로도 아기를 달랠 수 없을 때마다 그녀는 산책을 했다. 그러면 간혹 조용해질 때가 있었다. 이제 아기는 그녀가 자신의 몸에 동여맨 주머니 속에서 잠들어 있었다. 엘스페스는 자신의 작은 집으로 이어지는 기다란 진입로에 이르렀다. 날은 어두웠지만 보름달이 떠 있어서 자기 앞에서 움직이는 그림자를 볼 수 있었다. 여름 곤충들의 노랫소리가 사방에서 들려왔다. 합창단의 노랫소리는 담요가 되어 들판을 뒤덮었다.

몇 주 동안 그녀는 로버트를 조심스럽게 지켜보았다. 이곳으로 이사를 온 뒤로 두 사람의 사이는 오랫동안 원만하지 못했다. 로버트는 광활한 들판과 고요에 좀처럼 적응하지 못했다. 그는 공동묘지를 그리워했다. 그래서 묘지를 방문한다는 핑계를 대고 기차를 타고 곧잘 런던으로 떠나 버렸다. 그는 엘스페스와 거의 얘기를 나누지 않았다. 마치 눈에 보이지 않는 자신의 런던으로 숨어들어가 그녀가 없는 그곳에서 혼자 사는 것 같았다. 원고는 책상 위에 손도 대지 않은 채 놓여 있었다. 그러다가 아기가 태어났고 엘스페스는 자신이 순전히 물질적인 세계에 존재하고 있다는 사실을 발견했다. 잠은 좀체 얻기 힘든 보상이었고 모유수유는 그녀가 기억하는 것보다 더 복잡했다. 아기가 잠에서 깨어나 울면 그녀도 따라 울었다. 결국 잠에서 깨어난 로버트도 두 사람을 멀뚱히 쳐다보았다. 그는 임신을 했다는 그녀의 말을 농담으로 여겼던 것만큼이나 아기가 태어났을 때에도 적잖이 놀란 듯 보였다. 그리고 놀랍게도 아기는 그녀가 이제껏 할 수 없었던 일을 해냈다. 로버트가 다시금 논문을 쓰도록 만든 것이다.

몇 달 동안 로버트는 아기가 불러온 혼란 속에서도 완벽한 집중력을 발휘해서 일에 전념했다. 칭얼거리는 아기 때문에 로버트가 환멸을 느낄까 봐 그녀는 발끝으로 조심스레 걸어 다녔지만 그는 그럴 필요까지는 없다고 말했다. 아기의 울음소리가 이상하게도 일을 하는 데 도움이 된다는 사실을 발견한 것이다.

"시끄러운 울음소리를 들으면 논문을 빨리 마무리 짓고 싶은 마음이 생겨요."

그가 말했다. 프린터는 밤마다 윙윙 돌아가며 지금까지 썼던 원고를 뽑아냈다.

오늘 밤 그녀는 긴장을 느꼈다. 세상은 새로운 양식에 스스로를 적응시키고 있었다. 무슨 일이 일어나려 하고 있었다. 원고는 거의 마무리가 되었다. 엘스페스는 아기를 데리고 달콤한 냄새가 풍기는 들판을 거닐면서 기뻐했다.

'나는 이곳에 있어. 나는 살아 있단 말이야.'

그녀는 양손을 아기에게 얹고 자신의 싸늘한 손바닥에 닿는 아기의 부드러운 머리를 느껴 보았다. 가실 줄을 모르는 후회가 밀려왔다. 침실 바닥에 쓰러져 있던 발렌티나를 떠올렸다. 엘스페스는 그런 이미지가 떠오를 때면 속수무책이었다. 그것은 그녀의 마음속에 생생하게 일어났다가 사라져 버렸다. 그녀는 계속해서 걸었다.

창문들이 노랗게 빛나는 오두막집은 할로윈 축제의 호박등을 상기시켰다. 모든 전등이 켜져 있었다. 엘스페스는 정원을 지나 뒷문으로 들어가서 부엌으로 갔다. 곤충들의 소리가 줄어들었다. 집은 무척 고요했다.

"로버트?"

조심스럽게 목소리를 낮추어 그의 이름을 불러 보았다. 거실로 들어갔다. 아무도 없었다. 로버트의 책상 위에는 종이들이 반듯하게 쌓여 있었다. 「하이게이트 공동묘지의 역사」라는 제목의 논문이었다. 모든 파일과 메모가 깨끗하게 치워져 있었다. 그것은 이제 모든 일이 끝났다는 사실을 의미했다. 엘스페스는 미소를 지었다.

"로버트?"

그는 집에 없었다. 그날 밤 그는 돌아오지 않았다. 그로부터 며칠이 지났다. 결국 그녀는 로버트가 절대 돌아오지 않을 거라는 사실을 깨달았다.

(끝)

내 안에 사는 너 2

펴낸날	초판 1쇄 2010년 4월 15일
	초판 2쇄 2010년 5월 1일

지은이	오드리 니페네거
옮긴이	나중길
펴낸이	심만수
펴낸곳	(주)살림출판사
출판등록	1989년 11월 1일 제9-210호

경기도 파주시 교하읍 문발리 파주출판도시 522-1
전화 031)955-1350   팩스 031)955-1355
기획·편집 031)955-1399
http://www.sallimbooks.com
book@sallimbooks.com

ISBN 978-89-522-1365-5   04840

※ 값은 뒤표지에 있습니다.
※ 잘못 만들어진 책은 구입하신 서점에서 바꾸어 드립니다.

책임편집 최은하